爱上他就像爱上未知，但生活本来如此

悲伤是成长的恋人

[法] 莫泊桑 缪塞等 著
李玉民 译

百花洲文艺出版社
BAIHUAZHOU LITERATURE AND ART PRESS

目录 contents

悲伤是成长的恋人

它让人哭泣也让人坚强

假如人生是静默

缪塞 著

一

骑兵军官德·阿尔西骑士，于1760年退役。他虽然还很年轻，又很富有，出入朝廷极为方便，但他早早就厌倦了独身生活和巴黎的欢乐，来到勒芒城附近，在一座秀丽的乡间别墅过起隐居的生活。这种孤寂的日子，起初倒蛮惬意的，但时过不久，他就觉得难熬了。他感到青年时代所养成的习惯，很难一下子就割断。离开上流社会他并不后悔，可他还下不了决心独自生活，于是他想要结婚，如果可能的话，找一个情趣相投的妻子，以便按照他的决定，共同过这种深居简出的平静生活。

他挑选对象，绝不要貌美出众的，但也不要丑八怪；希望她受过教育，人也聪明，但是才智越少越好；他尤为追求喜幸而稳定的性情，认为这是女人身上的头等品质。

住在邻近的一位退休的商人有个女儿，颇对他的心思。这位骑士完全可以自己做主，因此并不顾忌一位贵族和一名商人的女儿的门第差异，便向那家提出求婚，并受到对方热情的接待。他追求了几个月，终于订婚了。

从未见过这样好的征兆，预示这是最美满的结合。骑士逐渐加深对妻子的了解，也在她身上发现了新的品质，发现她的性情始终不渝的温柔。而妻子这方面，对丈夫也是一片痴情。她的生活中只有丈夫，一心想讨他喜欢，丝毫也不遗憾她为丈夫牺牲了自己的青春欢乐，但愿一辈子都在这种隐居中度过，而且她也日益珍视这种隐居生活了。

不过，还谈不上完全隐居，总要进城走几趟，定期接待几位朋友，也就不时调解了这种生活。骑士并不把妻子的亲人拒之门外，而是能经常见面，因此，他妻子倒觉得没有离开娘家。的确，她时常离开丈夫的怀抱，又回到母亲的怀抱，从而享受上天给予极少人的恩惠，因为，新的幸福没有毁掉旧的幸福，这种情况是罕见的。

在温情和善良方面，德·阿尔西先生并不逊于他的妻子，不过，他青年时代所表现的激情，以及他经历世事所取得的经验，往往使他产生忧伤的情绪。每逢这种黯然神伤的时刻，赛茜儿（德·阿尔西夫人）总是十分审慎，绝不打扰。她虽然未假思索和盘算，但是容易听从心声的警告，丝毫也不抱怨。“这种浮云，一旦正视，就可能摧毁一切；如果任其飘过，那就什么事也没有了。”

赛茜儿的家庭都是善良的人，这些商人通过劳动发家致富，而到了老年，可以说日子就像度过漫长的星期天。骑士喜欢以辛劳换来休憩这种陶陶乐趣，愿意和他们同乐。他厌倦了凡尔赛那里的习俗，甚至厌倦了齐诺小姐的晚餐会，倒颇为欣赏这些人的举止行为，虽然有点吵闹，但是在他看来既爽快又新鲜。赛茜儿有位叔父，名叫吉罗，是个出色的人，在餐桌上更是呱呱叫。他从前是泥瓦匠，后来渐渐成了建筑师；他凭着自己的手艺挣钱，有了两万法郎的年息。尽管上了年纪，还有大笔年金，可他还是闲不住，要上房顶耍弄镘刀。他觉得骑士的家特别对口味，有时满身泥浆尘土就去了，但总能受到款待。他喝下几杯香槟酒，到了最后上甜点的时候，话就多了起来：

“您很幸福，我的侄女婿，”他常对骑士这样说，“您富有，人又年轻，还有一个可心的小媳妇、一座建得不赖的房子，您什么也不缺，没得说；邻居若是眼热，那就活该。我要对您一讲再讲：您很幸福。”

有一天，赛茜儿听了这番话，便俯过身去对丈夫说：

“你由着人当面对你这样讲，这话肯定有几分道理，对不对？”

过了一段时间，德·阿尔西夫人承认自己怀了孕。别墅后边有一座小土丘，站在上面，整个庄园一览无余，夫妻二人经常一同上去散步。一天傍晚，他们坐在土丘的青草上，赛茜儿说道：

“那天，你没有反驳我叔父。你真的认为他讲得一点不差吗？你真的幸福吗？”

骑士答道：“一个男人所能得到的幸福，我全有了，看不出我的幸福还能增添什么。”

“我比你的抱负可要大，”赛茜儿又说道，“我随便就能举出点什么，比如这儿没有，又是我们必不可少的东西。”

骑士以为指的是什么小物品，她拐弯抹角要向丈夫透露女人一时的喜好。丈夫打趣似的，猜了有百八十遍，可是越问，赛茜儿笑得越厉害了。夫妻俩说笑着起身，走下土丘，坡路很陡，德·阿尔西先生加快了脚步，要将他妻子带下去；他妻子却站住了，偎到他的肩头上，说道：

“当心，我的朋友，不要拖着我走这么快。我向你要什么，刚才你越猜越远，其实我们有了，就在我这肚子里。”

从这天起，他们所有的谈话，几乎只有一个话题，只谈他们的孩子，如何抚养，如何教育。他们已经为孩子的未来做了种种打算。骑士叫他妻子万分小心，一定要保住她所怀的宝贝。他对妻子也倍加关爱，在赛茜儿整个妊娠期间，他们满怀最甜美的希望，久久地陶醉在喜悦中。

自然规定的日子到了，一个婴儿出世，美若朝阳，是个女孩，取名卡蜜儿。赛茜儿不顾传统的习惯，甚至违反医嘱，要亲自给孩子喂奶。女儿模样儿这么俊，她做母亲的十分自豪，一刻也不肯放手。一个新生婴儿五官如此端正，容貌这样出众，世间的确少见；尤其是她的眼睛，一睁开见到光明，就亮晶晶的，放射出异样的光彩。赛茜儿是在修道院里成长起来的，极为虔诚。她一能下床走路，就去教堂感谢上帝。

孩子开始发育，渐渐长了劲儿。可是随着她逐渐长大，人们惊奇地发现她很怪，总是一动不动，对什么声响似乎都没有反应；就算对母亲向婴儿讲的那一套套甜言蜜语，她也毫无感知。在唱着催眠曲摇她睡觉时，她睁大眼睛，贪婪地盯着灯光，仿佛什么也没有听见。有一天她正在睡觉，一名女仆不慎碰倒一件家具，母亲赶紧跑过去，一看，十分诧异，孩子竟然没有惊醒。这种种迹象太明显了，绝不可能看错，骑士不禁张皇失措。他经过仔细观察之后就明白了，他女儿遭遇了何等的不幸。母亲还徒劳地抱着幻想，千方百计地排解丈夫的担心。请来医生，检查并不难，也无须多长时间，就诊断出可怜的卡蜜儿天生失聪，因此也不能说话了。

二

母亲的第一个念头，就是询问这是不是不治之症，大夫回答有治愈的病例。于是，她不顾明显的事实，一年当中还抱着希望。等各种治疗方法试过之后相继失败，最终才不得不放弃了。

在这个时期，许多偏见都已消除和改变了，不幸的是还存在一种无情的偏见：鄙视称为聋哑人的这些可怜人。诚然，思想高尚的人、杰出的学者，或者仅仅出于怜悯之心的人，早就抨击这种野蛮的行为了。事情也真怪，居然是一名西班牙修士，早在十六世纪就率先推想出来一种方法，试图教聋哑人不用发声来说话，而这种任务，在当时还普遍被认为不可能。后来，在意大利、英国和法国，都有人效法这一榜样。博奈、瓦利斯、布尔维、冯·赫尔蒙，都发表了重要著作，不过，他们动机都很好，可惜效果不佳；零散地做点好事，不为世人所知，差不多是偶然的行为，毫无结果。在任何什么地方，甚至是最先进的文明腹心巴黎，聋哑人也都被视为异类，打上了上天震怒的印记。因为生来不会说话，人们也就认为他们没有思想。生在富人家的可以进修道院，生在穷人家的就没人管了，这就是他们的命运；他们所引起的恐惧多于怜悯。

骑士逐渐沉入极度的忧伤。一天大部分时间，他不是独自关在书房里，就是到林中散步。他见到妻子，脸上总要装出平静的表情，还力图安慰她，但无济于事。德·阿尔西夫人非常伤心，一种不幸，如果是咎由自取，可能会让人流泪，但是痛悔几乎总是太迟了；然而，无缘无故遭受不幸，就叫人百思不得其解，也打击人的虔诚。

这对新婚夫妇，生来就为了相爱，而且也真的相爱，就因为这事，现在见面开始感到难受，散步时也相互躲避了；曾几何时，他们就是在这些林荫小道上，相互谈论那迫近的、平静而纯洁的希望。骑士情愿到他的乡间别墅隐居，所想的无非是安宁的生活，却出乎意料，好像撞到了幸福。德·阿尔西夫人当初结婚，也无非基于利益的考虑，婚后却产生了爱情，而且是相互的。可是现在，一个可怕的障碍，却突然把他俩隔开；而这个障碍，恰恰是本应当成为一种神圣联系的纽带。

这种突然而默契的分离，比离婚还要可怕，比缓慢死亡还要残忍，起因就是母亲无视这种不幸，还照样钟爱自己的女儿。而骑士虽然也想这样做，他既有耐心又心地善良，却难以战胜上帝的诅咒降临到头上所引起的恐怖。

“我怎么能憎恨自己的女儿呢？”他在独自散步时，常常这样想，“她受到天怒的打击，难道是她的过错吗？我不是应该全心可怜她，尽力减轻我妻子的痛苦，掩饰我自己的忧心，关照我的孩子吗？如果我，她父亲，都要抛弃她，那么她的一生该有多么悲惨啊！她会落到什么境地呢？上帝把她打发给我时就是这样子，我就应该逆来顺受。她在世上只有她母亲和我，找不到丈夫，也绝不会再有弟弟妹妹了，世上多添一个不幸的孩子就已经够了。我必须贡献自己的一生，支撑她活下去，否则就太没有人性了。”

骑士这样考虑之后，便回到家中，决意履行做父亲和丈夫的职责。他见孩子在他妻子怀抱里，便跪到母女面前，双手握住赛茜儿的双手说，他听说有位名医，打算请来，事情还很难说，也见过一些特殊的治疗方法。他这样说着，抱过女儿，用双臂举着满屋走。然而，可怕的思绪又不由自主地袭上心头，瞻念将来，这沉寂无声、发育不完全、感官封闭的孩子，还有世人的拒绝、厌恶、怜悯、鄙视，等等，都使他不堪重负。他面失血色，双手颤抖，又把孩子还给母亲，转过身去偷偷流泪。

正是在这种时刻，德·阿尔西夫人紧紧把女儿搂在胸口，表现出一种心痛欲绝的温情；她那充满母爱的目光，也是最强烈最自豪的。她从不抱怨一声，只是回到房间，将卡蜜儿放进摇篮，也同样哑然无声，一连几小时注视女儿。

这种压抑的激情，有时变得十分炽烈，人们常常看到德·阿尔西夫人终日缄默，绝不讲一句话。谁对她说话都不应声，就好像她要亲自体验她女儿所处的这种思想的黑夜。

她通过打手势对女儿说话，唯独她能让孩子明白。家里其他人，包括骑士本人，在卡蜜儿眼里似乎都是陌生者。德·阿尔西夫人的母亲是个相当俗气的女人，她不来夏尔多奈（骑士庄园的名称）则已，一来准要哀叹她女婿和她亲爱的卡蜜儿所遭受的不幸。她自以为在表示怜悯心，没完没了地惋惜这可怜孩子的凄惨命运，有一天甚至说出这样的话：

“这孩子真不如不出世了。”

赛茜儿几乎气愤地反驳道：

“假如我是这种样子，您会怎么处置呢？”

瓦匠师傅吉罗叔叔，倒觉得外侄孙女是哑巴没什么大关系。他说：

“从前我有个女人，嘴太能说了，因此，我觉得世上任何事情，无论什么事情，都比饶舌好。这小丫头，首先可以肯定，她永远也不会讲人坏话，不会听人讲坏话，也绝不会整天唱雷同的歌剧老调，让全家人都听烦了；还可以肯定，她不会同人争吵，也不会像我老婆那样有机会就发作骂女仆；如果她丈夫咳嗽，或者比她先起床去监视工人，她也不会惊醒；她不会说梦话，什么也不会透露出去；什么事儿她都能看得很清楚——一般聋子的眼睛都特别好使；等她能用手指计算时，她就能付账单，有钱就给人家，绝不像房主那样，多小的建筑活儿也挑剔；她凭本能就知道一件事非常好，但一般又很难学会，就是做比说强；她若是把心放在正地方，不用甜言蜜语，别人也能看得出来。不错，她不能和大家一起说笑，但是在晚饭桌上，她也听不见反复讲的那些扫兴的事儿；她会长得很俊俏，也能有智慧，但她不会炫耀；她不像盲人那样，出外散步还得有条狗带路。说真的，假使我还年轻，她又长大了，那我完全可以娶她；可是现在我老了，又没有孩子，万一你们讨厌她了，那我就认作女儿，抱到我们家去。”

吉罗叔叔每次这样讲，总能带来点欢快，使得德·阿尔西先生和他妻子一时又接近了。他们俩总是忍不住微笑起来，“他的这种淳朴有点粗犷，但令人起敬。尤其与人为善，无论怎样都不愿看坏的方面。”然而，坏的方面就摆在眼前；家里其他人都以恐慌而好奇的目光，注视着这种十分罕见的不幸。这些朴实的人乘坐马车，从莫尼浅滩过河而来，在吃饭之前围成一圈，尽量观看和论证，兴趣盎然地检查一切，脸上都摆出一本正经的样子，低声商榷该如何讲，有时干脆抓住微不足道的一点大做文章，以便转移共同的想法。年轻的母亲坐在他们面前，把女儿放在膝上；她敞着怀，还流下几滴奶水。如果拉斐尔是这个家庭的，那么《座椅中的圣母》就能有个妹妹；德·阿尔西夫人自己意识不到，因而显得更美了。

三

小姑娘长大了，自然既可悲又忠实地完成着它的任务。卡蜜儿只有眼睛为心灵服务。她出世后刚睁开眼睛，首先就转向光亮；同样，她的头一个举动也是追求光明。多么暗淡的一束阳光，也能让她欣喜若狂。

等她能站起来，并开始学步了，她对周围所有的物品，都有一种非常明显的好奇，总要走近仔细瞧一瞧，用手摸一摸，表现出一种掺有畏惧和乐趣的敏感，近乎孩子的活泼，又初具女性的羞赧。她一见到新奇的东西就跑过去，就好像要抓住并据为己有；然而，她跑到半路，几乎总要回头望望她母亲，仿佛要讨主意似的。每逢这种时候，她的举动真像白鼬——据说白鼬一看见有点泥土和沙砾会弄脏自己的毛皮，就会放弃要走的路线。

邻家的几个孩子来到花园，同卡蜜儿一起玩耍。她瞧着他们说话的样子简直怪极了。这些孩子同她年龄相仿，他们说话，当然是尽量重复保姆教给他们的残缺不全的语句，以张口发出声响的方式训练智力。然而可怜的小姑娘听不见声音，只以为他们在做一种动作。她为了表明自己懂了，时常伸出手去，而她的小伙伴们，看到这种同他们想法毫不相干的动作，都吓得往后退。

德·阿尔西夫人不离女儿的左右，她怀着不安的心情，观察卡蜜儿的一举一动、生活上最细微的征兆。如果她能推测出，德·勒佩神父很快就要给这黑暗世界送来光明，那么她会多么高兴啊！然而，她却束手无策，无能为力，去等着一个男人以其勇气和怜悯心，来摧毁这种天生的残疾。说来也怪，一位神父比一位母亲走的路子还对，善于分辨的智慧能找到痛苦的心灵所缺少的东西。

卡蜜儿的小朋友到了接受家庭教师启蒙教育的年龄，可怜的小姑娘见自己没有同样的待遇，就显得特别伤心。一家邻居请了一位年迈的英国女教师，她教一个孩子识字很吃力，就对孩子很严厉。上课时卡蜜儿也在场，她眼睛盯着，惊奇地看到她的小伙伴那么费劲，真想上前帮一帮。当小伙伴受了训斥的时候，她就和他一起流泪。

对她来说，音乐课就更受罪了。她站在钢琴旁边，那双乌黑乌黑特别美丽的眼睛全神贯注，看着女教师，小手指僵硬地活动着。她似乎要问这是在干什么，有时还触触琴键，但是动作既轻柔又气恼。

人和物体给其他孩子留下的印象，似乎对她毫无影响。她观察事物，也像他们一样能记住。然而，她看见他们指着同样的物体，嘴唇嚅动，相互交换什么意思，她却无法理解，于是又伤心起来，躲到无人的角落，拿起一个石块或木片，几乎下意识地在沙地上划出几个大写字母，全神贯注地审视——那正是她看见其他孩子辨读的字母。

邻家每天按时让孩子做的晚祷，卡蜜儿也觉得是个谜，简直是件神秘的事情。她也跟着小伙伴一起跪下，双手合十，却又不知道为什么。骑士把这看成是亵渎上帝，说道：

“把这孩子给我抱走，别让我看这种猴戏！”

有一天，孩子的母亲回答：

“我来祈求上帝宽恕好了。”

卡蜜儿早早就显露出这种奇特的能力，爱尔兰人称之为双视觉。主张磁感应的人都宣传让人接受这种现象，而医生在大多情况下把其列入病态。这个聋哑小姑娘能感到她喜爱的人来了，往往迎上前去，而实际上根本没有什么告知她。

其他孩子不仅怀着几分恐惧地接近她，而且有时还以鄙视的态度躲避她。时而还有这种情况，小伙伴当中，有一个就像拉封丹所说的毫无怜悯心的孩子，走到她跟前，笑嘻嘻地看着她的脸，对她说了好久，然后让她回答。

孩子的小腿一有点劲儿，就要跳小小的圆圈舞，又唱起老调子：快进跳舞圈，跳得多么欢……

卡蜜儿已长成半大的姑娘，在散步场所，靠着长椅独自站在一旁，看着他们跳舞，随着节奏摇摆起美丽的头，却无意加入跳舞的行列。但是，她那么伤心和可爱，实在让人怜悯。

这个智力天生有残缺的孩子要做的一件大事，就是和学算数的一个邻居小女孩一起计算。计算很容易，数也很少，总和不超过十二到十五。但是邻家女孩很吃力，弄几个数就乱了，掰着指头算不过来。卡蜜儿明白小女伴算错了，想帮帮她，就张开双手伸出去。家里也教给她最基本和最简单的概念，她知道二加二等于四。一个聪明的动物，甚至一只鸟儿，也能数到二或三，但是以什么方法我们不知道。在这种情况下，卡蜜儿本来能数得更多。她的手指头也只有十个，在她的小朋友面前张开，那样子十分诚恳，就像一个付不起钱的老实人。

女人早早就表现出爱俏，卡蜜儿却毫无迹象表明这一点。骑士就说：

“一个小姑娘不懂得戴帽子，这事儿也真够怪的。”

德·阿尔西夫人听了这话，苦笑了一下，对她丈夫说道：

“可是她很美呀！”

她说着，就轻轻地推了推卡蜜儿，让她在父亲面前走一走，以便让父亲好好瞧瞧她开始发育的腰身，以及她那还未脱稚气的可爱的姿势。

卡蜜儿渐渐长大，也渐渐喜欢上她看得见的教堂，而不是她不懂的宗教。也许她心灵里就有这种不可战胜的本能，而一个十岁的孩子在这种本能的作用下，就会打算穿上粗呢，像修士一样坚持追求受穷受苦的生活，这样打发一生。世上有多少冷漠的人，甚至有多少哲学家生生死死，但没有一个能解释如此怪异而又实存的现象。

“我在孩提时期，看不见上帝，只看见了天空。”

毫无疑问，这是一句崇高的话，但不知是哪个聋哑人写的。卡蜜儿远没有这么大的能力。在涂成蓝色的白灰墙上，用铅白色粗糙地画出的圣母像，好似店铺的招牌；一名外省的唱诗童子清脆而细微的声音，使石板地凄然地震颤，但卡蜜儿根本听不见；还有，教堂侍卫的步伐、执事的神态——谁知道是什么使一个儿童抬起眼睛呢？不过，只要孩子抬起眼睛，这些又有多大关系呢？

四

不管怎么说，她长得很美！骑士心里常这样嘀咕。卡蜜儿的模样也的确很俊俏：完美的鸭蛋脸上五官端正，十分清纯可爱，可以说焕发着一种善良的光彩。卡蜜儿个儿不高，肌肤特别白净，毫无苍白之感，乌黑的秀发长长的；她天生活泼快乐，虽遭不幸而伤心，但保持着温柔的神态，几乎处之泰然；她的一举一动无比优美。她那小小的哑剧充满智慧，有时还充满魄力；动作别出心裁以求人理解，也善体人意；一旦明白总是那么顺从。骑士有时也像德·阿尔西夫人那样，不声不响地注视女儿。如此优雅和美丽，又如此不幸和可骇，这几乎令他心乱如麻；常见他亲热地拥抱卡蜜儿，还听他高声说：

“其实，我不是个心肠狠毒的人！”

园子里的小树林中有一条幽径，骑士习惯饭后去那里散散步。德·阿尔西夫人在自己的房间，从窗口能望见丈夫在树后走来走去，却不大敢去那里与他相会。她满怀忧伤和痛苦地望着这个男人，他虽是她的丈夫，对她却像个情人，从未责备过她，也从未有过一件可令她责备的，而现在只因她做了母亲而没有勇气爱她了。

不过，有一天早晨，她壮着胆子去了。她身穿便袍下楼，像天使一般美丽。她的心突突直跳，因为她要谈一件事：附近一家庄园要举行一场儿童舞会，德·阿尔西夫人想带卡蜜儿前去参加，想瞧瞧女儿的美貌对别人和她丈夫能产生怎样的效果。她曾有几夜睡不着觉，考虑给女儿穿什么衣裙，围绕这个计划萌生出无比温馨的希望，心中暗道：

“一定要让她父亲引以自豪，一定要让别人从此羡慕这个可怜的小姑娘。她一句话也不讲，然而她是最美的。”

骑士一见妻子来了，便立刻迎上去，拉起她的手吻了吻；这种殷勤的举止是在凡尔赛宫廷养成的，他虽然天生纯朴，却一直没有抛掉这个习惯。夫妻俩先说了几句无关紧要的话，继而开始并肩漫步。

德·阿尔西夫人在考虑以什么方式向丈夫提议，使他允许她带女儿去参加舞会，从而打破他从卡蜜儿出生之后所做的决定——再也不同外界来往。自己的不幸，要摆到那些冷漠的或者心怀恶意的人面前，一想到这一点，骑士几乎总会怒上心头。在这件事上，他早已郑重表明了他的意愿。德·阿尔西夫人有了这种打算，且不说去实施，就是谈一谈，也得先想个迂回的办法，随便找个什么借口。

这工夫，骑士在这方面似乎也想了很多。他首先打破沉默，对妻子说他的一个亲人出了事，严重打乱了家族财产的分配，事情很重要，他必须监督那个受托采取措施的人，否则，他的利益，也是德·阿尔西夫人本人的利益，就可能受到损害。总之，他宣布有必要做个短期旅行，去荷兰同他委托的银行谈妥；他还补充说，事情十分紧急，打算次日一早就启程。

在德·阿尔西夫人听来，这次旅行的动机再明白不过了。骑士虽然毫无抛下妻子之意，但有时不能自持，仍要独自一人躲开一段时间，哪怕回来时心情平静一点也是好的。人着实痛苦的时候，如同动物肌体疼痛那样，总要找个僻静的地方待着。

德·阿尔西夫人乍一听特别吃惊，但答以极平常的话，这类话总在嘴边，在不便讲心中所想时，就用来应付：她认为这趟旅行非常正常，骑士做得对，她承认这次交涉很重要，因此绝不阻拦。她嘴上这样讲着，心里却十分痛苦，说她感到乏了，便在一张椅子上坐下。

德·阿尔西夫人双臂耷拉着，两眼直勾勾的，坐在那里陷入沉思。迄今为止，她既没有欣喜若狂的时候，也没有尝过巨大的欢乐。她相当明显地感到，自己不是个智慧很高的女人，而出身又很一般，心中就不免有点压抑。在她看来，她的婚姻完全出乎意料，曾是一种全新的幸福。在漫长而清冷的白昼中间，一道闪电照亮她的眼睛；而现在，黑夜将她包围了。

她久久陷入沉思。骑士移开目光，仿佛要急于回屋，但他站起来后，重又坐下。德·阿尔西夫人也终于站起身，挽着丈夫的胳膊，一同回去了。

到了晚餐时间，德·阿尔西夫人打发人说她身体不适，不想下楼了。她待在自己房间，跪在跪凳上，直到天黑。她的贴身女仆受到骑士的密令，几次进屋来监视，但问她什么话也得不到回答。将近晚上八点钟，她摇铃叫来仆人，要她拿来给女儿定做好的衣裙，并吩咐人套车。与此同时，她让人通知骑士，说她要去参加舞会，并希望他陪同前往。

卡蜜儿虽是个孩子，但身段极为曼妙轻盈。这可爱的躯体初具线条，母亲给她打扮得又朴素又清纯。卡蜜儿整套装束就是一条绣花细布白衣裙、一双白缎小鞋、脖子上挂的是一条美洲果实项链，头上戴的是一顶矢车菊花冠。她得意地照着镜子，高兴得跳起来。母亲就像不愿跳舞的人那样，身穿丝绒衣裙；等骑士上楼来，她把女儿拉到活动穿衣镜前，连连亲吻，反复说道："你真美！你真美！"

德·阿尔西夫人不动声色，问仆人车是否套好，问她丈夫是否去。骑士把手递给妻子，他们一道去参加舞会。

大家常听人谈及卡蜜儿，这回却是头一次得见。因此，小姑娘一露面，就吸引了所有好奇的目光。原以为德·阿尔西夫人会显得尴尬和不安，其实满不是那么回事。她照常同人客气一阵之后，便十分坦然地坐下了，根本不管每人以什么眼光注视她女儿，是惊奇还是装出感兴趣的样子。任由女儿满客厅里走，仿佛连想都没有想。

卡蜜儿又在舞会上见到小伙伴，她跑向一个，又跑向另一个，就好像在花园里那样。然而，那些小姑娘见到她，态度都有点矜持和冷淡。骑士在一旁见了，内心显然很痛苦。他的朋友走到他面前，纷纷赞扬他女儿的美貌；一些外地人，甚至一些生人也上前搭话，有意来恭维他。他感到别人是在安慰他，而他不大吃这一套。不过，大家的眼神儿错不了，那眼神逐渐使他心中有了点喜悦。卡蜜儿几乎同所有人打手势说过话后，便回来站在母亲的双膝之间。刚才，别人见她到处走，还以为她会做出奇特的举动，至少会有好奇的表现。然而，她只是向人深鞠一躬道晚安，见到英国小姐就握一握手，见到小朋友的母亲就送去亲吻。这一切也许是记在心里的，但是她做得十分可爱，又十分天真，然后就安安静静回到原来的位置。大家开始赞赏她了。这可怜的灵魂出不来的躯壳，也的确美极了。她那身材、面容、卷曲的长发，尤其她那双无比明亮的眼睛，让所有人惊讶。她的目光竭力猜测一切，她的动作竭力表达一切，与此同时，她那沉思而忧郁的神态，也给她的一举一动、给她童稚的举止和姿态，增添了几分大气。如果一位画家或雕塑家在场，一定会留下深刻的印象。许多人过来围住德·阿尔西夫人，用手势向卡蜜儿提了无数问题；一种真诚的善意、一种由衷的同情就这样取代了诧异和反感。事情很快就有点过分了，一旦邻居接连重复同样一件事情，总要出现这种情况——说什么从未见过这样可爱的孩子，说什么她无与伦比，容貌举世无双。

总之，卡蜜儿得到了普遍的赞扬，但她本人却丝毫没有理会。

德·阿尔西夫人则领会了。这天晚上，她表面始终很平静，而心却跳得很厉害，这是她应得的最幸福、最纯洁的心跳。她和丈夫相视而笑，这种微笑抵得上眼泪了。

这工夫，一名少女坐到钢琴前，开始弹奏四组舞曲。孩子们拉起手，站好位置，开始跳当地舞蹈教师教给他们的舞步。家长也开始相互恭维，赞美这个小小的晚会可人心意，彼此引导注意他们的子女多么可爱。很快就喧声四起，有孩子的欢笑声、青年之间的调笑、少女之间的闲聊、父亲们之间的高谈阔论、情人之间酸溜溜甜蜜蜜的客套话。总之，这就是外省的一场儿童舞会。

骑士目不转睛地看着女儿；可以想见，卡蜜儿没有跳四组舞，她颇为忧伤地注视别人跳舞。一个小男孩过来邀请她，她只是摇了摇头。花冠扎得不太牢，几朵矢车菊摇掉了。德·阿尔西夫人拾起来，很快用别针重新固定上。她把亲手编的花冠修好了，再一回头，怎么也找不见丈夫了：客厅里没有他了。德·阿尔西夫人让人问问她丈夫是否走了，是否乘车走了；得到回答说，他步行回家了。

五

骑士决心不向妻子告别就走，他害怕解释，索性逃避任何不愉快的解释；何况他打算不久就回来，认为只留下一封信更为明智。事情并不完全像他所说的，必须去荷兰一趟；不过，此行可能对他有益。他的一位朋友写信到夏尔多奈，催他尽快动身。这倒是个适当的借口。他回到家中，装作不得不临时决定走的样子，吩咐人从速打包好行李，送进城里托运，他上马启程了。

然而，他要出大门时，还是不由自主地犯踌躇。他心中非常遗憾，只怕自己本来可以控制事态，却匆忙凭感情用事，无端惹妻子流泪，使家里失去安宁，而他到外地也未必能得到安宁。不过，他转念又想：

“谁知道呢，说不定正相反，我做了一件有益而理智的事呢？说不定我离开家所引起的短暂忧伤会给我们带来更为幸福的日子呢？我遭受不幸的打击，唯有上帝知道缘故；我只远离几天令我痛苦的地方。换个环境，旅行，甚至旅途劳顿，也许会排解我的烦闷；我要忙一些物质的、重大而必要的事务，等我的心平静一些，如意一些，再回家来；而且经过思考，我会更清楚自己该做什么。”

“然而，”他内心深处又想道，“赛茜儿会痛苦的……”

不过，既已动身，他就继续赶路了。

德·阿尔西夫人将近十一点钟离开舞会，她同女儿上了车；卡蜜儿很快就在她膝上睡着了。她虽然还不知道骑士如此急切地实施了旅行计划，但独自从邻居家出来，心里实在不是滋味。在外人眼里无非是一件失礼的事，对深知内情的人来说，就变成一种揪心的痛苦了。骑士无法忍受将自己的不幸公之于众，而这位母亲却要展示，以便竭力克服和战胜这种不幸。她不难原谅丈夫在伤心或情绪不好时做出的举动，可是不能不想想，在外省，就这样把妻子和女儿丢下不管，几乎是闻所未闻的事情。在这种场合，不管多么小小不言的事，哪怕是要穿大衣时没人给送上来，它给人造成的伤害，往往是遵守全部礼仪也弥补不了的。

乡间石子路刚刚翻修，马车行驶缓慢，德·阿尔西夫人看着进入梦乡的女儿，神思沉浸在最凄苦的预感中。她小心地托着卡蜜儿，免得马车颠簸把孩子震醒。黑夜里思想特别活跃，她想到这种命数似乎在紧追不舍，甚至危及她刚在舞会上所尝到的正当的喜悦。她的头脑处于奇特的状态，时而回想自己的过去，时而瞻念女儿的未来。

“会发生什么情况呢？”她心中暗道，“我丈夫要远离我，今天不走明天也要走，不会回来了；我再怎么劝阻，再怎么祈求，也只能令他厌烦；他的爱已经消逝，只剩下怜悯了，而且他忧伤的心情，是他和我本人都无能为力的。我女儿长得很美，却又生来不幸，我有什么办法呢？我又怎能预见或者防止呢？我应当保护这可怜的孩子，我也是这么做的，可是舍不得孩子，差不多就等于放弃同我丈夫再见面的机会了。他逃避我们，厌恶我们。假如反过来，我尽量靠拢他，大胆地试着唤回他从前的爱，那么他也许会要求我同女儿分开吧？他很可能要把卡蜜儿托付给外人，摆脱掉眼见心烦的孩子吧？”

德·阿尔西夫人转念至此，不禁吻了吻卡蜜儿。

“可怜的孩子！”她心中暗道，“我，抛弃她！我，以安宁为代价，也许以生命为代价，换取同样会逃离我的一种表面的幸福！为了做妻子而不当母亲！如果这种事情都可行，那么还不如死了吧？”

继而，她重又开始臆测，在心中设问：

“会发生什么情况呢？上天要命令我们做什么呢？上帝监护所有人，他看见别人，也看见我们。他要把我们怎么样呢？这孩子会怎么样呢？”

在夏尔多奈不远处有一段过河浅滩，由于近一个月来雨水太多，河水上涨，淹没了附近的牧场。渡工刚开始不肯让马车上渡船，说是必须卸套，他只能运载人和马过河，不管车子。德·阿尔西夫人急于回家看丈夫，不想下车，她吩咐车夫把车赶上船，说几分钟就渡过去，这个河段她不知过了多少趟。

船到中流，开始随急水往下漂。渡工请车夫帮忙，说是要避免渡船被冲到闸口。的确，下游两三百米处有一个磨坊，水闸是由小栅栏、木桩和木板构成的，但是已经老朽，被河水冲垮，形成一道小瀑布，简直就像一道悬崖峭壁。显而易见，渡船若被冲到那里，就会出大事故了。

车夫从座位上跳下来，他很想帮把手，可是船上只有一根撑篙。渡工虽竭力撑船，但是夜又黑，又细雨霏霏，两个汉子什么也看不见，他们时而轮换撑篙，时而合力，以便横渡到对岸。

水闸的哗哗声响越来越近，也预示着越来越危险了。船装载很重，又有两个壮汉撑船顶着水流，因而往下冲得不快。篙在前方如果稳稳撑住，渡船就能停下，横过来，或者打转。然而，水流还是太急了。德·阿尔西夫人坐在车里，她惶恐万分，打开窗子，喊道：

“我们没救了吗？”

这时，篙突然折断，两个汉子手破了皮，精疲力竭地跌倒在船里。

渡工会游泳，但车夫是个旱鸭子。情况十分危急。

“乔尔乔老爹，”德·阿尔西夫人向渡工喊道，“你能救我，救我和我女儿吗？”

乔尔乔老爹望了望河面，又望了望岸边：

“当然能！”他耸耸肩膀回答，几乎是一副受了冒犯的样子，听不得这样的问题。

“那该怎么办呢？”德·阿尔西夫人又问道。

“我用肩驮着您，”渡工答道，“您穿着长裙，裙子会托着您。您两个手臂搂住我的脖子，不要怕，也不要搂得太紧，那样我们就得全淹死；您不要呼叫，那样您就会灌水。至于小姑娘，我一条胳膊抱住她的腰，另一条胳膊侧泳；我把她举出水面，都不会让她湿着。从这儿到那片土豆地，也就只有二十五法寻（法国水深单位，1 法寻合 1.624 米）。”

“那么若望呢？”德·阿尔西夫人指着车夫问道。

“若望要灌点水，但是还能缓过来。他冲到水闸那儿等我，我会找到他的。”

乔尔乔老爹跳下水，负载着两个人，他过高估计了自己的力量。他不是年轻那时候，今非昔比了。河岸比他说的要远，水流也比想的要急。他竭尽全力要游上岸，可是不一会儿就顺水流往下冲。天黑看不见，不料突然撞到水中的一段柳木上：正撞着脑门儿，撞得很重，流出的血模糊了眼睛。

“我不行了，”他说道，“接住您的女儿，让她搂住我的脖子，或者您的脖子。”

“你若是只驮她，能保住她的命吗？”母亲问道。

“说不好，但我认为能行。”渡工回答。

德·阿尔西夫人再没说什么，张开手臂，放开渡工的脖颈，顺水沉下去了。

渡工将小卡蜜儿安然送上岸，车夫被一个农民从河里拉上来，就帮着渡工寻找德·阿尔西夫人。直到次日早晨，她的遗体才在岸边被发现。

六

这个不幸事件发生一年之后，在巴黎驿站街区的布洛瓦街，在一家配备家具的客栈的一套客房中，有一位服丧的年轻姑娘，坐在靠近炉子的一张桌子旁边。桌子上放着一只酒杯和只剩下半瓶的普通葡萄酒。一个上了年纪而背微驼的男人，在屋里大步地走来走去，他的着装跟工人差不多，看相貌显得人很开朗爽直。他不时走到少女面前站住，带着慈爱的表情注视她。于是，少女伸出手臂，拿起酒瓶，斟满了酒杯，那殷勤的动作却掺杂了几分不自觉的反感。老人喝一小口酒，重又踱步，边走边比比画画，那样子挺怪，颇为可笑。而少女则神态忧伤，微笑地注视着他的一举一动。

有人若是在场，很难猜测这两个是什么人，只见一个纹丝不动，冷冰冰的好似大理石雕像，但是浑身又充满优美和高雅。她的面孔和细小的动作所透出的，超出一般人所说的美；而另一个外表非常粗俗，衣冠不整，在屋里还戴着帽子，喝着小酒店供应的普通葡萄酒，钉了铁掌的皮鞋踏得地板咯咯响。这两个人形成鲜明的对照。

然而，他们又被相当热诚而深情的友谊连在一起。二人正是卡蜜儿和外叔公吉罗。忠厚的老人闻讯赶到夏尔多奈，先帮着把德·阿尔西夫人的遗体送至教堂，然后送到最终的安息之所。可怜的姑娘失去母亲，父亲又旅行在外，她在世上就孤零零一个人了。骑士既已离开家，一路又要游玩，又要办事，在荷兰跑了好几座城市，很晚才得到妻子的死讯。也就是说，在将近一个月的时间里，卡蜜儿成了孤儿。诚然，家里有一个保姆兼教师，负责照看小姑娘；可是，母亲生前绝不肯同人分担对孩子的照料，因此，保姆形同虚设，不大了解卡蜜儿，遇到这种情况也根本帮不上手。

小姑娘死了母亲，悲痛欲绝，真让人担心她也活不久了。德·阿尔西夫人的尸体从河里捞上来，在运回家的路上，卡蜜儿走在旁边，哭号之声撕肝裂胆，当地人听了都有点害怕。这姑娘，平日见她总是不声不响，又温和又沉静，现在她面对死者，猛然从沉默里冲出来，的确给人以莫名的恐惧。从她嘴里喊出来的断断续续的声音，唯独她本人听不见，好似野人的腔调，既不是人语，也不是号啕，而像是由痛苦创造出来的一种语言。这种可怕的呼号，一天一夜充斥整个别墅。卡蜜儿到处狂跑，又是揪自己的头发，又是捶打墙壁，别人怎么也劝阻不了，甚至来硬的也无济于事。直到生理上筋疲力尽，她才倒在停放她母亲遗体的床脚下。

可是不久，她似乎就恢复了往常的平静，可以说什么都忘记了。有一段时间，她表面很消停，心不在焉，终日信步走着，也不拒绝别人对她的照顾。大家以为她镇定下来了，请来的医生也同大家一样判断错了：她很快发起高烧，神经过敏，症状极为严重。她病倒了，必须时刻守护；她仿佛完全丧失了神志。

正在这节骨眼上，外叔公吉罗不顾一切，决心前来救护侄孙女。

“既然她现在没有父亲也没有母亲，”他对家中的仆人说，“那么我作为她的亲外叔公，就要负责照看她，防止她出什么意外。我一直喜欢这孩子，还多次向她父亲要她，好逗我欢笑。我不忍心看着她身边没有亲人，这就是我的女儿了。眼下我先带她走；等她父亲回来，我再把孩子还给他。”

吉罗叔叔信不过大夫，有一定的道理：他本人从未生过病，也就不大相信会有疾病。尤其神经性热症，在他看来是一种幻觉，完全是思想错乱，散散心就能治愈。因此，他决心带卡蜜儿去巴黎。

“你们瞧这孩子，”他还说道，“她很悲伤，总是哭，哭得也有道理：一个人的母亲不会死第二次的。不过，母亲走了，女儿不一定也跟着走，应当尽量让她想别的事儿。据说巴黎是最好的地方，我没到过巴黎，她也一样；因此，我要带她去一趟，这样的旅行对我们俩都有好处。再说了，哪怕只是跑跑路，这对她也只能有益无害。我和别人一样，也有过苦恼，可是，我每次看见驿车车夫副手礼服的燕尾在眼前跳动，心情就会快活起来。”

卡蜜儿和外叔公就这样来到了巴黎。骑士收到吉罗叔叔的一封信，得知这趟旅行，也就同意了。他在荷兰旅行一圈儿回到夏尔多奈，心情极度郁结，几乎不想见任何人，甚至包括他女儿。他仿佛要逃避任何在世的人，甚至要逃避自己。他几乎总是独自一人在树林中骑马，把身体累得疲惫不堪，以便给灵魂一点安宁。掩饰的忧伤无法治愈，几乎要把他吞噬。他在内心深处责备自己给他妻子的一生造成的不幸，并在一定程度上导致她的死亡。

“当时若是有我在，”他常这样想，“她就能活下来，而且我本来应该同她在一起。”

这种想法挥之不去，毒化了他的生活。

他渴望卡蜜儿生活幸福，必要时，他准备为此做出最大的牺牲。他回到夏尔多奈的时候，头一个念头，就是代替已不在之人守护女儿，加倍偿还他欠下的这笔情债。然而，事情还没做，一回忆起这母女多么相像，他心里就感到难以忍受的痛苦。他极力想误解这种痛苦，想确信在他所爱的人脸上，又看到他一直哭泣之人的相貌，这对他来说是一种安慰、一种平抚。可是，他怎么想也没有用，卡蜜儿在他面前，就是一种活生生的谴责，就是他的过错和不幸的一个证据，他感到自己实在没有勇气面对。

吉罗叔叔可没有想那么多，只一心要让他侄孙女开心，生活快乐。可惜这并不容易。卡蜜儿倒没有闹别扭，带她去哪儿都行，不过，她绝不投入老人试图给她安排的任何玩乐之中。无论散步，热闹聚会，还是观看演出，都不能使她动心；她的回答一成不变，出去就穿她那身黑衣裙。

老瓦匠也很执著。正如前面说的，他在运输公司客栈租了一套带家具的客房，是街上送货员随便指给他的一家客栈，他本打算只住一两个月。他和卡蜜儿一住下来，一晃差不多过去一年了。在这一年中，吉罗叔叔向她提议的玩乐卡蜜儿一概拒绝；不过，老人心肠好，有耐心，同时也很固执，他等了一年也毫无怨言。他十分钟爱这个可怜的姑娘，但自己并不知道其中的缘故，只能说是一种无法解释的魔力的作用，将善心和不幸联结在一起。

“我真弄不明白，”他一边说，一边把瓶中剩下的酒喝下去，“究竟是什么阻止你同我去歌剧院。这是很贵的，票就揣在我兜里；你的服丧期昨天就结束了，这儿有两条新裙子；再说，你只要披上带风帽的斗篷就行了，可是……”

他忽然住了口。

“见鬼！”他又说道，“你一点也听不见，我没有想到这一点。不过，有什么关系呢？在那种地方也没有必要。你听不见，我不听，我们只看跳舞就行了。”

善良的外叔公就这样唠唠叨叨，想到什么有趣的事儿就非讲出来不可，从来不考虑侄孙女既听不见也不能回答这一事实。但他总是不由自主地同她聊天。他若是试图打手势表达，情况还更糟，卡蜜儿更不明白了。因此，他还是按照老习惯，像对所有人那样同她说话，当然也不遗余力地打手势。卡蜜儿也渐渐习惯了这种说话的哑剧，并设法以自己的方式回答。

正如老人讲的，卡蜜儿服丧期的确完了。他已经给侄孙女定做了两条美丽的衣裙，拿到她面前的时候，一副又温柔又恳求的表情。卡蜜儿见了，不禁扑上去，搂住他的脖子表示感谢。然后她又坐下来，恢复常见的那种平静而忧伤的神态。

“这样还不行，”外叔公说道，“漂亮的衣裙总得穿在身上啊。裙子做出来就是要穿的，这裙子多漂亮。”

他边说边在屋里走。同时像耍木偶戏似的抖动衣裙。

卡蜜儿眼泪流得够多了，也该有片刻的欢乐。自她母亲去世之后，她还是头一回起身照镜子，接过外叔公递给她的一条衣裙。她深情地看了他一眼，向他伸出手去，又微微点一下头，表示同意。

吉罗老头见她点头了，乐得像孩子一样，穿着大皮鞋直蹦高。胜利啦！他要完成计划的时刻终于到了。卡蜜儿要打扮起来，同他一道出门，接触外界了；老人一想到这里，就待不消停了。他连连亲着侄孙女，同时大声责骂那个贴身女仆、家里那些仆人和所有下人全是没用的东西。

卡蜜儿打扮完了，简直美极了，连她自己仿佛也认可了，冲着她的影像微笑。

“马车就停在楼下。”吉罗外叔公说着，还举起手臂，模仿车夫挥鞭打马的姿态，嘴里发出马车的声响。卡蜜儿又微笑了，她拿起刚脱下的孝服，仔细叠好，吻了吻，放进衣柜里，就出门了。

七

吉罗叔叔固然不是雅人，但他至少爱炫耀事情办得很好。他对自己的打扮无所谓：一身衣服总是崭新的，特别肥大，因为他要穿着随便，不愿意箍着身子；棉布袜子没有完全拉开，假发也滑到眼眉上。然而，他要款待别人的时候，首先挑最贵最好的。因此，这天晚上，他给自己和卡蜜儿定了一个敞亮的好包厢，非常显眼，以便让所有的人都看见他侄孙女。

卡蜜儿乍一看舞台和大厅，只觉得眼花缭乱，这也是难免的：一位刚满十六岁的少女，在偏僻的乡下长大，猛地置身于这种艺术和行乐的豪华场所，定然要以为是在做梦。台上正上演一出芭蕾舞；卡蜜儿饶有兴趣地观看演员的姿势、动作和舞步，明白是演一出哑剧。哑剧她熟悉，就想弄清楚是什么意思。她不时扭过头，一副惊诧的表情，仿佛要询问她外叔公；可是，外叔公比她也好不了多少。她看见穿着长丝袜的一些牧羊青年，向他们的牧羊姑娘献花；由绳子拴着的几个小爱神在飞舞，云端上坐着几尊神。舞台上的装饰、灯光，尤其令她目眩的明亮大吊灯，还有女人的首饰、绣花绸缎、头饰羽翎，这种金碧辉煌的场景她从未见过，令她暗暗称奇。

反过来，她也很快成为众人瞩目的对象。她的打扮很朴素，但极为雅致。她独自坐在大包厢里，身边只有一个像吉罗叔叔那样毫不做作的男人，像星辰一样美丽，像玫瑰花一样鲜艳，一双大眼睛乌黑明亮，神态十分天真，自然能吸引来目光。男子开始对她指指点点，女士们开始注意观察她；侯爵们纷纷凑过来，尽是溢美之词，对她也赞不绝口。可惜，只有吉罗外叔公听见了，美滋滋地品味着这种盛赞。

这工夫，卡蜜儿又渐渐故态复萌，先是恢复沉静的神态，继而黯然神伤。她觉得这是多么残酷，在这么多人中间，自己却孤孤单单。在包厢里交谈的这些人、给演员舞步伴奏的这些乐师、舞台和观众席之间的这种思想大交流，凡此种种，可以说无不促使她反思自省。

“我们都在说话，而你却不说话，”全场的人仿佛都在对她说，“我们聆听，我们欢笑，我们歌唱，我们享受一切；唯独你什么也享受不到，唯独你什么也听不见，唯独你在这里无异于一尊雕像，类似一个只是旁观生活的人。”

卡蜜儿闭上眼睛，以便摆脱这种景象。她又想起那场儿童舞会。当时她待在母亲身边，看着她的那些小伙伴跳舞。她的神思又飞回家园，回到她那不幸的童年，又看到她那漫长的痛苦、她暗流的眼泪，又看到她死去的母亲，直至她刚脱下的孝服。她决心回去再穿上。既然一辈子命定如此，她感到最好永远也不要设法减轻痛苦。更为辛酸的是，她要抵制天谴的任何努力，还未着手做，就已经感到是徒劳的了。她头脑里充满这种念头，不由得流下几滴眼泪。吉罗外叔公瞧见了，正要猜测是什么缘故，看见她示意要离去。老人又吃惊又不安，心里犯踌躇，不知如何是好。卡蜜儿已站起来，向他指了指包厢的门，想要他把斗篷递过来。

恰好这时，她望见下面一层的看台上，有一个穿戴十分讲究、仪表不俗的青年，手中拿一块青石板，正用白铅笔往上写字和符号，然后举给旁边一个年长的男人看；那人似乎立刻看懂了，并以同样的方式极为迅速地回答。与此同时，他们二人还伸屈手指，相互打信号，看样子以这种方式交流思想更方便。

卡蜜儿一点也不明白，既不明白她看不大清楚的符号，也不明白她不熟悉的手势；但是她一眼就注意到，那青年的嘴唇并不翕动。她本来要走出包厢，却又停住了。她看出他们讲的不是寻常人的语言，他找到了另外的表达方式，而不用通常说话必不可少的动作，即她根本不懂又令她思想苦恼的嘴唇的动作。她万分惊讶，萌生了一种不可遏制的欲望，不管这是什么奇特的语言，也要进一步了解一下，于是又坐到她刚离开的座位上。她俯在包厢边上，聚精会神地观察那个陌生的青年在做什么。只见他又在青石板上写东西，给他旁边的那个人看。卡蜜儿不由自主地往前探了探身子，仿佛要中途截住。这一探身，也引得那青年回过头来，瞧见了卡蜜儿。二人的目光一相遇，就都怔住了，一时把握不稳，就好像彼此在极力辨认。继而，他们相互猜出来了，彼此用眼色表示：我们两个都是聋哑人。

吉罗外叔公给侄孙女拿来斗篷和半截面罩，他的手杖也拿来了。可是，卡蜜儿又不想走了，她重又坐下，俯在栏杆上。

当时，勒佩神父刚刚为人所了解。

有一次，他去圣维克托城壕街拜访一位妇人，看见两个做针线活的聋哑姑娘，不禁动了恻隐之心。须知这种慈悲本来就充斥他的心田，一旦突然醒来，就已经显示了奇迹。他在这些受人歧视的可怜人不规范的手势中，发现了一种丰富语言的幼芽，认为能够推广普及，不管怎样，比莱布尼茨（德国著名数学家和哲学家，著作均用拉丁文或法文写成）的语言更真实。他同大多数天才人物一样，将自己的目标定得太大，也许有点离谱了。不过，已经很不简单了。不管以他的善良有多大抱负，终归还是教聋哑人读和写。他又把他们计入人的数量中了。他没有助手，单靠个人力量，致力于将这些不幸者组成一个家庭，准备为这一计划奉献自己的一生和财产，直到国王将目光投到他们身上。

坐在卡蜜儿包厢附近的那个青年，就是勒佩神父教出来的一名学生。那青年出身贵族世家，人很聪明，但是天生有此残疾，如当时人所谓的“半死不活”。他是首批接受跟著名的德·索拉尔伯爵差不多相同的教育的人，所不同的是他富有。伯爵如果没有德·邦蒂耶夫尔公爵提供食宿，就有饿死的危险。除了神父的课程之外，他们还给他安排了一名家庭教师（正是在他身边看青石板的那人）；那位家庭教师是在俗的教徒，可以到处陪伴他，当然也负责监护他的行为，指导他的思想。无论看书还是去游乐场，无论听歌剧还是做弥撒，天天都在学习，事事都能训练他的头脑。那青年也十分用心，充分利用时间，只不过他生性高傲，个性极强，内心总不免排斥这种艰苦的练习。他根本不知道，他若是生在普通人家，哪怕只是像卡蜜儿那样，生活在巴黎之外的地方，会遭遇什么不幸。开始教他识字的时候，最先教他认的是他父亲的姓名：德·莫伯雷侯爵。因此，他知道自己与众不同：出身有特权，天生又有残疾。自豪和屈辱就这样相抵牾。幸而他高尚的心灵始终那么淳朴，这也许是迫不得已吧。

这位聋哑侯爵观察并能理解别人，和别人一样自豪，他还由家庭教师陪伴，出入凡尔赛那些大客厅，按照传统穿着红跟鞋到处走。这次在歌剧院，也不止一个漂亮女人把观剧镜对准他，但他却目不转睛地看着卡蜜儿。卡蜜儿没有盯着他看，但也看得一清二楚。散场之后，她挽上外叔公的胳膊，没敢回头，若有所思地返回了住处。

八

自不待言，无论卡蜜儿还是吉罗外叔公，连勒佩神父的名字都不知道，更想不到他还发明了让哑巴说话的一种新方法。这种新方法，骑士本可以了解到；他妻子若是还活着，肯定能够得知。可惜，夏尔多奈离巴黎太远，骑士没有订报纸，即使订了也不看。就这样，只隔几法里，人懒一点儿，或者死气沉沉，都能造成同样的后果。

卡蜜儿回到住所，心里只有一个念头：尽量用手势和眼神向外叔公解释她需要什么，首先要一块青石板和一支铅笔。尽管时间有点晚，该吃晚饭了，这种请求并没有难倒吉罗老人。他以为自己完全领会了，就跑回自己的房间，得意扬扬地给侄孙女拿来一小块木板和一截粉笔，这是他怀恋建房所留下的宝贵念想。

卡蜜儿看到外叔公就是这样满足她的渴望，丝毫没有流露抱怨的神色。她将小木板放在膝上，让外叔公坐到她旁边，让他拿起粉笔，再抓住他的手，仿佛手把手要他写什么，同时不安的目光注视着他的动作。

吉罗外叔公明白是要他写字，可是写什么呢？不得而知。“写你母亲的名字吗？写我的名字吗？还是写你的名字呢？”为了弄清楚，他就用手指头极轻地点了点少女的心口，她立刻点了点头。老人觉得猜出了她的意思，便大大地写了卡蜜儿这个名字，然后沾沾自喜，非常满意这样度过了一个夜晚。晚饭摆好了，他没等侄孙女就入座了，而在这方面，少女向来无力同他对抗。

不等外叔公喝完那瓶酒，卡蜜儿绝不会离开餐桌；她看着老人吃完饭，向他祝了晚安，这才腋下夹着小木板，回自己房间了。

她一插上房门，自己就动手写了。她先摘下帽子，脱下裙子撑架，然后开始模仿外叔公刚才给她写的单词，十分认真，万分吃力。她将摆在屋子中央的大桌子涂成了一片白色，又写又画，不知练了多少遍，总算能比较像样地复制出眼前的几个字母了。她写出来之后，为了验证模仿得是否准确，她就一笔一画地数样板字母，围着桌子转，心里高兴极了，就好像获得了一次胜利。她写完“卡蜜儿”这个词，觉得十分美妙，肯定是在表达世间最美好的事物。就在这一个词中，她似乎看出许多意思，一个比一个甜美，一个比一个神秘，一个比一个迷人。她万万没有想到，这只不过是她的名字。

时值七月份，夜色姣好，空气清新。窗户早已打开，卡蜜儿不时停在窗口遐想。她解开了长发，叉起双臂，眼睛闪闪发亮，肌肤着了由月光赋予女人的那种白色，显示出一种朦胧的美。她凝望着一种最凄凉的景象：一家运输公司的长楼房的窄院子。那院子阴冷潮湿，有害健康，常年不见阳光；只因楼房一层叠一层，高高地遮住阳光，院子便成了一个地窖。四五辆大车挤在一个棚子下，辕木闲置在那里。由于棚子没地方了，还有两三辆车丢在院子里，仿佛在等待马匹；而马匹则在马厩里踏蹄，从夜晚到早晨要求着燕麦饲料。楼门一到半夜十二点就关闭，严禁房客出入，但是只要车夫一声鞭响，随时都会打开。楼门上方厚厚的墙壁开了五十多扇窗户，而每扇窗户的烛光从不会超过十点钟，除非有特殊的情况。

卡蜜儿正要离开窗口，忽见一个身穿闪亮衣服的人在漫步的身影，恍惚从一辆沉重的驿车的暗影里走过。不知为什么，卡蜜儿吓得打了个寒战，其实有外叔公在守护呢，他那响亮的鼾声就是明证。若说是小偷或者凶手，也未免太明目张胆了，怎么可能那样一身打扮，来到院子里散步呢？

然而，那里确实有个人，卡蜜儿看见了。那人在马车后面走动，望着她所在的窗口。过了片刻，卡蜜儿感到恢复了勇气，便回身拿了蜡烛，手臂探到窗外，突然照亮了院子。与此同时，她又投去半恐惧半威胁的目光。马车的暗影消失了。德·莫伯雷侯爵（正是他本人），看见自己完全暴露了，他的全部反应，就是单膝下跪，双手合拢，以无比崇敬的姿态仰望着卡蜜儿。

二人就这样对视了片刻，卡蜜儿手擎烛光俯在窗口，侯爵则跪在她面前。罗密欧和朱丽叶只是一天晚上在化装舞会上见面，一见面就海誓山盟，并且信守誓言。假如这对情侣只能用思想彼此诉说这种相同的、在上帝面前永恒的事情，而天才的莎士比亚如果要把他们的形象永久地留在大地上，那么想一想他们的头一种姿势、头一瞥眼神该是什么样子呢？

要由两三级梯子登上一辆马车的顶层，如果每上一级就不得不停一下，看看是否应当继续攀登，这毫无疑问是可笑的。同样，一个穿着长丝袜和锦绣衣服的男子，从这辆车顶层跳到一扇窗户的窗沿儿上，也是不够雅观的。这一点毋庸置疑，除非是为了爱。

德·莫伯雷侯爵一进入卡蜜儿的房间，就恭恭敬敬地向她施礼，就好像在杜伊勒里王宫见面一样。他若是能说话，也许会向卡蜜儿讲述，他如何逃脱了教师的监护前来，如何买通一名仆人才到她窗下守夜，而当她离开歌剧院时，他又是如何跟踪而来，她的一瞥如何改变了他的整个生活。总之，他在这世间如何只爱她一人。也没有别的奢望，只求同她结成伴侣，共享幸福的生活。这番话全写在他嘴唇上，可是，卡蜜儿向他鞠了一躬回礼，就让他明白讲述这些根本没有必要。一旦他来了，究竟是怎么来的，她了解不了解都无所谓了。

德·莫伯雷侯爵终于来到他所爱的人面前，尽管表现了极大的胆量，但是我们前面说过，他这个人还是淳朴而矜持的。他向卡蜜儿施过礼之后，就千方百计地问她是否愿意嫁给他。可是徒然，她根本不明白他要表达什么意思。侯爵看见桌上那块写着“卡蜜儿”名字的木板，便拿起粉笔，在这名字旁边写上他的名字：“皮埃尔。”

“这是怎么回事啊？”一个男低音的粗嗓门嚷道，“怎么就这样约会啦？先生，您是从哪儿钻进来的？您到这屋来干什么？”

叫嚷的正是吉罗外叔公，他穿着睡衣走进来，一副气势汹汹的样子。

“这事儿可真妙啊！”他继续嚷道，“天晓得我在睡觉，而您若是弄出了响动，至少不是用您的舌头。怎么还有这种人，干脆就登梯爬高上来？您想干什么？踏坏一辆车，什么都搞破，什么都损坏，还要干什么呢？败坏一个家庭的名誉！侮辱作践正经人家！……”

“嘿！这一位，我说话也听不见！”吉罗外叔公伤心地说道。这时，侯爵拿起一支铅笔，在一张纸上写了这样一封信：

“我爱卡蜜儿小姐，要娶她为妻，我有两万法郎的年金。您愿意把她嫁给我吗？”

吉罗外叔公不禁叹道：

“只有不说话的人，干起事来才这样痛快。”

他想了一下，又高声说道：

“对了，忘了这茬儿了，我只是她的外叔公，不是她父亲。还得请求她爸爸的同意。”

九

要征求骑士同意这样一桩婚姻，还真不是一件容易的事，倒不是因为他不为女儿好。前面我们已经看到，他总要尽一切可能减轻女儿的不幸，可是眼下这件事情，却有一种几乎难以克服的困难。要把一个身有严重残疾的姑娘，嫁给一个天生就有同样残疾的人，这种结合如有什么结果，那很可能只会给人世增添不幸的成员。

骑士隐居在自己的庄园里，心情始终极度哀伤，继续过着孤寂的生活。德·阿尔西夫人葬在园子里，坟墓围了一圈垂柳，远远向过路人宣示她安息的简朴之地。骑士每天散步都会走向这个地点，在墓旁一待就是几小时，受痛悔忧伤的折磨，沉浸在能勾起他痛苦的所有往事的回忆中。

一天早晨，吉罗叔叔突然来了，正是在那里找到了他。老人撞见两个年轻人在一起的第二天，就带着侄孙女离开巴黎，回到勒芒，将卡蜜儿安置在他自己家中等待他去斡旋的结果。

皮埃尔得知这次旅行，保证忠贞不渝，信守诺言。他早就父母双亡，成为家产的主人，只需征求监护人的意见；此外他的意愿也不必担心遇到任何障碍。而老人这方面，也愿意扮演和事佬的角色，促成两个年轻人的婚姻。不过他觉得他们第一次相会实在奇怪，警告今后如无姑娘的父亲和公证人的同意，绝不能重演。

可以想见，骑士刚听吉罗叔叔说了几句，就惊诧到了极点。于是，老人向他讲述了在歌剧院相遇的情景，那个幽会的奇特场面，以及更为离奇的求婚。骑士简直难以想象会有这样的传奇故事，然而他又不得不承认，人家可是严肃认真对他谈的；他头脑里立刻产生了我们预料得到的异议。

“有什么办法呢？”他对吉罗说道，“让两个同样不幸的孩子结合？我作为父亲，家里有这个可怜的孩子还不够吗？难道还要给她找一个类似的丈夫，增加我们的不幸吗？难道我就命里注定，身边只有为世人所鄙弃、所歧视和可怜的人吗？难道我就应当同聋哑人相伴一生，在他们可怕的沉默中活到老，由他们的手给我合上眼睛吗？上帝知晓，我并不炫耀我的姓氏，但这总归是我父亲传给我的，难道我还要留给既不能签字又讲不出来名字的不幸者吗？”

“讲是讲不出来，”吉罗说道，“但是签字，那可得另说。”

“签字！”骑士提高嗓门，“您丧失理智啦？”

“我明白着呢，这个青年会写字，”叔叔回敬道，“我可以向您作证，证明他甚至写得很好，很麻利。他的求婚书还在我兜里，老实说，挺合乎规矩的。”

老人说着，拿出字条给骑士看：德·莫伯雷侯爵写的字不多，但是的确十分简洁，又十分明白地表达了他的请求。

“这是怎么回事儿？”父亲说道，“从什么时候起，聋哑人也拿起笔来了？吉罗，您这是给我讲的什么故事？”

“真的，我也不知道是怎么回事儿，”吉罗说道，“不知道怎么会有这种事情。我的本意，不过是让卡蜜儿开心，也和她一起瞧瞧单腿旋转是什么样子。这位小侯爵碰巧也在那儿，他手里肯定拿着一块青石板和一支铅笔，用得十分熟练。我同您一样，始终认为人一哑巴，就什么话也说不了，然而事实根本不是这样。看来，如今有人发明了一种方法，适用于所有聋哑人，他们能相互理解，彼此完全可以交谈。据说发明者是位神父，姓名我不记得了。至于我，您也完全了解，我一贯认为，一块青石板只配铺在房顶上；可是，那些巴黎人脑袋瓜儿可真灵！”

“您讲的，可当真？”

“完全当真。这位小侯爵很富有，小伙子很英俊，他是贵绅，人也很文雅，我可以为他打包票。请您想想一件事：您如何安置可怜的卡蜜儿呢？不错，她不能说话，可这也不是她的错。您让她今后怎么办呢？她不能总在家当姑娘呀！现在有一个男子爱她，如果您把女儿许配给他，他绝不会因为妻子舌头尖有毛病就厌恶；他通过自身知道是怎么回事儿。两个孩子能相互理解，不用叫喊就心领神会。小侯爵认字，也会写字，卡蜜儿也能学会，她学得不见得比另一个费劲儿。您应当明白，如果我提议让您把女儿嫁给一个盲人，那您尽可刮我的鼻子；可是，我推荐的是个聋哑人，这总归是合乎情理的。您瞧，自从有了这丫头，十六年了，这始终是您的一块心病。您作为父亲，如果不能做出决策，那么还不是同所有人一样，怎么能解决呢？”

骑士听着吉罗叔叔这样讲，目光不时投向他妻子的坟墓，仿佛在沉思。

“让我女儿恢复思考能力，”他沉默许久才说道，“上帝允许吗？这事儿可能吗？”

这时，邻村的本堂神父走进园子，他是来庄园吃饭的。骑士心不在焉地同他打了声招呼，继而才猛地从沉思中醒来。

“神父，”他问道，“您有时收到报纸，了解些消息。有个神父从事聋哑人教育，您听说过吗？”

不巧的是，所问的人是当时一个地道的乡村教士，人倒淳朴善良，但是非常无知，还相信这个世纪大量存在的、极为有害的各种偏见。

“我不知道老爷要说什么，”他答道（他把骑士尊为村子的老爷），“可能指的是德·勒佩神父吧？”

“正是他，”吉罗叔叔说道，“这姓名别人对我说过，可我没记住。”

“对呀！”骑士说道，“应当怎么看呢？”

“我不能不懂装懂，”本堂神父回答，“过分谨慎地谈论一件事。然而，在这个问题上，根据我随便了解到的一点情况，我有理由认为，德·勒佩先生虽然是个十分可敬的人，但是绝没有达到他想要达到的目的。”

“您这话是什么意思？”吉罗叔叔问道。

“我的意思是，”教士回答，“多么纯的动机，有时结果也令人大失所望。毫无疑问，根据我所掌握的情况，那种努力可钦可佩，然而我完全有理由认为，像老爷所讲的，企图教聋哑人识字，完全是异想天开。”

“我亲眼看见的，”吉罗说道，“我看见了一个聋哑人写字。”

“我绝无同您唱反调的意思，”本堂神父反驳道，“可是有些学识渊博的知名人士，我甚至可以引举巴黎医学院的一些博士，他们都断然地对我说，这种事情不可能。”

“亲眼看到的事情，没法儿说不可能。”老人不耐烦地又说道，“我兜里揣着这张字条，走了五十多法里，送给骑士，就在这儿，跟阳光一样清楚。”

老瓦匠师傅说着，又掏出字条，送到本堂神父的眼皮底下。神父五分惊讶，五分好奇，颠过来倒过去，高声念了好几遍字条，又还给吉罗叔叔，一时不知说什么好。

骑士仿佛置身于争论的局外，他继续默默地走来走去，心里越来越犹豫不决了。

“如果吉罗说得有道理，”他心中暗道，“我再拒绝，就没有尽到自己的职责，那差不多就等于犯罪。这个可怜的姑娘，我只给了她生命的表象，她生下来就沉入黑暗中，现在有了个机会，她可以同一个寻找她的人携起手来，虽然还走不出永远包围她的黑暗，但她终究可以梦想自己是幸福的。我凭什么阻拦她呢？她母亲若是活着，会怎么说呢？”

骑士的目光再次移向妻子的坟墓，接着，他抓住吉罗叔叔的手臂，拉他走开几步，低声对他说道：

“您想怎么办就怎么办吧。”

“好吧！”吉罗叔叔说道，“她在我家呢，我去接她，给您带来，我们一道来，这要不了多大工夫。”

“绝不要！”父亲回答，“我们共同努力使她幸福就行了；可是，再同她见面，我实在办不到。”

皮埃尔和卡蜜儿在巴黎小神父教堂结婚，证婚人只有家庭教师和外叔公。主持仪式的神父向他们讲了那套程式话，皮埃尔比较熟悉，知道什么时候点头表示同意，颇为顺利地完成了很难扮演的角色。卡蜜儿则干脆不去揣测，不想弄明白，只是看着她丈夫，见他点头也点头。

两个年轻人只是对视和相爱，可以说这就足够了。他们从此携起手来，走出教堂的时候，顶多算是相互认识。侯爵宅邸相当大，卡蜜儿在宗教仪式举行完之后，登上华丽的马车，而且看着这车子像孩子一样好奇。到了公馆，她也不胜惊奇：这些房间、这些马匹、这些仆人，都将属于她了，在她看来真是个奇迹。按事先定好的，婚礼不事张扬，只摆了一桌简单的婚宴。

十

卡蜜儿做了母亲。一天，骑士正在园子里凄然地散步，忽然接到一名仆人送来的一封信，字体出自一个陌生人之手，看着似曾相识，又不得而知，有一种奇异的复杂感觉。信是卡蜜儿写来的，内容如下：

父亲啊！我会说话了，但不是用嘴，而是用我的手。我可怜的嘴唇始终闭合，然而我还是会说话了。我的老师教会我给您写信了。教授我的人，也正是培育他的人，因为您知道，从前很长一段时间他同我一样。我学习起来非常吃力。首先教的是用手势说话，接着又教书写符号。有各种各样的符号，表达害怕、气愤，表达什么的都有。学会这些需要很长时间，掌握组成词语的方法所用的时间就更长了，因为这些符号全不是一码事。不过，您也看到了，我终于还是掌握了。德·勒佩神父非常和善。基督教公理会的瓦南神父，也同样非常和善。

我有个孩子，长得非常好看。在了解他会不会像我们这样之前，我还没敢告诉您。然而我忍不住，能给您写信太高兴了，尽管我们现在很为难，您想象得出，我和我丈夫都听不见，因而特别不安。保姆倒是认为他听得见，但是我们怕她弄错了。就这样，我们万分焦急地等待，想要看看孩子的嘴唇会不会张开，会不会翕动并发出有听说能力的人的那种声响。您可以想见，我们也请过医生，询问两个不幸者的孩子，有没有可能不会像我们这样又聋又哑；他们回答说这很可能，但是我们还不敢相信。

您想一想，好长时间以来，我们多么担心这可怜的孩子，看见他张开小嘴，却又难以确定他是否发声了。父亲，请您相信，我非常想念我母亲，我知道她当初一定像我这样担心。您非常爱她，如同我现在爱自己的孩子；可是我对您来说，仅仅是一个伤心的根源。如今我会看书写字了，就更理解我母亲该有多么痛苦。

亲爱的父亲，您如果爱我，那就来巴黎看看我们吧，女儿会非常高兴和感激的。

卡蜜儿　敬上

骑士看了这封信，久久不决。起初，他真不敢相信自己的眼睛，不敢相信这是卡蜜儿亲手写的，然而，总不能不顾明摆着的事实。他怎么办呢？他若是向女儿让步，真的前往巴黎，就有可能再遇到痛苦的事，从而唤起原先痛苦的全部记忆。那孩子，他固然不认识，但毕竟是他女儿的儿子，一旦见了，就可能勾起过去的伤心事。卡蜜儿也会使他想起赛茜儿，不过，这样想的同时，他也不由自主地担心，和那个等待孩子说句话的年轻母亲一样。

“必须去一趟。”吉罗叔叔回答骑士的询问，“这婚姻是我促成的，我认为是美满长久的婚姻。您想让您的骨肉生活在痛苦中吗？我这不是责怪呀，当初您丢下妻子离开舞会，结果她落水身亡，难道这还不够吗？这小女儿您还要置之不管吗？您认为悲伤就是一切吗？人生在世就没有别的事情可干啦？她请求您去，我们就动身吧。我同您一道前往；我只有一点遗憾，就是她没有同时招呼我去。我的家门一直为她敞开，她没有敲我的门可不好。”

“他说得对，”骑士心中暗道，“我无端残忍地给世上最好的女人造成痛苦，本来可以避免，却让她死于非命。如果说我要受到惩罚，亲眼看着女儿不幸的景象，我也不能抱怨，不管这景象多么惨不忍睹，我也应当面对，不能回避。这种惩罚是我应得的。我抛弃了她的母亲，让女儿来惩罚我吧！我要去巴黎，要去看那孩子。我已经遗弃了我所爱的人，又远远地避开不幸；现在，我要怀着心酸的乐趣，去观赏这不幸。”

骑士和吉罗叔叔到达圣日耳曼区，走进颇为气派的公馆，在二层一间镶木护壁的美丽小客厅里，见到了这对年轻夫妇。一张桌子上放着图画、书籍、版画，丈夫在看书，妻子在刺绣，孩子在地毯上玩耍。

侯爵站起身。卡蜜儿跑过去，父亲深情地拥抱她，禁不住流下几滴眼泪。接着，骑士的目光便移向孩子。他一看到这孩子，这又将继承他遗留下来的不幸的人，那从前由卡蜜儿的残疾所引起的恐惧感，忽又占据了他的心。就在母亲把孩子递给他时，他不由自主地后退了。

“又是一个哑巴！”他高声说道。

卡蜜儿抱着儿子，她虽然听不见，但是明白了。她轻轻地把孩子举到骑士面前，用手指轻轻拂弄他的小嘴唇，似乎在引逗孩子说话。求了好几分钟，孩子才终于相当清晰地说出母亲事先让人教他的两个词：

“你好，爸爸。”

“您看到了吧，上帝总是会宽恕一切的。”吉罗叔叔说道。

虚无是多么贪婪的狗啊，

难道它要这样一天一天地侵蚀我们的生命?

一滴天露

缪塞 著

第一封信

我的巡回演出结束了。我在瑞士和皮埃蒙特（本在意大利，但当时被德国侵占，故说德国之行）举行了几场音乐会，付了所有费用，这趟德国之行挣的钱少得可怜。这算什么职业！一回到巴黎，我就要把钢琴从窗口扔出去，干脆去当鞋匠或者裁缝。我不想再走一步，走向饥饿的魔鬼夺取我的命。我就关在房间里，从房门走到壁炉，就像动物园里的一只狐狸。别了，明天我就踏上法兰西的归程。

第二封信

我碰到一件非同寻常的事。昨天我在 M 地停留，打算逗留一天，只因马车一两天才启程。我躲进一家很差的旅馆，以上帝仁爱的名义请求不要打扰我。晚饭后，有人敲门，我没有应声。五分钟过后，清洁女工拿着万能钥匙走进来，身后跟着一个身穿灰制服和黑长袜的瘦高个男人。我问他姓名，他回答我说是大人的跟班。所谓大人，就是公爵，而在这地方，公爵就相当于在巴黎的国王。他说大人听说我到了他的公国，他不想还没在宫廷里听到我的音乐会，就让我离开这座城市。我断然回答说，我不会去大人的宫廷。

一小时之后，另一个畜生，同样穿着灰制服和黑长袜，手拿着一封信到了。他向我转达大人的话，说大人十分诧异，一个靠唱歌挣钱谋生的人，居然拒绝大人的邀请，不肯去宫廷演出。我回答说，我根本不是雇用的歌手，别人弄错了姓名，或者看错了人，我是一位绅士，旅行是为了消遣，唱歌是为了开心，我绝不会去宫廷演出，那里可能有魔鬼在搅和。

又过了一小时，有人第三次敲我的客房门。门已经插上了，我踮着脚走到门口，对着锁眼窥视，看见第三个畜生，还是穿着灰制服和黑长袜。我屏住呼吸，蹑手蹑脚，回到床边，脱掉礼服，上床睡觉。

可是，我刚刚躺下，就有人踹门，才五六脚就把门插销踹得崩开了。两名侍从和那个跟班扑向我，抓住我的脖子，给我穿上礼服，又把我推上一辆马车，马车随即启动。

到达公爵府，他们就把我撂在一条长长的走廊里，告诉我径直往前走。然而，我气得要命，丝毫也没有往前走的意愿，便背着手，伫立在一幅画前，决心不迈动一步。走廊里只有一名岗哨，下颏儿托在他那杆长枪的枪口上，同我一样僵立不动。我被撂在那儿长达一刻钟，才听到类似礼仪官的声音，对押解我的两名侍从说他们是蠢货，音乐家怎么还没有露面。与此同时，尽头的两扇门大开，公爵由三名衣着可笑的人陪同走出来，他示意我跟随其后，我照办了。猛然，我们来到一个灯火辉煌的大厅，只见大厅里有六十来位老妇人，一个个插着羽饰，看上去如同骡子。

这就是宫廷。我走进去，始终跟在公爵身后，躲到一道帷幔旁边，也就是说躲到一位老妇人旁边。一个块头巨大的先生走过来，对我说大人很诧异，很伤心，此乃不得已之举，而他十分渴望，非常希望……总之，他用臂肘一直将我推到钢琴前，还补充一句："大人同这事毫无关系，他厌恶音乐。"

我机械地坐下，自言自语重复道："大人厌恶音乐？真见鬼，那我插上房门，礼服挂在衣帽架上，为什么没有躺在我的床上呢？"

我正这样思索，忽然发觉宫廷一片肃静。我勉勉强强唱了歌，掌声特别热烈。我一直在小声嘀咕："大人同这事毫无关系，那么同谁有关系呢？"想必是大人的妻子吧。我凑近刚才离开我的那个镶有金饰带的大酒桶，向他求证。他回答说我猜对了。

他说谎，因为公爵夫人拿着一个形状如小蜡烛盘的助听器，时时放到她的右耳边；而那六十位老妇人一个接着一个，来到她跟前，伸长她们布满皱纹的脖子，凑近她的右耳畔，犹如围着水槽饮水的山羊。

送上一杯杯糖水饮过之后，又得开始演唱了。这回，我在钢琴上弹了一段序曲，同时开始逐一审视我眼前的所有面孔，决心弄清楚谁是始作俑者；既然大人厌恶音乐，而大人的妻子完全是个聋子。

我在大人的右侧看到的第一件事物，是一位少女。“噢！”我心中暗暗叫苦，“原来是这少女搞的名堂！这个金发的小公主，性情浪漫，喜爱音乐，又非常任性！我这下完了！”

歌曲演唱完了，我再次走近那个移动的大酒桶，问他那个该死的少女是什么人。她果然是大人的千金。“我当然很好奇喽，”我心中暗道，“想见识见识一个小娇娃怎么说话；她觉得好玩，就派人劫持了一个二十五岁的男人，以便强迫他弹钢琴。”

于是，我走上前去向她致意。她伸出手来让我吻，对我说道：“还不错。尤其是最后这段，第一首不行。明天您再给我带来这个节目。”

“明天，”我回答道，“我不可能听从殿下的吩咐，邮车我预订了座位，我要走了。”她转过身去，根本不回答，仿佛没有听懂我的话。

你哟，亨利，你可以在意大利剧院大街上晒太阳，今天晚上，你想去哪儿用餐就去哪儿，饭后你高兴去哪儿就去哪儿，你可知道我现在的情况吗？我在德国的一家旅馆里，房门紧锁，门外有一名哨兵看守，我的行李打好了，邮车已经启程了，我无处发泄，只好谩骂。

183X 年 9 月 2 日

第三封信

今天早晨，我又回到小娇娃那里。我从未见过如此受溺爱的孩子。她的额头非常饱满，遮着淡黄色的头发；她抬头看天的样子相当特别。尽管如此，还是有好的方面。我搜寻记忆，尽可能找出喜歌剧中最枯燥乏味、最平淡无奇的乐段，集中起来带给她。谢天谢地！矿源很丰富。她将这些全摔到我脸上。

她要我给她上课。这算什么职业啊！对她有利的只有一点：她是违反常识常理培养起来的。此外，她天生一副女低音的歌喉，智慧还说得过去，但骄傲到了极点。

不过你瞧瞧，我真触了霉头，要被打入地狱。什么都延误，什么都厌烦，废话却没完没了！对了，我收到爱米莉的一封信。唉！我的朋友，我不爱她了。还有比这个更可憎的念头吗？我昨天喜欢的，今天就讨厌了；而我今天喜欢的，明天就会讨厌。虚无是多么贪婪的狗啊！一生如此短暂，整个儿迟早归于虚无，难道它还要这样一天一天地侵蚀我们的生命？是的，只要我们停下喘口气，它就在我们身后撤梯子。怎么说呢，只要我们抬起一只脚向上登，它就把我们两腿之间的梯子一节儿一节儿折断！

183X 年 9 月 3 日

第四封信

请原谅，亨利，我在这儿一个月没有跟你通信。求你办件事：你在我的音乐资料中，尽量把罗西尼（意大利歌剧作曲家）的作品全找出来寄给我。同时，你在我的书橱里再找出安德烈·舍尼埃（法国诗人）的诗歌。

包裹里再加上一套朝廷服装，你在我的书房里端的箱子里能找见。这些衣物尽快给我寄来，通过胜利圣母院街的邮车，写上寄往 M 地，公爵府，普雷旺先生收。

183X 年 10 月 2 日

第五封信

你若是没有猜到我在给公主上课，并且爱上了她，那你只能是个笨蛋。这会把我引向什么呢？你会问道。你在山上呼吸散发金雀花芳香的空气，还能把你引向什么呢？你上一只小船，漂荡在大洋上，生命仅系于一块薄薄的木板，这会把你引向什么呢？

今天早晨，我在公主那里见到一位年轻军官，叫作德·斯帕克男爵，是公爵的一名副官。他坐在钢琴旁边，见我进去没有站起身。在授课的过程中，我觉出他温情脉脉地看着公主，而公主似乎对此也并不反感。公主唱了一曲又一曲，唱了男爵向她请求的所有歌曲。

上完课，他就把胳膊递给公主，想陪她散散步，公主接受了。我独自留下来，但是并不像往常那样整理乐谱，而是全丢在房间的角落里，然后就跟随他们。他们的样子十分平静，走了相当长时间；我不能离得太近了，如果靠上去听他们的谈话，就必然会被发现。过了十分钟，斯帕克俯下身要拾起什么东西，按照我的观察，是从他胸前掉落的。路易斯停下脚步，二人面对面交谈了一会儿，随后又挽起手臂继续散步。走出二百来步的时候，他们突然分开，我听见公主尖声叫她的使女。

183X 年 10 月 8 日

第六封信

我在古堡里来来往往。我说什么，做什么，对我又有什么关系！我坐在一家常来的小酒馆的角落里想事儿！我想巴黎，想巴黎大马路、在泥泞中奔跑的妇女、来往行驶的车辆，想我像游魂野鬼一样游荡了二十年的世界，想我在深夜曾深陷不祥念头的那片荒漠。我考虑我的工作、我的泄气的日子，考虑曾经运载我的潟湖的单调声音、曾经漂浮在我周围的那种生活的全部印象：我的欢乐、我的痛苦、我的渴望！啊！孟浪！孟浪！一切都化作齑粉！我的心灵中酝酿的一切凝聚为一个念头：爱她！正如尘埃中无数乱纷纷的飞虫扑进一束阳光里。

我向你致敬，清晨的气息！多久了，你没有充满我的胸膛；多久了，大自然哟，我没有把你紧紧压在我的心上。你知道今天有多少回，从我口中吐出路易斯这个名字？我爱路易斯，亨利，让我给你写下这几行字，让我在信上吻它们。

我的上帝哟！幸福真是崇高的祭坛！但愿我心中的快乐，像一束香火，升到祭坛上！亨利，诗人们弄错了：魔鬼不是堕落的天使，而是爱的天使。在创世之后，兄弟们重又上天，而爱的天使不愿意离开大地，让它的金翅膀脱落在它所创造的美神的脚下。

第七封信

你知道，亨利，我一向不愿意选定一种所谓的职业。我在广袤的天地间，张开手臂等待。我见过世面，我的身体也在人称生活的这个磨盘里压磨过；然而，犹如石头啃不动的钻石，我却把磨盘硌出一个坑。

你要相信，亨利，有些灵魂不会堕落。谢天谢地，我从来没有爱过，我这颗心在属于她之前，从来就没有过归宿。现在我为她工作。

现在我坐在这张桌子前，让奇特的诗句像甜美的眼泪一样流淌，向她讲述我的爱情。而我似有所感，她那可爱的幽灵就在我身后，俯下来从我的肩头读这些诗句。现在我唇边有一个名字，我的所有夜莺都醒来了，我的朋友啊，荣耀又是什么呢？我打开窗户，从阳台上观赏灿烂的星空……

无限哟，你对我们藏而不露干得很漂亮，也做得很好，将我们称为天空的镶缀珍珠的幕布抛到我们头上。啊！你若是能显现，哪怕只有一次，人类的智慧将能领悟你这可怕的名称！

是啊，空间无穷无尽，但是人也很伟大，因为人看到空间无穷无尽。你嘲笑人的渴望，但是人的渴望同你一样宽广。人伸出一只微颤的手，递给你一只如他肚腹一样宽阔的酒杯。

你往这只杯里仅仅落下你的一滴天露，但这一滴便是爱。这是你的一滴泪，唯一的一滴，你洒下来安慰人世。人将它举到唇边，便陶醉了。而人低于你，只因你靠这仙浆为生，一品尝便死去。

第八封信

人心是多么古怪的东西！你别笑，亨利，我对你讲的是大实话。在她身上我所爱的，是她那颗灵魂；在她的朱唇上我所爱的，是她那温柔的话语；在她的黑眼睛里我所爱的，是她那难以捉摸的目光和圣洁的眼泪。面对一切美好的、温情的和纯洁的事物，我们便珠泪盈眶。在这苗条而轻盈的美妙躯体中我所爱的，是她那无不与她的思想构成奇妙的和谐的一举一动，如那晶莹洁白完全透明的器皿，能让人看见里面神灯的光亮最微弱的摇曳。然而有时候——就是过一过瘾，扮演一下放荡的角色，即使是用心学一学——是的，有时候，我开始爱上这副美丽的躯壳，这淡蓝色、细腻的、血液一流动便完全透明的皮肤；爱上在我们晚间谈话过程中，交叉在胸口的这双漂亮的手。如果有时候，她的晨衣微微敞开……亨利，亨利，我们是什么污泥造出来的呀？

不幸得很，世间就存在一种可怕的信仰，一门致命的科学，即将思想和物质结合起来，用感官向灵魂讲话的科学。听我说！我们谈到这个问题纯属偶然，我一定得告诉你是怎样的情景。对，一句不落，我全告诉你。

那天晚上，我下楼来到花园，看见她在那里，便走上前去。她手里拿着一本合上的书。

“您相信预感吗？”她问我。

“当然信了。”我回答。

“您有过这种情况吗？”她接着说道，“就是您走进一条街，心里突然想道：‘那就是我认识的某某人！’结果走到近前一看，发现认错了人。可是朝前走了一百来步，果然遇见您刚才以为认出的那个人，而当时相距太远，不可能望见。”

“这种情况不知有过多少次，”我对她说道，“就感到我的某个朋友晚上会来，其实没有任何缘由等他来访。”

“这种现象您如何解释呢？”

“我，”我答道，“我不做任何解释。您相信磁力吗？”

听到这个词，她微微一笑。

“我愿意相信，可是我不信！我们周围有多少永恒的法则啊，只要稍微想一想！老实说，我既渴望又害怕，我怀着几分恐惧的心理，在有魔力的门前站住。”

“啊！”我高声说道，“世上什么事，都有成千上万的受骗者和骗子插手，如果没有他们，这该是多么出色的发现啊！可是，金矿用来牟利，他们用他们的铁棍和他们的梦游者，把什么都掏出来。”

路易斯：“人喜爱神秘，又恐惧神秘。”

普雷旺：“肯定的东西和神秘的东西之间，分界线在哪里呢？噢，习惯！只因为他们分析了他们路上的石子，大自然里的一切，甚至混乱，就全解决啦，他们就以为大自然属于他们啦？只因为他们解释了日食和极光，让农民放心，他们就垄断了人们的轻信？您瞧那边，殿下，那颗明亮的星体，您看到了吧？”

路易斯：“亮晶晶如一滴眼泪。”

普雷旺：“您看过德·斯塔尔夫人（**法国女作家**）的作品吧？在那颗星体的旁边，稍远一点还有一颗星，您看到了吗？……大约有几千法里远吧？”

路易斯：“不错，我看见了，但是隐隐约约。”

普雷旺:“在那颗星旁边还有一颗星,您看见了吗?那颗星体特别淡,有时就消失了,仿佛连它自己都怀疑本身的存在。它向我们抛来的目光,用两年时间才能抵达我们这里。”

路易斯:“我觉得望见它了。”

普雷旺:“那颗星体距离这里非常遥远,它也怀疑距离它同样遥远的另一颗星体的存在。一支利箭从我们的星球射出去,直线穿透数以万计的彼此怀疑的沙粒。您认为这支箭能在哪里停下呢?”

路易斯:“永远也停不下来。”

普雷旺:“这就是一种神秘吧。您有百年的时间了解,却解不了密。假如您不愿意您的眼睛成为您思想的小丑,那么谨慎的做法,就是把眼睛垂向大地。啊!理性确信自己!理性可以赞成,可以否定,但是当心不要询问,唯恐使用一种陌生的话语答复。您瞧,路易斯,这壮观的大自然!您想想看,这大千世界,没有一个星体不知道自己的路途,生来不接受使命,而且不时在执行使命中陨灭!无边无际的天空,为什么不静止不动呢?您说说看,会不会有那么一个时候,一切都创造出来啦!这些星体靠什么力量开始运行,而且永不停止呢?”

路易斯:“靠永恒的思想。”

普雷旺:“靠永恒的爱。这些星球中最弱小的一颗,也投向它视为至爱而崇拜的星球;可是另一颗星球又爱这颗弱小的星球,于是,宇宙就运转起来了。”

路易斯："啊！这就孕育了全部生命！"

普雷旺："对，全部生命，从在狄安娜的亲吻下激荡起来的大洋算起，直到睡在一朵心爱的花中爱嫉妒的金龟子！对，到处都是同一个念头。羚羊和海草、森林和石头，如果都能说话，您认为它们会讲什么呢？它们心中有爱，却表达不出来，让我怎么说呢？最普通的花，从大地中选取滋养它的精华，排斥可能玷污它鲜艳色彩的糟粕，您认为它根本不考虑吗？要知道，它在日出的时候必须美丽，它必须穿着婚礼的盛装，在把它从虚无中拉出来的太阳的光芒照耀下凋谢。我要讲出一个词儿，会惹您发笑：您相信感应吗？"

路易斯："为什么不相信呢？尤其在舞会上，我经常想到这种情况。"

普雷旺："这两句话，这句我喜欢，这句我不喜欢，不是再平常不过吗？把您的手给我，表皮白皙而纯净，但是透明。我若是倒上一滴水，过几分钟，手不见得怎么湿。我若是把它拿到火焰上烤，它很快就会把那滴水还给我：是灼热向它索回的。您瞧，这些淡蓝色的脉管鼓起多高，这只手跟大理石一样清凉；您若是让我握住一刻钟，我松开时它就会滚烫了。然而，我的手更凉。人体不是类似人类社会吗？动作和外形都确定了，就好像精心雕刻出来的。不过，到处都有共济会的人……我真怕惹恼您……您怎么看感官呢？"

路易斯："这我不能回答。"

普雷旺："千百种话语和原则的嗡鸣，经过一个夏夜就能化为乌有。您忧伤或者痛苦的时候，不是会把手放到额头上吗？”

路易斯：“对。”

普雷旺：“我的手放上去可以吗？”

路易斯：“随您的便。”

普雷旺：“您不要笑，这是绝对禁止的。智慧高的人说，磁力能通过意念畅行无阻。但是，愿意相信的人还必须不设防，任由磁力攻击意念。其实，有这副金发上的美丽头盔，还有这副我只能轻拂的雪白额头，意念已经保护得相当好了！这意念只要动一动，我的全部努力就将归于徒劳。我的努力实在太微弱了！一个人的意念同另一个寻求与其结合的意愿，两者之间有千重阻隔！两座牢房甚至不是走同一道门。一名囚犯从铁栏中间伸出手去，如果另一名囚犯不伸出手抓住，那还有什么用呢？就在这儿，路易斯，在这敏感的太阳穴里面，停歇着生命的火花。这生命的火花能一时来到唇边，但是不能跨越。它还能在这清澈的眼睛显现，离开时落下一滴泪。但是，两颗心灵却不可能结合，即使亲吻；亲吻仅仅是这种结合的幻象，而叹息也仅仅是其惋惜。”

我这样讲着，右手便放到她的额头上。她坐在木椅上，合起眼睛，并不理会我的举动。我感到心脏在胸口跳得厉害。过了五分钟，她站起身，说道：“不要谈这个了，也该回去了。”我递过去手臂让她挽上，我们默默地走回去。

我不知道自己到了哪一步。真是难以置信：我担心她不爱我，可是又感觉她爱我。她几乎对我明说了；在我对她说的时候，她转身去拿一本书。

第九封信

不，不，我不愿意，即使我出鼻血，最后疲惫至全身乏力！即使我周身这种激动的震颤可能永远停止！即使所有人，不管有多少，你们可能指着我！即使我可能因此送命，我也不愿意！

但是，这个骄傲的女人，她不要以为是贞操在保卫她！她的贞操，这个词意味着什么，同天性的要求唱反调？镶嵌在脸上的一副铅制面具，以便扼杀动脉的跳动和思想的活力？多么可怜！多么可鄙！如果她失足便可怜，如果她强大并与一个弱小的人为敌便可鄙。

难道我热昏了头，竟然发誓她对我是神圣的，决心永不玷污唯一给我解渴的源泉？你若是愿意，就把这当作再一次装模作样，当作一种白日梦！你知道一切梦想的价值吗？你知道普绪喀（希腊神话中人类灵魂的化身，以少女的形象出现。她和爱神厄洛斯相恋，但爱神不许她看他的面容。普绪喀想要看看厄洛斯长什么样子，便在一夜趁厄洛斯睡着时，点亮一支蜡烛偷看，不慎一滴蜡油落到厄洛斯脸上。厄洛斯惊醒逃走了，二人每夜幽会的宫殿也随之消失）的一滴蜡油让什么消灭吗？你知道当他的情人脱离雕像，皮格马利翁（希腊神话中的塞浦路斯王，善雕刻。有一次他雕刻了一个少女像，并且爱上了这个雕像。爱神阿芙洛狄忒看到他感情真挚，便给雕像以生命，让他们二人结为夫妇）是否幸福？我感觉得到，这样一种想法即便不惹庸人发笑，也根本谈不上崇高。一产生欲望便伸出手的人，能否理解这样一种爱的精妙之物，究竟包含多少无聊、奇怪的享乐，多少神秘的导线呢？我不是吹嘘，亨利，可以说假装虚弱，在我面前昏倒，我见得太多了；同样的举动、同样的眼泪、同样的错误和同样的愧疚，我也见得太多了。所有情妇都相似，所有爱情都不尽相同。

第十封信

感谢上帝，亨利，我在你最近的这封信里，读到了从未有过的枯燥乏味的内容。我恳求你，接着干吧，你本人就会变成一个公共场所、一个十字路口，会招来大量各种老掉牙的思想，如同一个个衣裙褴褛的妓女，以及流浪狗和破酒瓶。我赞赏大自然，把它当作姊妹，当作心爱的情人一样崇拜。我痛恨、鄙视和憎恶世人的矫揉造作，以及你这个甘当他们代言人的书呆子。你的信尽量表现出思想，那你就努力彻底说服我相信。你极力寻找，终于找到了思想，好让我打发你和你那些人见鬼去。

可是你做不到，你的头脑就是一块沉重的海绵，徒然想把它变成一块浮石。你压一压，按照你的意思，把它挤干：你永远也挤不干最后一滴。你对我说说，人从来不表现真实自我，这种怪癖是从哪儿来的？至于你，你不要再呕心沥血了。你知道为什么我了解你的底细吗？哼！好小子，只因你和我相像！你迷恋上一条猎犬，迷恋上一名小女工、一只芥末龙虾，总得迷恋上点什么。但是要当心，你若是珍惜我的友谊，无论什么事情，永远也不要思考过多。

怎么啦，不错，我爱上一位有王公血统的姑娘！怎么啦，不错，我丢下了扬名的计划，把我那些已经动手的作品全留给你和魔鬼！怎么啦，不错，我一天得过且过，我在这里薪酬不多，但我是在赌博！我的对手是命运，我们旗鼓相当，面对面坐在赌桌的两边，中间摆着一颗骰子。

假如你配得上的话，我还会告诉你，是什么把我推到这里，使我乐而忘返。不过，这个词儿太宏伟了，灌不进你那对大耳朵。不管怎样，这就是我的回答：我愿意。富贵荣华贵不如生命，生命贵不如爱情，而爱情贵不如自由！对，自由，这个词儿必定重要，所以五千年来，每当自由流行起来，人民都欣喜若狂。

一个月前，我真要一枪打碎自己的脑袋，当时我起床后，没有像往常那样，在锁孔中发现塞进的纸卷。多少个夜晚，我不是一再重复白天她对我讲的话，在想象中编排我和她的一场场谈话吗？在头一个星期，她每天离开我时对我毫无表示，在我的头脑里掀起巨大的波澜。我的鼻孔喷血，直到我瘫坐在原地，如同一个没有勇气、没有热情的草包。

米拉博（法国大革命初期的著名演说家与政治家）是个健壮而好

色的人，他说他生活最大的幸福就是亲吻他情妇的脑门。他这样讲难道疯了吗？世上的所有诗人都逃避现实，躲进他们思想的天堂，难道他们全疯了吗？彼特拉克描写一段无意同人分享的不幸爱情，让全意大利人看了都流泪，难道他也是疯子吗？哼！你们没有疯的人可太不幸啦！

无缘无故流泪、无缘无故痛苦是最惨切的话，这样的人不会痛苦很长时间。不能讲出自己渴望什么，只知道他所拥有的不是他渴望的，这样的人会痛苦很长时间！把如此绚丽的世界，仅仅视为没有雕像的基座，这样的人会痛苦很长时间！亨利，你不是认识这样一个人吗，他是否中途找到了他所梦想的东西？我的朋友啊，在这尘世能有点作为的人，哪个不是在他的梦幻中，千百次出现一个他所爱慕，为她而生也应该为她活着的人呢？那好哇！在世上哪怕只有一天，只有一分钟，在黑暗孤独的人生十字路口，遇见这个人，辨认出来，紧紧搂住，那就死而无憾啦！

第十一封信

来了一个高大的俄罗斯小鹅，向公主求婚。我若是心情好的话，就可以向你描述那个场面，逗你乐一乐。她断然拒绝了。她父亲愣在那里，眼睛瞪得老大，气得说不出一句话。你若是我，会向她表示感谢吧？不，你可能认为这是抬高你的好机会。好吧！我呢，向她表示了感谢。你不会这么做，对不对？蠢货！你会扑上去搂住她的脖子。

她似乎不太明白我对她讲的话。我踱来踱去，反复思考，不住嘴地咕咕哝哝。这一切必须了结！我早早下楼，希望在花园里见到路易斯，在梅花形亭子里却遇见她的一名使女。这使女在观望风是从哪个方向刮来的，在我看来她那样子怪怪的。她是个娇小的棕发姑娘，相当机灵，因此我挨着她坐下来，问她的情人是谁。

她欣然回答了我。我们聊了有一刻钟，接下来我正抱着她亲吻，忽听树林后边有脚步声。是公主来了！我仿佛被魔鬼抓走似的，赶紧逃掉了。

我回到房间。显然她看到了我，这下子无可挽回了，彻底完蛋了，只能对准脑袋一枪打开花。一边有斯帕克，另一边则有名使女。大局已定！公主和我之间有什么契约呢？我是什么资格敢于爱她呢？她是个任性的姑娘，偶发兴致要听我唱歌，因为我拒绝才派人把我劫持去。她听我说话，也是开心一两个小时。然后呢？对此我有什么可说的呢？

我瞧见桌子上有一杯咖啡，我端起来一口气喝下去。我觉得伤心的时候，往往就用这种办法消愁解闷。接着，我就躺在床上，决定离开德国，回巴黎治愈心灵的创伤。

我躺了有一刻钟，便有人来通知我，公主在等我上课。我完全忘记了时间。我尽量整理好衣着，赶到公主的房间，几乎晃花了眼睛。她的钢琴该调音了，要到大客厅去授课，我便递过去胳膊让她挽上。

也许是因为要走了，我觉得她比平时唱得好，也从未见过她这么美丽。还要我说吗？从未见过她如此随和，如此温柔，因为，必须承认，在平时，她总是一意孤行。我在花园有失检点之后，她这么高兴，我只能做出十分悲观的解释。我在这间无比宽敞的大厅里走来走去，不知道自己会落到什么地步。

“喂！”她回过身来问我，“您在想什么呢？”

“您知道法布尔·戴格朗丁的经历吗？”我对她说道。

“不知道。”她回答。

“法布尔·戴格朗丁歌唱得非常好。有一天他超水平发挥，发现一位年轻小姐，在大厅的角落边听边流泪。他见过也知道那位小姐的姓名，但是从未跟她说过话。他定睛凝视那姑娘，拿起一本乐谱，扔到地下，重新唱歌，表现出前所未有的力量。那姑娘重又抬起头，在演唱这支歌曲的全过程，一种超自然的感应，将他们二人的目光连起来了。一曲歌罢，他便穿过人群，径直朝她走去。她站起身，看见他走过来，就逃进一间无人的僻静客厅。她在客厅里，双手捧住头，终于泪如泉涌。这时，法布尔·戴格朗丁匆匆追来，抓住她的手，问道：‘你爱我吗，玛丽？’”

“她怎么回答？”

“她回答：‘是的。’”

路易斯站起身，走开一点儿坐下，她跟我一样沉默下来，只是摆弄着别针，插到她座椅的扶手上。我觉得她是在丝绒衬面上画什么图案，便下意识地近前观看。

“您猜一猜，这些字母是什么意思。”她指着用别针画出的图案，对我说道。

我俯下身，开始搔头，可是，喝下的那杯咖啡这时却发挥效力，在我的头脑里喧闹，就好像耳畔转动着磨坊的水车。

“有多余的。”我对她说道。

的确，图案中有四个字母。

她没有回答，只是缓缓地挽上我的胳膊，走出大客厅。

我只能在心里暗骂自己是个傻瓜，然而，我又无能为力。我试着喃喃说出一句话，其中有斯帕克的名字。她充耳不闻，以她的一贯作风，突然把我撂在那儿。

这工夫，我的思路也逐渐清晰了，回到房间开始收拾行李。我意已决，不再置身于这种自讨没趣的事，不管我这样嫉妒是错是对，也要宣布当天晚上离开。我，嫉妒？嫉妒什么呢？为什么爱上人家？为什么嫉妒？

晚上举行了舞会。斯帕克大出风头。我从未见过他如此出色：他按照自己的习惯，邀请公主跳了七八支舞。至于我，我照着镜子瞧瞧，觉得自己穿的法兰西式的短裤和礼服，装扮得像只鸟儿。多么愚蠢，竟然要同军装对阵，面对如此粗俗的人群！最后，在吃夜宵时，路易斯故意让手镯脱落，斯帕克急忙拾起来，这场景我看得一清二楚。

……

什么也休想逃过。她听您讲话时，仿佛向您捧出她那颗心，赤裸裸的，毫无防卫。她仿佛对您说："心就在这儿，您打击吧。"然而，如果击不中要害，她就会漫不经心地瞥您一眼，那带着几分高傲的目光足令您将一部史诗投入火中。

183X 年 11 月 2 日

第十二封信

全完了。我被人从公爵府里赶出来，勒令我二十四小时内离开这个公国。你想要知道为什么，对不对？我拥抱并且吻了她，就是这码事儿 。（这篇小说是一篇书信体小说，创作于 1833 年，有几分类似乔治·桑的《秘事文书》，作者没有写完而丢下，直到 1896 年，手稿才披露出来）

183X 年 11 月 3 日

从此以后，他收起画笔

除她以外再不会为任何人画像

用来虚度的好时光

缪塞 著

一

1580年2月的一天，拂晓时分，威尼斯城皮亚泽塔河上走过一个青年。他衣冠不整，无檐高筒帽压在耳朵上，帽子上飘动着漂亮的红色羽饰。他大步朝对岸埃斯克拉翁走去，身后拖着佩剑和斗篷，双脚相当不屑地跨过睡在地上的渔民。到了草桥，他停下脚步，举目四望，月亮落到了朱德卡河后面，而曙光把公爵府染成了金黄色。毗邻的一座府邸不时冒出一股浓烟，透出一道强光。监狱运河里壅塞了各种废弃物，有梁木、石头、大块的大理石。近来一场大火，焚毁了建在河中间的一座贵族的宅第。

时而还升起一团火星。在这种灾难的光亮中，只见一名高度警惕的士兵看守着废墟。

然而，无论是火灾后的景象，还是绚烂的曙光点染天空的美景，似乎都没有让这个青年惊讶注目。他远眺了一会儿，仿佛要养一养被强光晃花的眼睛。不过天光好像也引起他的反感，只见他用斗篷裹起身子，跑起步来继续赶路。不大工夫，他跑到一座府邸门前，重又停下脚步，敲了敲大门。很快来了一名仆人，手举火炬给他开门。这青年进门的当儿，回头又望了一眼天空，高声说道：

“酒神明鉴，我这狂欢之夜花了多少钱！”

这个青年名叫蓬波尼奥·菲力波·维塞利奥。他是提香（意大利的伟大画家，在意大利和世界艺术中占有崇高地位，他在肖像画、宗教和神话题材方面取得了惊人成就，始终不渝地追求和复兴古希腊的艺术理想。名作有《乌尔宾诺的维纳新》、大型壁画《圣母升天》等）的次子，小时候极为聪慧，富有想象力，曾让他父亲格外寄予厚望。谁知他长大后嗜赌，生活一直搞得一团糟。伟大的画家及其长子奥拉齐奥几乎同时去世，给小皮波留下了两份遗产。可是仅仅过了四年，这巨额财产他就已经挥霍掉大半。他非但没有培养自己的天赋才能，继续他这门庭的荣耀，反而白天酣睡，夜晚到奥尔西尼伯爵夫人那里去赌博。那位伯爵夫人，至少自称伯爵夫人，所从事的行当，就是专门促使威尼斯青年倾家荡产。每天晚上，她那里都聚集一大群人，皆是贵族子弟与交际花。他们在那里吃夜宵和赌博，由于吃夜宵不花钱，要给女主人补偿回来，骰子当然责无旁贷。金币哗哗堆成小山，塞浦路斯红葡萄酒哗哗流淌，媚眼则往来穿梭，而那些倒霉蛋冒失加轻率，将他们的金钱和理智全丢在那里了。

我们刚才看到本篇故事的主人公离开的地方，正是这样危险的场所，而且，夜晚他在那里他已经不止一次赌输了钱。他玩“十点”（一种用三只骰子赌博的形式，赌客要掷出十点以上，最高为十八点）掏空了所有口袋不说，他完成的唯一的油画，也在最近道尔菲诺府的火灾中焚毁了。他这幅油画，得到所有行家的赞赏，表现历史题材既大胆又富有激情，笔力几乎不亚于提香本人。画卖给了一位富有的参议员，结果遭遇许多珍贵作品的同样命运：一名仆人不小心，就把这些宝贵财富化为灰烬。不过，皮波丝毫也没有把这事放在心上，背运异乎寻常地纠缠他，他只想到掷骰子输了钱。

他回到家中，第一件事就是掀开桌布，数数抽屉里还剩下多少钱；然后，他让人给自己宽了衣，身穿便袍伫立窗前，可见他天性乐观而无忧无虑。他看到天已大亮，便思忖究竟该关上百叶窗上床睡觉，还是该像所有人那样醒来。他很久没有朝太阳升起的方向观望了，现在觉得天空比平日更加赏心悦目。他在决定醒来还是睡觉之前，一边同困倦搏斗，一边站在阳台上喝巧克力早茶。他的双眼只要一合上，就恍若看见一张赌桌、许多忙碌的手、几张苍白的面孔，还恍若听见摇掷骰子的角状杯的哗哗声响。“运气太背了！”他自言自语，“掷出十五点还输了，真让人难以置信！”他眼前又浮现他那对手的形象：维帕西亚诺·梅莫那个老家伙，竟然掷出了十八点，将台布上的金币全搂了过去。他猛然又睁开眼睛，要挥去这场噩梦，注视着街上行走的女孩子，仿佛看见远处有一位戴假面具的女人，不禁感到奇怪：即使在狂欢节期间，穷人也不戴假面具；而一大清早，一位威尼斯贵妇独自步行出门，则更不可思议的 。继而他才看清，他所以为的面具，其实是一张黑人妇女的脸。不大工夫，他看见那女人走近了，觉得她身材不错。那女人走得很快，一阵风刮来，她的花衣裙便兜住臂部，突显出优美的线条。皮波在阳台上俯瞰，不免吃惊地看到，黑人妇女在敲他家的门。

门房迟迟未去开门。

“你找谁呀？”年轻人喊道，“是找我吗，棕发女郎？本人姓维塞利奥，如果门房让你久等，我就亲自下去给你开门。”

那黑人妇女抬起头：

“您就叫蓬波尼奥·维塞利奥吗？”

“对，或者就叫我皮波，随你便。”

“您就是提香的儿子吗？”

“正是在下，有什么事能为你效劳吗？”

那黑人女郎好奇地迅速瞥了皮波一眼，随即倒退几步，手拿纸包的小木盒，敏捷地投到阳台上，然后飞快地跑开，不时还回头望望。皮波拾起小木盒，打开发现，里面装着一个裹着棉花的漂亮的钱袋。棉花下面一定会有张字条，向他解释这件事的来由。他猜得不错，在棉花下面果然找到一张字条，但是字条同样神秘莫测，只有这样短短两句话：

“不要过分轻率地花掉我这里装的钱。你每次出门，只往我这里面放一枚金币，这足够一天用了；到了晚上如果还剩点儿，不管多少，你也要找个会感激你施舍的穷人。”

年轻人翻过来掉过去看这小木盒，再检查钱袋，又朝街道张望，终于明白他不可能了解更多情况了，心中暗道：“应当承认，这件礼物怪得很，而且来得不是时候，反倒很残忍。给我的劝告固然很好，可是，对那些沉入亚得里亚海中淹死的人讲这种话，未免太迟了。见鬼，这能是谁送给我的呢？”

皮波不难确认，那名黑人妇女是佣人；他开始搜索记忆，会是哪位女子或许是男友能送给他这袋钱。但他没有因为谦虚而丧失判断力，确信这应该是一位女子，而非他的男友。钱袋是绣金天鹅绒的，他觉得做工极为精巧，不会是从商店买来的。于是，他在脑海里过了一遍威尼斯的贵妇，首先是那些最美丽的，然后是那些姿色稍差的。不过，他就此打住，开始琢磨有什么办法发现他这钱袋的来路。他在这件事情上，做起了最大胆、最温柔的美梦，心怦怦直跳，力图辨认笔迹：有一位波洛尼亚王妃就写这样的大写字母，还有布雷西亚的一位漂亮夫人也是类似这样的笔迹。

在这样的美梦中间，突然钻进一个讨厌的念头，这比什么都让人扫兴，近乎在鲜花盛开的草地上散步，不料踩着一条蛇的那种感觉。

皮波猛然想起一个叫莫娜·比扬希纳的女人，就有类似的感觉，这个女人近来死缠着他。皮波在假面舞会上同她有一段艳遇，她的容貌还相当姣好，可是皮波根本不爱她。莫娜·比扬希纳则相反，对他一见钟情，甚至他纯粹礼貌的举动，她也竭力看成是爱情的表示。她热恋着皮波，经常给他写情书，没完没了委婉地责备他。皮波烦透了，有一天从她家里出来，暗自发誓永远不再踏进这个门槛，他也恪守自己的誓言。他这会儿想到，莫娜·比扬希纳很可能给他绣了一个钱袋，并且给他送来。这种疑虑一扫他的兴致与幻想，他越考虑越觉得这种猜想符合事实。他的心情一下子坏了，关上窗户决定睡觉。

然而他睡不着，尽管很可能是莫娜·比扬希纳，他也不会放弃满足他的自豪感的其他可能性。他不由自主地继续梦想，时而要把钱袋置于脑后，时而甚至否认莫娜·比扬希纳的存在，以便更加放开来搜寻。他已经拉上了窗帘，面向小街躺在床上，避开阳光。可是，他突然跳下床，唤来仆人。他刚刚有了一个很简单的想法，开头却没有想到这一点。莫娜·比扬希纳并不富有，她只有一个女仆，但不是黑人，而是乔亚的一个胖姑娘。她这次要送钱袋，怎么可能弄来一个皮波从未在威尼斯见过的陌生人呢？他高声说道：“祝福你这张黑面孔，以及晒黑你这张面孔的非洲太阳！”事不宜迟，他吩咐人帮他拿紧身上衣，将风尾船划过来。

二

皮波决定去拜访多罗蒂夫人，她是执政官帕斯瓜利戈的妻子。这位贵妇年事已高，在威尼斯共和国属于最富有、最聪慧的女人；而且，她还是皮波的教母。由于威尼斯有头有脸的人她无不认识，皮波期望教母能帮助他解开占据他心头的这个谜。不过他想，现在去拜见他的保护人为时过早，还要等一等，先在执政长官的官邸一带转一圈儿。

也是天缘巧合，他正好碰见了莫娜·比扬希纳。莫娜·比扬希纳正在布店里讨价还价，皮波便走了进去，随便交谈几句之后，他心里没有准谱，就对她说：

“莫娜·比扬希纳，今天早晨您给我送来一件礼物，还给了我一个忠告，我要衷心地感谢您啊。”

他说得这样肯定，也许是要当即消除搅得他心神不宁的疑虑。可是，莫娜·比扬希纳也颇为精明，不看准是否对自己有利，绝不会流露出惊讶的神色。实际上，她没有送给这年轻人任何东西，尽管如此，她还是看出有办法骗骗他。不错，她回答说不知道他指的是什么，但是她讲这话时，有意神秘兮兮地微微一笑，十分谦抑地红了脸。皮波还真被这种表演蒙住了，他确信钱袋就是莫娜送的了，于是又问道：

“您从什么时候起，雇用了那个美丽的黑人女仆呢？”

莫娜·比扬希纳一下子被问住了，她不知道该如何回答，犹豫片刻，继而咯咯大笑，突然抛下皮波扬长而去。皮波独自愣在原地，大失所望。他放弃原计划的拜访，回到家中，将钱袋扔到角落里，不多花心思去想了。

几天之后，皮波凭口头赌博，又输了一大笔钱。他准备出门还赌债，觉得用这个钱袋很方便，既装得多，系在腰带上也好看，于是拿了钱袋走了。当天晚上，他又赌博，还是输掉了。

“您还接着玩吗？”执政官府邸的老公证人维帕西亚诺先生见他没钱了，便问道。

“不玩了，”皮波回答，“我不想再凭口头押钱赌了。”

“我可以借给您呀，多少都行。”奥尔西尼伯爵夫人高声说道。

“我也可以借给您啊。”维帕西亚诺先生也说道。

“我也可以借给您啊，”一个温柔而清亮的声音附和道，正是伯爵夫人众多侄女中的一位，“不过，维塞利奥少爷，您再打开钱袋看看，里面还有一枚金币。”

皮波微微一笑，果然在他钱袋底部发现漏掉的一枚金币。“好吧，”他说道，“再赌一把，不过，我不够下赌注了。”他拿起摇骰子的角形杯，掷出骰子，结果赢了。接着再赌，而且赌注加倍。总之，一个小时赌下来，他把昨晚和今晚输的钱全捞回来了。“您还接着玩吗？”皮波见维帕西亚诺面前一枚钱币也没剩，也同样问道。

“不玩了！看来我是个大傻瓜，居然让一个只拿一枚金币碰运气的人给赢光了。这只钱袋真可恶！里面肯定装着什么巫术。”

公证人气急败坏，走出了客厅。皮波也准备跟出去，忽听给他提过醒儿的那位姑娘笑着对他说道：

“既然多亏了我，您才有这样的好运气，那么，您就把帮您赢钱的那块金币送给我吧。”

这枚金币有一个小记号，容易辨认。皮波找了一会儿便找到了，已经伸手要给漂亮的姑娘，忽然又高声说道：

“对了，我的美人儿，这枚金币不能给您；不过，为了向您表明我并不吝啬，这有十枚金币，请您收下。至于这一枚，我要听从最近有人给我的建议，把它赠送给老天。”

他说着，便把金币扔到窗外。

他回家的途中还在想：“莫娜·比扬希纳的钱袋，真可能给我带来运气吗？如果一件东西本身令我讨厌，却给我带来好运气，这是偶然性的大玩笑，简直滑天下之大稽。”

他不久便发现，每次使用这只钱袋，就能赢钱。他往钱袋装一枚金币的时候，不由自主地产生一种颇为迷信的虔敬，有时还不禁思索，他在小木盒底部发现的字条上的话多么真实可信。他心中暗道：一枚金币总归是一枚金币，很多人每天连一枚金币也没有。他有了这种想法，行事就不那么冒失了，也控制了一点自己的花费。

不幸的是，莫娜·比扬希纳还没有忘记她在布店同皮波的谈话。为了加深她引导皮波的错误判断，她不时送给他一束鲜花，或者别的什么小礼物，还写上几句话。我已经说过，皮波非常厌倦莫娜的纠缠，早就下决心不予理睬。

总遭到冷遇，莫娜·比扬希纳忍无可忍了，于是她搞了一次大胆的尝试，却惹得年轻人极为不快。她趁皮波出门后来到他家，给一名仆人几个钱，让人把她藏在房间里。皮波回来发现她，不得不直截了当地对她说，他根本就不爱她，请她别再来打扰。

我说过这个比扬希纳人长得挺漂亮，脾气很大，当即雷霆大发，对皮波好一通指责，这回可一点也不温柔了。她说皮波跟她谈情说爱是他欺骗了她，自认为名誉被他毁了，总之她要报复。皮波听她拿话威胁他，也同样火冒三丈，向她表明他毫不惧怕，逼着她立刻拿走她早晨送来的一束鲜花。由于钱袋就在手边，他还对她说道："给您，把这个也拿走。这只钱袋是给我带来了运气，但我就是要让您明白，我什么也不愿意要您的。"

皮波一怒之下还了钱袋，但马上就后悔了。莫娜·比扬希纳却多了个心眼儿，并不揭穿给他制造的假象。她虽然满腔怒火，还是能装模作样。她接过钱袋就走了，暗暗决定要让皮波后悔以这种方式对待她。

当天晚上，皮波还像往常一样去赌博，结果输了钱。随后几天，他的赌运一直不佳，而维帕西亚诺先生手气总那么好，赢了他几大笔钱。他还不服气，固执地对抗自己的运气和迷信，输了又输。有一天他离开奥尔西尼伯爵夫人府，走在台阶上，终于忍不住高声说道：

"上帝宽恕我吧！看来这个老疯子说得对，我那只钱袋有魔力，因为我还给了那个比扬希纳之后，就再也没有掷出一把说得过去的点数。”

这时，他看见前面飘动着花裙，下面露出两条灵活的细腿，正是那个神秘的黑人女郎。皮波加快脚步赶上去，问她是何许人，给谁做事。

“谁知道呢？”黑人女郎答道，同时狡黠地微微一笑。

“我想，你知道呀，莫娜·比扬希纳？”

“不是，她是谁呀，莫娜·比扬希纳？”

“喂！上帝明鉴，就是那天派你给我送小木盒的那个女人，您投得非常准，一下子就投到我的阳台上。”

“嗳！阁下，我不相信有这事儿。”

“我知道了，你就别装了，是她亲口对我讲的。”

“如果她对您这么讲……”黑人女郎接口答道，一副犹豫的样子。她耸了耸肩略微一思索，随即用扇子轻轻戳了一下皮波的脸蛋儿，撒腿跑掉，边跑边对他嚷道：

“我的帅哥儿，人家戏弄你呢。”

威尼斯的街道纵横交错，跟迷宫一样复杂，变化多端，总出人意料；那黑人姑娘一跑开，皮波就找不见了。他非常尴尬，意识到自己犯了两个错误：一是把那个钱袋给了比扬希纳，二是没有拉住那位黑人姑娘。他在城里漫无目的地游荡，几乎不知不觉朝多罗蒂夫人府走去，后悔自己没有按照之前的打算去拜访教母。他已经形成习惯，凡事都向教母请教，每每求助而没有受益的情况极为罕见。

多罗蒂夫人独自在花园里，皮波上前吻了吻教母的手，对她说道：

“我的好教母，您来判断一下我刚刚干的蠢事。就在几天前，有人给我送来一个钱袋……”

他的话还没说完，多罗蒂夫人便咯咯笑了起来，对他说道：

“怎么啦！那钱袋难道不漂亮吗？红丝绒上金线绣的花，看上去效果不是很好吗？“

“什么！”年轻人高声说道，“情况您可都了解啊？”

恰好这时，几位元老院议员走进花园，老妇人便起身接待，不再理睬皮波在惊讶中一再向她提出的问题。

三

等几位元老院议员告辞之后，不管她这教子再怎么恳求和纠缠，多罗蒂夫人就是不肯进一步解释了。她有点懊恼，开头自己不该那么高兴，等于向他承认她知道自己本不想插手的一件秘事。她见皮波一再坚持，便对他说道：

“亲爱的孩子，我只能对你说，我若是告诉你为你绣钱袋的那位女子的姓名，也许确实会帮你大忙，因为她是威尼斯最高贵、最美丽的女子。你知道这一点就该满足了。我心里再怎么想帮你，也必须守口如瓶，不能泄露唯独我掌握的一件秘密。等我受人之托时，就可以正大光明地告诉你了。”

“正大光明，我亲爱的教母？可是，您只透露给我一个人，总不会认为……”

“我明白，”老妇人截口说道，她尽管身份尊贵，还是免不了要要点花样，又补充说道，“你既然时常写写诗，那就以此为题，写一首十四行诗如何？”

皮波看出他再也问不出什么了，就不再坚持了。不过可以想见，他的好奇心无比强烈。他留在执政官帕斯瓜利戈府上用晚餐，还下不了决心离开教母，期望到晚上，那位隐藏身份的美丽姑娘也许会来拜访。可是，他只见到了元老院议员、官员以及共和国最严肃的人物。

日落时分，年轻人离开众宾客，走到一小片树林里坐坐，思考该怎么办，然后决定了两件事：先让比扬希纳同意把钱袋还给他；然后遵从多罗蒂夫人笑着给他出的主意，就他的奇遇写一首十四行诗。此外，他还决定，诗一作好就送给教母，而教母一定会出示给那位美丽的姑娘。事不宜迟，他当即就开始实施这两个计划。

他整了整紧身衣，又仔细摆正了帽子，对着镜子端详，看看自己是不是精神。因为他的头一个念头，就是虚情假意地表白爱情，重新迷住莫娜·比扬希纳，以软语温存让她信以为真。可是，他很快又放弃了这种打算，考虑到那样一来，他又会重新点燃那个女人的激情，再次遭受纠缠之苦。于是，他做出相反的决定，火速跑到莫娜·比扬希纳那里，就好像他气急败坏，打算跟她大闹一通，要吓得她从此往后安分守已一些。

莫娜·比扬希纳这种威尼斯女子，金发黑眼，一旦心生怒恨，就被人视为时刻危险的人。自从上次皮波那么发狠无情地对待她之后，他就再也没有收到她的任何信息：她一定是在悄悄地准备做出威胁报复。因此，这一击必须一了百了，以免去更为严重的后患。年轻人来到时，她正要出门，正好在楼梯相遇。皮波挡住去路，迫使她回到房间。

“可恶的女人！”皮波嚷道，“你干了些什么？您毁了我的全部希望，终于报仇雪恨啦？”

“仁慈的天主！您出了什么事儿？”莫娜·比扬希纳不胜惊愕，急忙问道。

“您还问呢！那只钱袋放哪儿啦？您竟然说是您送的，现在您还敢对着我一口咬定这种谎言吗？”

“我说不说谎有什么关系？我可不知道钱袋哪儿去了。”

“你要找死啊，还不把钱袋还给我！”皮波嚷道，扑向莫娜·比扬希纳。他也不顾可怜的女人刚穿上的新衣裙，猛然一把扯开遮护她胸脯的纱巾，将匕首对准她的心脏。

比扬希纳以为没命了，开始喊救命，可是皮波团起手帕，没等她喊出一声，就把她的嘴塞住了。还好，那只钱袋完好无损地保存着，皮波先是逼使她还回钱袋，然后警告她：

“你损害了一个势力很大的家庭，搅了威尼斯一个最显赫家庭生活的安宁！你发抖吧！这个可怕的家族盯上你了，无论你还是你丈夫，现在哪怕走一步，也会有眼睛监视你们。夜巡警察老总把你列入了黑名单，想一想公爵府的地牢吧。你凭着狡狯猜中的可怕秘密，胆敢透露出一句，你全家人就要从世上消失！”

说罢这番话，皮波便离去了。众所周知，在威尼斯，不可能讲出比这更吓人的话了。La corte maggiore（意大利文，意为“高等法院”）残酷无情的秘密逮捕，在社会上造成了极为恐怖的气氛，以致有些人哪怕仅仅觉得成了被怀疑的对象，就认为自己死定了。比扬希纳的丈夫奥里奥先生听了她大致讲述的情况以及皮波如何威胁她后，他的反应恰恰如此。不错，对于这件事，莫娜·比扬希纳并不知道始末根由，其实皮波本人也不知道，整件事不过是一桩传奇。然而奥里奥先生却慎重地认为，引起最高法院的震怒，无须了解是何缘故，最重要的是赶紧溜之大吉。他不是威尼斯本地人，父母都居住在内地，次日他就携妻登船，一去再无消息了。皮波就这样摆脱了比扬希纳这女人的纠缠，加倍回敬了她戏弄他的恶作剧。莫娜·比扬希纳终生都以为，她要骗取的那只钱袋，真的关联一桩国家秘密；而且对她而言，由于这个奇特的事件完全笼罩在神秘的气氛中，自始至终她只能胡乱猜测。奥里奥先生的父母也专门跟两个孩子议论了这个事件，提出了种种假设，最终创造出一个尚属可信的故事。他们说道：“一位身份很高的夫人，爱上了提加奈洛，也就是提香的儿子，而提加奈洛又爱上了莫娜·比扬希纳，他当然在那位夫人身上也就白费了心思。那位尊贵的夫人并非寻常之辈，真是睿智夫人，她亲手给提加奈洛绣了那只钱袋，却得知提加奈洛竟然把爱情的信物赠给比扬希纳，可以想见她该有多么气愤！”这就是在巴图城小小的奥里奥住宅里，大家重复的家庭传闻。

我们的主人公第一件事得手之后，十分满意，又想尝试做第二件事，为那位他不知其详的美丽姑娘作一首十四行诗。他自己表演的这出奇特的喜剧，不由得感动了自己，竟有几分灵感和激情，一动笔很快就写出几行诗。希望、爱情、神秘，诗人通常所有热情的表现方式，一齐在他的头脑中涌现。不过他又想，教母对我说过，我要赞美的是威尼斯最高贵、最美丽的一位女士，诗中的语气必须有分寸，对她表示更多的敬重。

他抹掉已经写出来的几行诗，从一个极端走到另一个极端，汇集了一些响亮的音韵，颇为费力地尽量套进切合他那位贵人的思想，亦即他所能找到的最美最高尚的思想。他以战战兢兢的疑惑替代了过分大胆的希望；他舍弃神秘和爱情，大谈敬意和感激。他无法赞美一位他从未见过的女子的魅力，只好尽量巧妙地使用了一些适合所有面孔的泛泛之语。总之，他思考并创作了两个小时，写出了十二行说得过去的诗，非常和谐，却毫无意义。

他将诗誊写在一张漂亮的羊皮纸上，又在空白边上画了花鸟，仔细涂了颜色。可是，他的作品一完成，再读一遍自己的诗作，当即就从窗口扔出去，投进从他家旁边流过的运河里。“我这是干什么呢？”他扪心自问，“如果我的内心不讲话，那么何必继续这件奇事呢？”

他操起曼陀铃，在房间里踱来踱去，边弹边唱，弹的是一支为彼特拉克 一首十四行诗谱的旧曲子。弹唱一刻钟，便停了下来，心跳加快了。他不再考虑什么分寸，也不想可能产生什么效果了。钱袋就放在桌子上，是他从那个叫比扬希纳的女人手中夺回，作为战利品带回来的。他注视着钱袋，心中暗道：

“为我制作这个钱袋的女子，一定爱我，也懂得爱。这样一件活计很难做，要花很长时间；这些细线、这些鲜艳的颜色，都要用很大工夫，她做活时就在想我。赠送这只钱袋的附言很短，就是朋友的劝告，没有一句模棱两可的话。这是一位大胆的女子所下的爱情战表，当时也许就想到我有一天必会勇敢地接受挑战。”

于是，他重新开始创作，又拿起笔来时，就觉得又疑惧又满怀希望的心情，比他掷骰子豪赌时还要强烈。他不假思索，不停地疾书，很快写出一首十四行诗，大致翻译如下：

孩童时读过彼特拉克的诗章，
我发下心愿，要共享几分荣耀。
他以诗人爱恋，又以情人歌唱，
神灵的语言唯独他用得巧妙。

唯独他啊熟练掌握这门诀窍，

以随时专注转瞬即逝的心慌，
构思出的意象，那么粲然微笑，
再用金刻刀雕在纯质钻石上。

您哟寄给我一句友好的话语，
昨天刚写得，明天就可能忘记，
您可否记得我，我总心存感激。

我生来就具有彼特拉克之心，
而无天赋。走在这红尘我只能
伸手给叫我并爱我生命的人。

次日，皮波又登门拜访多罗蒂夫人。一等到单独跟她在一起的时候，他就将十四行诗放在尊贵的夫人膝上，对她说道：“这是给您那位女友的。”老妇人露出惊讶的神色，继而看了这首诗，发誓说她绝不接受委托，拿给任何人看。皮波则一笑置之，他确信事情会相反，于是告辞，并且向教母保证，他在这方面丝毫也不会担心。

四

然而，接下来一个星期，他是在极度不安的状态中度过的。不过，这种不安也不乏几分魅力。他足不出户，可以说不敢动弹，就好像为了让运气更好地安排。他才二十五岁，在这件事情上，比一般同龄人表现得更加理智，而青年人往往急不可待，总想超速达到目的，欲速反而不达。运气要让人自助，让人善于及时抓住它，按照拿破仑的说法：运气是女人。不过，正因为如此，运气总要摆出一副样子，好像是它给予人们从它那里夺取的东西，也就必须容它有张开手的时间。

到了第九个天头，傍晚时分，出没无常的女神才敲响年轻人的门，等一下您就会看到这可不是一件无所谓的事。皮波亲自下楼开门，只见那个黑人姑娘站在门口，手上拿着一朵玫瑰花，送到皮波的唇边。

“吻一下这朵花。”黑人姑娘对他说道，“这花上有我女主人的一吻。她能来同您见面而没有危险吗？”

“她若是白天前来，就未免太冒失了，”皮波答道，“我的这些仆人一定会瞧见她。夜晚她能出门吗？”

“不行，换了谁敢这么做？她既不能夜晚出门，也不能在她家接待您。”

皮波沉吟了片刻。

“你的主人能早起吗？”他又问黑人姑娘。

“出太阳的时候能起来。”

“那好！听我说，平日我很晚才起床，因此，全家上下都睡懒觉。假如你的主人能在天亮的时候光临，我就会等她；她可以进来，不会被任何人瞧见。事后怎么送她出去，就由我来管了，假如她在我这里真能一直待到天黑的话。”

“她会的。您看明天好吗？”

“明天拂晓。”皮波答道。他往送信姑娘的领饰里塞了一把金币，也不再多问就回到自己房间，关起门来，决定一直守到天亮。他先是吩咐人给他宽了衣，好让人相信他要上床安歇了。等到独自一人时，他点旺炉火，换上绣金花的衬衣、一条香衬领，再穿上中国缎子袖的白丝绒紧身外衣。打扮停当，他就坐到窗户附近，开始想象他这场奇遇。

他心仪的女子这么快就同他约会，也许别人会有看法，而他可没有往坏处想。首先不应当忘记，这个故事发生在16世纪，那个时期，爱情发展得比我们现在要快。根据最为真实可信的证据，可以确认我们所说的不检点，当时则被认为是直率的表现。甚至还有理由这样想，今天所称道的品德，那时就显得虚伪了。不管怎样，一位女子爱上一个漂亮的男孩，没有长谈过就赴约会，这个男孩并不会因此减少几分对她的好感，他觉得是自然而然的事情，任何人也不会想到脸红。在那个时代，法兰西朝廷的一位贵族在帽子上系了他情妇的一只丝袜作为翎饰，他回答那些到卢浮宫来见他这副装束而感到奇怪的人，说这是他爱得要死的一个女人的袜子。

况且，皮波就是这种性情，哪怕生在本世纪，他在这点上的看法或许也不会有改变。尽管他生活放荡，干了许多荒唐事，有时他固然能对别人讲谎话，可是他却从来不蒙骗自己。我这话的意思是说，他喜爱什么东西，不是图外观，而是物有所值。一方面他能巧言令色；另一方面，只有当他真正渴望的时候，他才会施展诡计。在送给他钱袋这件事上，如果说他想到有一时心血来潮的成分，那么至少那只钱袋绣得那么细心精致，做成要花很长时间。

他浮想联翩，正徜徉在许诺给他幸福的前头，忽然忆起土耳其人结婚的情景。有人对他讲过，东方人娶妻，直到婚礼之后，才能看见新娘的容貌，此前新娘蒙着盖头，出现在新郎和众人面前。他们信赖父母对他们讲的情况，凭着父母的话就结婚了。婚礼结束了，年轻女子才露出真容，丈夫这才得以亲眼检验这笔交易合适不合适；由于反悔为时太晚，或者说，他没有更好的办法，就只能觉得合适了。不过，大家也看到，比起另一种方式，这种方式的婚姻并没有造成更大的不幸。

皮波所处的境况，恰恰类似一个土耳其新郎：诚然，他并不期望他心仪的陌生女子是处女，而且这方面也不难得到宽慰。此外，还有这种对他有利的差异：这种关系并不是那么郑重其事，需要他签订契约。他可以尽情享受期待和惊喜的美妙，不必恐惧会引起什么麻烦。这样一衡量他就觉得够了，足可以弥补他可能缺失的东西。于是他想象，今夜就是名副其实的新婚之夜；而在他这种年龄，这个念头引起他一阵狂喜，也就不足为奇了。

对于活跃的想象力来说，新婚之夜的确应当是人间最大的一种幸福，因为事前没有任何磨难了。不错，哲学家主张，磨难能赋予伴随而来的欢乐以更浓的味道；可是皮波却认为，一种坏调料不能使鱼的味道更加鲜美。因此，他喜爱轻而易举的享乐，但是不要粗俗的。不幸的是，高雅的消遣要付出高昂的代价，这几乎是一条不变的法则。然而，在这条规律上，新婚之夜却是例外，这是人生独一无二的境遇，能同时满足男人两种最宝贵的爱好：懒惰和贪欲。新婚之夜将一位头戴花、还不了解爱情的小女子引入一个年轻男子的房间。须知十五年来，一位母亲极力调教，使她的心灵高尚，头脑丰富。为了得到这个美人的青睐，也许要恳求她一整年的时间；可是新婚之夜，母亲走开了，丈夫只需张开手臂，就能拥有这个宝贝了。上帝本身都允许这样。如果从这样一场美梦醒来，自己还没有结婚，那么谁不愿意每天晚上都做这样的美梦呢？

当时一句话也没有问那个黑人姑娘，皮波倒也不后悔；因为在这种情况下，一名使女不可避免地要赞美自己的女主人，哪怕女主人是个丑八怪。有多罗蒂夫人脱口而出的两句赞语就足够了。皮波只想知道他这位陌生女子的头发，究竟是棕褐色还是金黄色的。知道一位女子长得很美，要想对她的容貌有个大体的轮廓，最重要的莫过于了解她的发色。皮波在两种发色之间犹豫良久，终于想象她的秀发是栗色的，以便让他的思想得以休息。

不过，他却不知道如何确定她眼睛的颜色。如果她长一头棕褐色秀发，他就可以推测她有一对黑眼睛；如果她满头金发，那么必定是蓝眼睛。他设想她那双眼睛是蓝色的，不是那种时而呈灰色时而呈浅绿色难以确定的淡蓝色，而是像天空那样澄净的湛蓝色，到特别激动的时候，色调就加深，变成乌鸦翅膀一般的暗黑色了。

这对迷人的眼睛及其温柔而深沉的目光刚一出现，皮波的想象力就在其周围配上洁白如雪的前额、艳红如阿尔卑斯山巅阳光的面颊。在有如蜜桃一般甜美的面颊之间，他似乎看到了一只秀气的鼻子，如同人称希腊爱神的古雕像的模样。在鼻子下方，一张朱唇既不太大也不太小，露出两排珍珠，呼出性感十足的香气。下颏儿匀称，略呈圆弧形；面容清纯，但是带着几分高傲；脖颈稍长，白皙亚光色，没有一丝皱纹，上面轻轻摆动的头优雅而善气迎人，宛若茎上的一朵花。他畅想创造出来的一副美丽形象，只差眼见为实了。皮波心想，她就要来了，天亮的时候，她就会来到这里。他在奇思异想中同样令人诧异的是，他在无意当中，没成想忠实地描绘出了他未来情人的形象。

守护海港入口的国家战舰鸣炮报早晨六时，皮波看出他的灯光发红了，而他的玻璃窗染上了淡淡的蓝色。他立刻走到窗口，这回，他可不是半眯缝着眼睛环视周围了；尽管通宵未眠，他却感到前所未有的自由和精神饱满。曙光初现，但是，威尼斯还在睡梦中；这个懒散的寻欢作乐的国度，一大清早不会醒来。我们这里商铺开门，行人熙熙攘攘，马车隆隆行驶的时候，威尼斯那里，晨雾还在荒凉的潟湖上缭绕，像帷幔一般罩住寂静的府邸。清风在水面微微吹起涟漪，几片风帆在远处富西纳方向出现，为海洋王后送来一天的食物。圣马可教堂钟楼上的天使，独自守在睡梦中城市的制高点，首先走出夜色，披上灿烂的曙光，镀金的翅膀上闪烁着第一缕阳光。

这工夫，威尼斯无数教堂重重敲响早祷的钟声。共和国的鸽子受到钟声的警示，它们有出色的本能，会数敲几下钟，振翅疾飞，成群穿过埃斯克拉翁河岸，到大广场上去觅食——每天这个时候，大广场上总有人撒食物喂鸽子。雾气逐渐消散，太阳出来了，几名渔夫抖了抖斗篷，开始清洗自己的小渔船。一名渔夫以清亮而纯净的嗓音，唱起一段当地小调。从一只商船深处传出应和的男低音，还有一个人从更远处加入第二段副歌。很快就形成合唱，每个人边干活边歌唱，以一支美妙的晨歌迎接太阳的光芒。

皮波的住宅坐落在埃斯克拉翁堤岸，距纳尼宫不远，就在一条小运河的拐弯处。此刻，在这条幽暗运河的远处，有一只单橹轻舟的锯齿形凤尾闪闪发亮。船尾只有一名船夫，但是小船劈开水波，疾如利箭，仿佛在厚厚的镜子上滑行，而平板的橹叶有节奏地切入水中。快要钻进运河和大潟湖之间的小桥时，凤尾轻舟停住了。船上下来一个戴着面具、形体苗条而高贵的女子，径直走向堤岸。皮波立刻走下堤岸迎上去。“是您吗？”他小声问那女子。那女子没有应声，只是抓住他伸出的手，跟随他走了。府上没有一名仆人起床，二人踮着脚穿过游廊，只见门房还在那里睡觉。进了年轻人的房间，那女子坐到长沙发上，待了半晌，仿佛有所思虑。她终于取下面具，皮波这才确认多罗蒂夫人没有骗他，在他面前的果真是威尼斯最漂亮的一个女人，贝娅特丽丝·诺尔达诺，威尼斯行政长官多纳托的遗孀，两个贵族家庭的继承者。

五

贝娅特丽丝一显露真容，游目扫视了一下周围，那副美丽的形象，用语言是无法描摹的。她虽然守寡有一年半了，年龄也才不过二十四岁；尽管在读者看来，她这种行为未免太大胆了，但是有生以来，她是头一遭做出这种事，可以肯定在这之前，她只爱过她丈夫。因此，她走出这一步，心乱如麻，极度不安，必须竭尽全力，才不至于半途而废。此刻，她的眼神充满爱意、羞愧与勇气。

皮波看着她，目光流露出惊叹，一时说不出话来。无论在任何场合，看到一位绝色美女，不可能不惊奇而心生敬意。在散步的场所和私家聚会上，皮波经常遇见贝娅特丽丝。不知有多少回，他赞美并且听见别人赞美她的容貌。她的父亲皮埃尔·洛雷丹，曾是十人委员会的成员；她的曾祖父，那位著名的洛雷丹，在审理雅克·佛卡里的案件中，起过十分积极的作用。这个家族的高傲，在威尼斯妇孺皆知，而在所有人的眼里，贝娅特丽丝继承了她的祖先骄傲的心理。父母早早把她嫁给行政长官马可·多纳托，而丈夫死后，她独自生活，拥有巨额财产。共和国的体面贵族无不渴望娶她，然而，她以极为不屑的冷淡态度，对待他们为了讨她欢心而做的种种努力。总而言之，她那种高傲的、近乎野性的性情，可以说是无人不晓了。两方面大大出乎皮波的意料：一方面，他绝不敢推测，倾心于他的那位神秘女子会是贝娅特丽丝·多纳托；另一方面，她同她本人差异太大了，这次见面，就仿佛是第一次见到她。爱情能赋予最普通的面容以魅力，此刻更显示其巨大威力，就这样进一步美化了一件大自然的杰作。

沉默了片刻之后，皮波凑上前去，拉起她的手。他试着向她描述他惊讶的程度，并且感谢她给他带来的幸福。可是，贝娅特丽丝并不应声，就好像没有听见他说话，坐在那儿一动不动，自身恍若处于梦境，周围什么也辨认不清。皮波对她讲了好长时间，她仍然毫无反应；不过这工夫，皮波已经坐到她身旁，双臂搂住她的腰身。

“昨天，您在一朵玫瑰花上给我送来一吻，”皮波对她说道，“请让我在一朵更美丽更鲜艳的花上，向您回赠我收到的礼物吧。”

他这样说着，就亲吻了贝娅特丽丝的嘴唇。贝娅特丽丝丝毫不阻止他的举动，然而，她那漫无目的的游荡的目光，突然落到皮波身上，然后轻轻地推开他，摇了摇头，一副充满宽厚的忧伤神态，对他说道：

“您不会爱我的，您对我不过是一时冲动；可是，我却爱您，首先我要跪倒在您面前。”

她果真屈膝下去。皮波恳求她起来，怎么也拉不住。她从皮波的手臂中间滑下去，跪到地板上。

看到一位女子采取这种卑微的姿态，既不寻常，也不雅观。尽管这是爱情的一种标志，但这种标志似乎仅仅属于男子。这种姿势并不雅观，但谁见了都不免动情，一名罪犯有时甚至能以此争取到法官的宽恕。皮波越来越惊讶，注视着展现在面前的这种令人赞叹的场景。如果说他认出贝娅特丽丝夫人的时候，油然生出敬意的话；那么看见她跪在自己脚下，他又该有何感受呢？多纳托的遗孀，洛雷丹家族的闺秀，竟然跪在地下。她那绣有银线花图案的丝绒衣裙，覆盖了石板地；她的头纱、散开的头发垂落地面。从这幅漂亮的画框中，现出她的雪白臂膀与合拢的双手，而她那双湿润的眼睛则抬起来凝视皮波。皮波内心深处被打动了，他倒退了几步，陶醉在自豪感当中。他不是贵族，贝娅特丽丝蜕下了贵族的高傲，如同一道闪电，进入这个青年的灵魂。

不过，这道闪电转瞬即逝了。这样一种景象所引起的，何止是一种虚荣心。我们的身子俯向一眼清泉的时候，立刻映现我们的形象；而当我们逐渐靠近，一个兄弟便从水中迎面朝我们走来。在人的心灵里，爱就是这样呼唤爱，爱的一瞥能让爱绽放。皮波也跪下来。两个人彼此倾向对方，这种跪姿保持了半晌，交换了他们的初吻。

贝娅特丽丝固然是洛雷丹家族的女儿，但是她的血管里也流淌着她母亲比扬卡·龚塔里尼的温柔血液。这位出色的母亲，在世间无与伦比，她也是威尼斯的一位绝色美人。她一直很幸福，招人喜爱，在和平时期只想好好地生活；到了战乱时期，则十分热爱自己的祖国。

比扬卡就像她女儿们的大姐姐，她英年早逝，人去了还那么美丽。

贝娅特丽丝正是受母亲的影响，才学会赏识并喜爱艺术，尤其是绘画。这并不是说这位年轻寡妇在绘画方面饱学博识。她在罗马和佛罗伦萨逗留过，米开朗琪罗的那些杰作仅仅引起她的好奇。作为罗马人，按说她应该喜爱拉斐尔，但她是亚得里亚海湾的女儿，更喜爱那位提香。正当她周围所有人的心思全花在朝廷的明争暗斗或者共和国的事务上的时候，贝娅特丽丝却只关心新画作，只关心维塞利奥去世之后，她偏爱的绘画艺术会落到什么境况。她曾在多尔凡府见过我在本篇故事开头提到的那幅油画，提加奈洛所完成的唯一画作，在一场大火中焚毁了。她欣赏了那幅油画之后，又在多罗蒂夫人府上遇见过皮波，便对他产生了不可抗拒的爱情。

在尤里乌斯二世（罗马教皇，为政教合一而奋斗的政治家。他鼓励艺术创作，他的名字与拉斐尔、米开朗琪罗等人是分不开的）和利奥十世（罗马教皇，他是文艺复兴时期最能挥霍的教皇，资助艺术事业，修建圣彼得大教堂，使罗马重新成为西方文化中心）的世纪，绘画并不像今天这样是一种行业，那是艺术家的一种宗教、大贵族的一种闲情逸致、意大利的一种光荣、妇女的一种迷恋。一位教皇能离开梵蒂冈，去拜访米开朗琪罗，那么，威尼斯一位贵族的女儿就可以爱上提加奈洛，不会因此感到丢脸。不过，贝娅特丽丝还酝酿了一项计划，使她的痴情升华，也更加大胆了。她不仅要让皮波成为她的情人，还要让他成为一位绘画大师。她了解皮波所过的放荡生活，决定把他从那种状态中拉出来。她知道皮波虽然放浪形骸，心中的艺术圣火还未熄灭，只是覆盖着一层灰烬，她希望爱情能重新点燃神圣的火花。她犹豫了整整一年，秘密地怀着这一念头，不时遇见皮波，经过堤岸时还望望他住宅的窗户。她经不住一种任性的诱惑，要绣一只钱袋送给皮波。诚然，她心下决定不要再往前走，永远也不要进一步尝试。然而，当多罗蒂夫人给她看皮波为她作的诗，她流下了欣喜的眼泪。她试图实现自己的梦想，会冒多大风险，她不得而知。但这是一种女人的梦想，她走出家门时自言自语："女人的心愿，就是上帝的意愿。"

贝娅特丽丝有这种思想，有她的爱情和直率的指引和支持，就感到自己无所畏惧。她跪在皮波的面前，首先为她的爱情祈祷；然而，在牺牲掉她的高傲之后，面前这尊急不可待的神又请求她做出另一种牺牲——成为提加奈洛的情人。她并不犹豫，就如同她已经是他的妻子了。她摘下头纱，放到摆在房间里的一尊维纳斯雕像上，接着便把自己交给命运；她的面容与大理石神像同样美丽苍白。

按照事先约定，贝娅特丽丝在旁边房间度过了白天。日落之后，送她来的那只凤尾船又来接她了。她还像进门那样悄悄地离去。几名仆人被分派办事，都被支开了，只有门房留在府内，他早已习惯主人的生活方式，看见一位戴面具的女人和皮波一起穿过游廊，并不感到奇怪。不过，他望见那位夫人走到门口时，撩起面具的胡须，皮波给了她一个别吻，他便悄无声息地溜上前，侧耳细听。

“您就从来没有注意过我吗？”贝娅特丽丝快活地问道。

“当然注意到了，”皮波回答，“但是没有一睹芳容。你本人，可以肯定，没有意识到自己有多美。”

“你也一样，美如阳光，比我想象的要美上千倍。你会爱我吗？”

“当然，会爱得长久。”

“而我能爱一生一世。”

他们说完这些话才分手，皮波还伫立在门口，目送凤尾舟将贝娅特丽丝·多纳托载走。

六

半个月过去了，贝娅特丽丝还没有提起她酝酿的计划。老实说，就连她自己也有点忘却了。一种情爱关系的初期，颇似西班牙人发现新大陆的探险。那些西班牙探险者登船时，向他们的政府保证遵循各种具体指令，绘制地图带回来，并且在美洲传播文明。然而，他们刚一到达，看到陌生天空的景象、原始森林、金矿或者银矿，就忘乎所以了。为了追寻新奇的事物，他们忘记了自己的承诺和整个欧洲；不过，他们有时却能发现一个宝藏——情侣的行为有时就是这样。

贝娅特丽丝还有一个值得谅解的缘由。这半个月，皮波没有赌博，一次也没有去奥尔西尼伯爵夫人那里。这表明他开始理智了，至少贝娅特丽丝做出这样的判断，我也不知道她判断得对不对。皮波半天在他情人身边度过，另外半天则泡在丽都酒吧，喝着萨莫斯葡萄酒，眺望大海。朋友们见不到他了，他一改自己的全部习惯，什么时光、早晚，什么活动、交往，全不放在心上了。总之，他沉醉在深深的遗忘中，忘掉一切事物，这是一位美女的初吻总要给人留下的迷醉状态。一个男人处在这种状况，能说他是明智还是糊涂呢？

如果用一句话把事情说透了，皮波和贝娅特丽丝就是天生的一对，他们头一天就发觉了这一点。不过，还必须有一段时间来确认，为此用一个月并不为过。一个月就这样过去，仍未提起绘画。在水上泛舟、城外散步的时候，倒是大谈特谈爱情、音乐。高贵的夫人有时更喜爱到郊区小旅店偷情幽会，而不愿在小客厅里吃夜宵。贝娅特丽丝也持这种观点：在昆塔瓦尔的凉棚下，同皮波对坐吃一尾鲜鱼，在她看来胜过总督府的晚宴。吃完饭，二人登上风尾舟，前往亚美尼人岛周围游弋。我建议读者趁月明风清之夜去那里，在城区和丽都之间，在海天之间，同威尼斯女郎恋爱。

一个月之后，有一天，贝娅特丽丝秘密来到皮波家中，发现他比往常更快活。她进屋的时候，皮波已经用完餐，正边唱边踱步；只见阳光照亮他的房间，照得桌子上一只盛满金币的银盆闪闪发亮。昨天晚上他去赌博了，赢了维帕西亚诺先生一千五百皮阿斯特。他用这笔钱买了一把中国扇子、芳香手套和一条在威尼斯制作的精美金项链，全装在一只镶嵌螺钿的雪松木匣里，准备赠给贝娅特丽丝。

贝娅特丽丝收到这些礼物，开头一阵惊喜，不料一得知这是用赌博赢的钱买的，就不肯接受了。她非但没有随同皮波一起高兴，还陷入了沉思，不免心中暗道，皮波又去寻求原先的乐趣，这也许表明他对她的爱减少了几分。不管怎样，她看出时机已到，应该谈谈了，尽量劝说他放弃他又要陷入的放荡生活。

这可不是一件容易的事。这一个来月，贝娅特丽丝得以了解皮波的性格。不错，对于生活的一般事物，皮波表现出一种极端无所谓的态度，他终日游手好闲；可是在更为重要的事情上，就很难控制他了。问题恰恰出在这种漫不经心的态度上：一旦有人想要对他施加影响，他并不抗衡和辩驳，只让人说去，而他还照样一意孤行。为了达到目的，贝娅特丽丝采取了迂回战术，问皮波是否愿意为她画一幅肖像。

皮波痛快地答应了，次日他就去买了一块画布，还吩咐人将一幅画架搬到他房间——那副橡木雕刻的精美画架，当年是他父亲绘画用的。贝娅特丽丝一早就来了，她穿了一条肥大的褐色衣裙，等皮波要动手画了，便脱了下来。于是，她出现在皮波面前的那副装束，颇似帕里斯·博尔多纳（文艺复兴时期的著名画家）那幅《戴花冠的维纳斯》的打扮。她的秀发结扎在前额，缀着珍珠，波浪的长绺垂到手臂和肩上。珍珠项链一直垂到腰带，在胸口正中由一个金扣环固定，完全沿着并衬托出她那裸乳的轮廓。变色的塔夫绸衣裙，蓝色和粉红色，由一只红宝石架子提到膝上，露出美如大理石雕的小腿。此外，她还戴着好多副手镯，穿一双系着金带的大红绒拖鞋。

博尔多纳的《维纳斯》众所周知，并非别物，只是一位威尼斯夫人的肖像。这位画家本是提香的弟子，在意大利名气很大。贝娅特丽丝也许认识这幅人物画的模特儿，非常清楚她的容貌更美。她就想激发皮波的好胜心，以这种方式向他表明他可以超越博尔多纳。年轻人端详她片刻，便高声说道：

“以狄安娜的血起誓，那个戴花冠的维纳斯，不过是军火库的女小贩，乔装打扮成了女神；瞧，这才是爱神的母亲，战神的情人呢！”

不难想象，皮波看到他如此美丽的模特儿，首先要做的不是动手绘画。贝娅特丽丝担心自己打扮得过分漂亮，采取了一种不正当的方法来实现改造的计划。好在开始画像了，不过，画草图时，皮波心不在焉，偶然间画笔还掉了。贝娅特丽丝拾起来，还给情人，对他说道：

“你父亲的画笔，有一天也是从手中脱落，查理五世拾起画笔还给他；我也要像罗马皇帝那样做，尽管我不是女皇。”

皮波对自己的父亲，始终无限热爱，也无限敬佩，每次提起来，总是怀着极大的敬意。这件往事深深触动了他，他起身过去打开衣柜。

“这就是您提到的画笔，”他说着，拿起画笔给贝娅特丽丝看，“自从半个世界的主人接触了这支画笔，我那可怜的父亲就当作圣物一直珍藏。”

“当时您在场吗？那个场景，您能对我讲述一下吗？”贝娅特丽丝问道。

“那时我还太小，”皮波答道，“不过，我还记得。事情发生在波洛涅。教皇和皇帝在那里会晤，决定佛罗伦萨公国问题，确切地说，决定意大利的命运。大家望见保罗三世和查理五世在平台上交谈，而在他们的谈话过程中，全城都保持肃静。一小时之后，一切都决定下来，于是寂静被打破，车马喧哗，人声鼎沸。大家不知道即将发生什么事情，都纷纷扰扰想打听。可是，上面旨喻，要严守秘密。居民都怀着好奇和恐惧的双重心理，注视两个朝廷极普通的官员走过去。大家议论着，意大利恐怕要遭肢解，要流放一批人，要新创建几个公国。家父正在绘制一幅巨画，他登在用来绘画的梯子上面，忽然持矛卫士打开大门，贴墙分列两边。一名青年侍从走进来，高喊一声：‘皇帝驾到！’几分钟之后，皇帝出现了，穿着紧身衣，直挺挺的，棕红胡子中间的嘴唇挂着微笑。皇帝莅临出乎意料，家父又惊讶又欢喜，就尽可能快些爬下梯子。可是他年老了，他紧贴着倾斜的梯子，画笔从手中掉落。所有人都一动不动，只因皇帝在场，把我们全变成了雕像。家父行动缓慢而笨拙，十分惭愧，但是动作快了又怕摔伤。查理五世朝前走了几步，慢慢俯下身，拾起画笔。‘提香，’皇帝声音清亮而威严地说道，‘提香配得上皇帝为他效劳。’说罢，他以无与伦比的庄严姿态，将画笔还给我父亲；我父亲则单腿跪地接过来。”

皮波讲述这段往事，心情不能不激动。贝娅特丽丝听完了，沉默了半晌，她低下头，看来完全走神儿了。皮波见状，便问她在想什么。

“我在想一件事儿，”她答道，“查理五世已经死了，现在他儿子是西班牙国王。怎么评说腓力二世呢？他父王的剑，他非但没有佩戴，还放在衣柜里任其生锈。”

皮波微微一笑，他虽然明白贝娅特丽丝的想法，但还是问她想说什么。

“我想说的是，”她回答道，“你也一样，是一位国王的继承人，因为，博尔多纳、莫雷托、马罗尼奥是好画家，丁托雷和乔尔乔涅是艺术家，而提香则是国王。那么现在，由谁拿着他的权杖呢？”

“我哥哥奥拉齐奥，”皮波答道，“他若是在世，就会成为大画家。”

“当然了，”贝娅特丽丝接口说道，“别人会这样讲提香的两个儿子：‘一个如果在世，另一个如果愿意，都能够功成名遂。’”

“这话你信吗？”皮波笑着问道，“那好，有人还要补充一句：‘可是，他更喜欢同贝娅特丽丝·多纳托水上泛舟。”’

这不是贝娅特丽丝所期望的回答，她有点儿不知所措。然而，她丝毫没有丧失勇气，不过改为更加严肃的语气。

“你听着，”她说道，“不要开玩笑了。你的唯一画作受到赞赏，焚毁之后，无不感到惋惜。然而，你所过的生活，比多尔凡府的大火还要糟糕，因为，这种生活把你本人给毁了。你一心想着消遣，却不考虑考虑，对别人只是误入歧途的事，对你则是一种耻辱。一个发了财的富商的儿子，可以去赌博，但是你提加奈洛就不行。你跟我们那些最年老的画家一样内行，而你又有他们所缺少的青春，可这有什么用呢？你只要试一试就能成功，可是你连试也不试。你那些朋友在欺骗你，而我对你说你在玷污对自己父亲的记忆，我这是尽职责。这话除了我，谁肯对你说呢？你只要还富有，就总有人协助你倾家荡产；你只要还俊美，女人就会爱你。在你还年轻的时候，谁也不对你讲这种真话，将来会如何呢？亲爱的，我是你的情妇，但是我也要做你的情人。但愿你生来就穷困！如果你爱我，那就得工作。我找到一座僻静的小房子，在远离市区的一个街区，只有两层。你若是愿意的话，我们就按照自己的口味布置起来，并且准备两把钥匙：给你一把，我留一把。我们在那里自由自在，不用担心任何人。你吩咐人运去一副画架，如果你答应我，每天去那里只画两小时，我就天天去看你。每天仅作两小时画，你总该有这点耐心吧？假如你接受了，从现在起过一年时间，你有可能不爱我了，但是你养成了工作的习惯。假如你拒绝，我不可能终止爱你，不过这就表明你并不爱我。”

贝娅特丽丝在讲这番话的过程中，身子微微颤抖。她害怕冒犯她的情人，然而，她又感到责无旁贷，必须毫无保留地讲出来——这种担心和讨欢心的渴望，使她的眼睛闪闪发亮。她不再像维纳斯了，而像一位缪斯。皮波没有当即回答，觉得她这样太美了，就让她这种不安的状态持续一会儿。老实说，这番劝导，他并没有用心听，倒是格外注意讲话的声调：这种极富感染力的声音令他着迷。贝娅特丽丝完全用心灵讲话，以最纯净的托斯卡纳地方音，并带有威尼斯人的温柔。一支热烈的小咏叹调，从美人口中轻吐出来，我们往往不大注意歌词，有时甚至听不真切反而更美妙，完全荡漾在音乐的旋律中。皮波的情况就大致如此，他没有细想对他的要求，便凑到贝娅特丽丝面前，吻了一下她的额头，对她说道：

“完全顺从你的意愿，你跟天使一样美丽。”

二人说定，从即日起，皮波就要按时作画了。贝娅特丽丝还要他立字据为凭，她取出记事本，带着情人那种得意神态，在本子上写了几行字。

“要知道，”她解释说，“我们洛雷丹家族的人一丝不苟，账目都要清楚。我作为债权人，记上你欠我一年期每天两小时。你签上字，而且如数付给我，好让我知道你爱我。”

皮波欣然签了字。

“自不待言，”他说道，“我开始工作，就先给你画像。”

贝娅特丽丝也拥吻了他，对着他的耳朵说道：

“我也要给你画像，一幅酷似的出色肖像，不是没有生命的，而是有血有肉的。”

七

皮波和贝娅特丽丝的爱情，初始如同地下涌出的一股清泉，现在则像一条小溪，渐渐渗透，在沙地里冲出一张卧榻。假如皮波是贵族，他肯定会娶了贝娅特丽丝，因为，他们彼此越了解，就爱得越深。尽管从卡多尔到弗里乌尔，维塞利奥家族很卓越，但这样一桩婚姻还是不可能的。不仅贝娅特丽丝的近亲会极力反对，全威尼斯凡是有贵族称号的人，都会表示气愤。那些人情愿容忍偷情私通的行为，也不非议一位贵妇当了一名画家的情妇，可是，那个女人如果嫁给了她的情夫，他们是万万不能饶恕的。这就是那个时代的偏见。不过，那个时代还是胜过我们这个时代。

小房舍安置好了家具，皮波也信守诺言，每天都来这里。说他工作，未免过分，他只是装装样子，确切地说，他自以为工作了。贝娅特丽丝这方面，行动超过了许诺，她总是头一个到达。肖像倒是画出了草图，不过进展很慢，一直放在画架上。尽管大部分时间，皮波碰也不碰，但是在那里至少可以充当见证，既可以激励爱情，也可以原谅懒惰。

每天早晨，贝娅特丽丝都派她的黑人使女，给她的情郎送去一束鲜花，以便让他养成早起的习惯。“一位画家拂晓就应该起床，”她说道，“阳光是他的生命，是他的艺术真正的元素。因为没有阳光，画家就一无所成。”

这种警告，皮波认为是对的，但就是做起来太难了。他接过黑人使女送来的花束，有时就随手插入放在床柜上的糖水杯中，重又倒头睡去。前往小房子的途中，要从奥尔西尼伯爵夫人府的窗下经过，他就感到身上带的钱在兜里躁动。有一天，他散步时碰见维帕西亚诺先生，对方问他为什么见不到他了。

“我已经发誓不再拿掷骰子筒了，”皮波回答，“也不再摸一张牌了。我们押上随身带的钱，掷钱币赌一把吧？”

维帕西亚诺虽然年迈，又当过公证人，还是照样成了赌徒，他可不会拒绝这一提议。他取出一枚金币往上一掷，结果输掉三十枚金币，走了还意犹未尽。“真遗憾，”皮波心中暗道，“这会儿不能赌博！我确信贝娅特丽丝的钱袋还会继续给我带来好运，我两年输的钱，一周就能捞回来。”

然而，他能听情人的话，也因此沾沾自喜。他的小画室氛围最喜幸，也最安静了。他来到画室，就觉得到了一个新世界，却又是记忆中的世界，因为他的画幅和画架唤起他的童年回忆。我们从前熟悉的事物，很容易就能重新熟悉起来。容易熟悉再加上记忆，不知道为什么，我们再见到这些事物会倍感亲切。在一个晴朗的上午，皮波拿起调色板，将亮晶晶的颜料挤在上面，看看一切准备就绪，只等他亲自调配了。这时他就恍若听见他父亲粗暴的声音，像从前一样在身后嚷道：“快点儿，懒虫，你胡思乱想什么呢？大胆下手，给我干这件活！”回忆起这副情景，他扭过头去，见到的不是提香那张严厉的面孔，而是贝娅特丽丝。她裸露着臂膀和乳房，额头戴着珍珠串，在他面前摆好姿势，微笑着对他说道：“您就吩咐吧。”

不要认为皮波以无所谓的态度对待她的劝导，她就作罢；不管听不听，该讲的她还是要讲。时而，她提起威尼斯一些名家在意大利各画派中所赢得的光荣地位；时而，她让他回顾艺术曾达到了多么辉煌的高度，再向他指出现在衰落到何等地步。她这种见解何其正确，因为威尼斯当时正在步佛罗伦萨的后尘 —— 威尼斯不仅丧失光荣，而且丧失对光荣的敬重。米开朗琪罗和提香两个人，差不多生活了一个世纪，他们向祖国传授了艺术之后，又尽人力长期同混乱做斗争。但是，这两根立柱终因年老而倒塌了。有人为了将不知名的革新者捧上天，竟然遗忘了刚刚埋葬的大师。布雷西亚 、克雷莫纳（都为意大利地名）都争相创建新流派，宣称新流派胜过旧画派。就在威尼斯，提香的一名弟子的儿子，盗用了给皮波起的绰号，居然也自称提加奈洛，用品位极低的作品塞满了贵族教堂。

皮波即便不在乎祖国的耻辱，见到这种丑恶的东西，也不免气愤。当有人在他面前兜售一幅低劣的画；或者在某座教堂，他看见他父亲的杰作中间，夹杂着一幅拙劣的油画，心中产生的反感，恰如一位贵族看到一个私生子的名字写进了贵族名录里。贝娅特丽丝理解这种反感情绪，而所有女人都或多或少具有大利拉（《圣经·旧约》中人物，力大无比的永世参孙的情妇。参孙与非利士人为敌。大利拉被非利士人收买，从参孙口中探出他力大无穷的原因，并趁他熟睡时剃掉他的头发，导致参孙被缚）那种本能，善于抓住机会探知参孙头发的秘密。贝娅特丽丝在敬重那些神圣的名字的同时，也时常有意赞扬几名平庸的画家。这样违心谈论并不容易，但是她佯装赞赏时非常巧妙，一副煞有介事的样子。她通过这种办法，往往会促使皮波的情绪变坏；而且她早已注意到，皮波每逢心情恶劣，就显得冲动，会立即动手作画。皮波在这种时刻，就会有大手笔，求成心切而迸发灵感。不过，他那轻浮的性格很快又占了上风，突然丢下画笔说道：“好了，喝杯塞浦路斯葡萄酒吧，别再提那些愚蠢的东西了。”

面对如此缺乏常性的人，换一个女人也许就会气馁了，可是贝娅特丽丝则不然。我们在历史的叙述中，既然能看到不共戴天的深仇大恨，那就不要奇怪爱也能赋予人以恒心。贝娅特丽丝深信一件千真万确的事情，就是习惯能成就一切，这便是她这种信心的由来。她见过生身之父，一个极为富有而身体衰弱的人，已经年迈了，还终日过度操劳，埋头最枯燥无味的账目，以便给他巨大的财富增添几枚金币。她经常恳求父亲爱惜身体，而父亲总是作同样的回答：这是他从小就养成的习惯，已经变得不可缺少了，只要活一天就得保留一天。贝娅特丽丝从这个事例中获益，只要皮波还没有强制自己定时工作，她就不愿意做出任何预测，心想爱荣耀是一种高尚的贪婪，应该跟吝啬同样有力量。

她这样想并不错，但是难就难在，要让皮波养成一种好习惯，就必须使他改掉一种坏习惯。然而，有些莠草不用费劲就能拔掉，赌博却不是这样一株莠草，也许还是唯一能同爱情相抗衡的一种迷恋。因为，世上一些有抱负的人、放荡不羁的人和虔诚的信徒，都能拜倒在女人的裙下；但是赌徒很少有这种情况，其原因很容易解释。正如钱币几乎代表所有享乐，赌博也几乎概括所有冲动。每次摸的一张牌，每次掷下的骰子，都会带来一定数目的金币或银币的输赢，标志着一种不确定的乐趣。赢家自然感到无尽的欲望，不仅可以放手地投入，而且还力图寻求新乐子，肯定什么欲望都能得到满足。反之，输家则陷入绝望，大笔大笔钱过了手，现在突然一筹莫展了。这样的体验，不断重复出现，同时耗尽又激发人的精力，将人投进一种眩晕的状态。赌客总是全神贯注，而寻常的感觉太微弱了，也来得太缓慢，又过于循序渐进，就引不起赌客的一点点兴趣了。

皮波幸好继承了父亲留来的巨额财富，赌博输赢都未能对他产生致命的影响。生活中驱动他的，主要不是恶习，而是无所事事；况且，他太年轻，有了毛病不是无可救药的。他的兴趣无常本身就证明了这一点，只要看得紧一点，他的毛病不可能改不掉。贝娅特丽丝认识到这种必要性，也顾不上自己的名声，几乎每天都陪伴在她情人的身边。此外，为了避免日久生厌，她还动用了女性娇媚的所有手段。她的发型、首饰，乃至她的言语，总是不断地变换；而且，她每天都换上一身新衣裙，唯恐陪伴忽然使他失去了兴趣。皮波看出这些小伎俩，不过，他没有那么愚蠢，会为此发火；恰恰相反，他也照搬过来，不断变换情绪和行为举止，他每天换领饰。他无须为此费心琢磨，自然一点就足够了。有时他笑着说道：“鮈鱼是一种小鱼，而任性是一种小激情。”

我们这对情侣就这样生活，都喜欢欲乐，彼此情投意合。唯独一件事，贝娅特丽丝总放心不下。她为皮波设计的未来，每次向他谈起，他就只是回答这么一句：“就先从你的画像开始吧。”

“我还求之不得呢，”贝娅特丽丝说道，“这事儿早就说好了。然后你打算做什么呢？这幅肖像不可能公开展示，而这一幅画完了，你必须考虑让人了解你。你头脑里有题目了吗？是一幅宗教题材的画，还是历史题材的画？”

她每次提出这些问题，皮波总设法转移注意力，充耳不闻，例如拾起手帕、对准衣服的一个纽扣，诸如此类的小事。贝娅特丽丝开始以为，这可能是艺术家秘而不宣的意念，他不愿意讲出自己的计划。其实，比起任何人来，皮波都不神秘，也更信赖别人，至少信赖他的情妇，因为没有信任就没有爱情。“难道他会欺骗我吗？难道他随和的态度不过是一种手段，而他根本就不打算信守诺言吗？”

贝娅特丽丝萌生这种疑虑时，就换上一副严肃的、近乎高傲的神态。“你可是对我许诺了，”她说道，“你保证一年为期，我们要看看你是不是守信用的人。”然而，不等她的话讲完，皮波就深情地拥吻她。“就先从你的画像开始吧。”他重复这句话。接着，他总有办法谈别的事情。

我们可以判断出，她是多么急切地想要看到这幅画像完成。一个半月之后，终于画完了。贝娅特丽丝最后一次摆姿势的时候，简直高兴极了，她在原地待不住，总在画像和她的座椅之间来回走动，不断欢叫和赞叹。皮波画得很慢，不时还摇摇头；他突然皱起眉头，拿起擦拭画笔的抹布猛地涂抹画布。贝娅特丽丝立刻跑过去，看见他擦掉了画像上的嘴和眼睛。她大惊失色，禁不住流下眼泪。可是，皮波却不慌不忙，又把颜料收进箱子里。他说道：

“眼神和微笑，这两样很难表现，必须有了灵感，才敢下笔画出来。现在我觉得手还没有把握，甚至不知道，以后有没有感觉。”

画像就这样毁了，贝娅特丽丝每次看到这幅没嘴没眼睛的头像，就倍感担心。

八

读者可能注意到，皮波爱喝希腊葡萄酒。东方红酒喝了虽然不会讲醉话，可皮波每一顿饭后，吃甜点时，话还是很多。贝娅特丽丝总是不失时机，将话题引向绘画。然而，一谈到绘画，就出现两种情况：皮波或者保持沉默，嘴角泛起贝娅特丽丝不愿意看到的微笑，或者以特别冷淡的态度谈论艺术。在这种谈话的大部分时间，特别是一个怪念头，总要浮现在他的脑海。

“有一个好题材，可以作一幅画，”他说道，“表现罗马日落中的 Camp Vaccino（意大利文，意为“奶牛场”）。视野开阔，牧场空荡荡的。近景废墟堆上，有些孩子在玩耍。中景为一个身披斗篷的年轻人正好经过那里，他面色苍白，俊秀的脸因痛苦而失态，看样子恐怕不久于人世了。他一只手拿着调色板和画笔，另一只手扶在一位年轻健壮的女子身上，而那女子扭过头来微笑。为了解释这一场景，必须在画幅下方注明所发生的日期：1250 年，星期五。”

贝娅特丽丝不难明白，这种近乎谜语的话是什么意思。正是 1520 年那个星期五，拉斐尔在罗马去世。可以肯定，这个伟人是在他情妇的怀抱里咽气的；尽管有人极力否认，外面却早已传开了。皮波酝酿的画作，就是要表现拉斐尔死前不久的情景。而这样一种场面，由一位真正的艺术家以简洁的手法处理，的确可能成为一幅好作品。不过，贝娅特丽丝心里有数，知道怎么对待这种设想，她从情人的眼中就能看出他要向她表达的意思。

意大利所有人一致哀悼，皮波则相反，有机会就夸死得好。他说拉斐尔尽管是个大天才，可是他的死比他的生还要壮丽。面对这种想法，贝娅特丽丝当然很反感，但是她又情不自禁地微笑起来——这毕竟表明爱情胜过荣耀。况且，这样一种想法，如果说可能受到一位女子谴责的话，那么至少不会由于她受到伤害。假使皮波挑选别的事例，贝娅特丽丝就有可能同意了。“按说，”她说道，“这两件事相得益彰，为什么非要对立起来呢？爱情和荣耀是兄妹关系，为什么你硬要把两者拆开呢？”

“同时做两件事，从来就做不好，”皮波补充说道，“你总不能建议一个商人又算账又写诗，也不会让一个正琢磨韵脚的诗人去量布吧。我正在恋爱，你为什么还要我画画呢？”

贝娅特丽丝不知如何回答是好，只因她不敢说爱情不是一种需要花费精力的事情。

“你也要像拉斐尔那样死去吗？你若是有这种愿望，怎么没有一开始就像他那样做呢？”

“正相反，”皮波回答，“我是怕像拉斐尔那样死去，才不愿意像他那样做。拉斐尔作为画家，要么不该坠入爱河；要么他有了爱情，就不该作画了。这就是为什么，他三十七岁就死了。固然死得很荣耀，但是人死了，谈不上什么好死法。假如他少完成些杰作，哪怕少做五十幅，和那个弗尔纳丽娜就会多上五十次亲吻。只有教皇倒霉了，他不得不另找人装饰那些小教堂了；而拉斐尔少作画，就能避免油画颜料那种特别危害健康的气味了。”

“你也要把我变成弗尔纳丽娜那样一个人吗？”贝娅特丽丝高声说道，“你若是既不关注自己的荣誉，也不爱惜自己的生命，愿意委托我来送走你吗？”

“不，说心里话，”皮波回答，同时将酒杯举到唇边，“假如我能使你变形，那么我就要把你变成一个斯塔菲勒斯（罗马神话中的仙女）。”

皮波这样讲，尽管装作口气轻松，但如果以为这是戏言那就错了。他在这种戏言的背后，恰恰隐藏了一种深思熟虑的见解，下面就是他头脑深处的所思所想。

艺术史中经常谈到，大艺术家创作其作品得心应手，还列举了一些善于将创作同悠闲自在甚至放浪生活结合起来的例子。然而，艺术家最大的过错，莫过于无所事事了。一位熟练的画家，确信自己的手法和名望，在消遣和娱乐中，也能画一幅出色的素描，这不是不可能的。据说，达·芬奇绘画，有时就一只手操画笔，一只手弹竖琴；然而，那幅著名的肖像画《蒙娜丽莎》，在他的画架上却停留了四年之久。屈指可数的大手笔，结果总是受到过分的夸赞，尽管如此，真正美的作品，可以肯定是时间和深思之作，而没有耐心就没有真正的天才。

皮波确信这条规律，而且他父亲的事例也证实了他这种见解。的确，提香这样大胆的画家，也许前所未有，后继者也只有他的学生鲁本斯（著名画家）。不过，如果说提香的手法灵动敏捷的话，那么他的思想却是耐久坚韧的。他活在世上九十九年，一直致力于他的艺术。刚入道的时候，他绘画缩手缩脚，非常细腻而枯燥，其作品类似于阿布里希·丢勒（德国著名版画家）的哥特式画作。经过长期实践之后，他才敢顺从自己的天分，放开手笔；即使如此，他有时还要后悔，因而有一回，米开朗琪罗看到提香的一幅油画，便说实在遗憾，在威尼斯就是有人忽视绘画的原则。

可是，到了我讲述的这个故事所处的时期，不幸的是，威尼斯盛行便利之风，这向来是艺术衰落的第一个信号。皮波有门庭的背景，又有学养，他稍微大胆一点儿，很容易就能迅速蹿红；然而，这恰恰违背他的意愿。他把利用民众视为可耻的事情。也有理由认为，一位建筑师的儿子，不应该拆毁他父亲建造起来的殿堂；而提香的儿子若当了画家，就必须肩负起责任，反对绘画的堕落。

毫无疑问，要承担起这样一项任务，他就必须贡献一生。能成功吗？还不一定。单独一个人，力量太弱小，而同他搏斗的是整整一个世纪，他会被大众裹挟而走，好似一个游泳的人卷入漩涡一样。那会是什么情况呢？皮波还有这点自知之明，他预见到自己迟早会丧失勇气，会被当初的享乐生活重新拖下水；那样的话，他就白白做出了牺牲，不管这种牺牲是局部的还是整体的。他能收获什么成果呢？他年轻，富有，身体健康，又有一个美丽的情人，过自己的幸福日子，也不会招致别人的指责，管他日出日落，只需顺从自然就行了，何苦舍弃这么多好处，去追求一种很可能成为泡影的荣名呢？

皮波是经过深思熟虑之后，才决定装出一副漠不关心的态度，而这种态度也逐渐变成自然。“如果我再练习二十年，”他说道，“如果我试图模仿我父亲，那我就等于对聋子唱歌。如果缺乏毅力，我就会辱没门庭。”接着，他以惯常的快活神气，高声总结道，“让绘画见鬼去吧！生活太短暂了。”

他就这样同贝娅特丽丝争论，肖像画也一直没有完成。有一天，皮波偶然走进圣母马利亚修道院。在小教堂里，他瞧见马可·维塞利奥的儿子站在一个架子上，正是我前面提过的那个自称提加奈洛的家伙。这个年轻人只是提香的一个远亲，用这个名字毫无道理：他本名提托，由提托化为提加奈洛。正因为如此，威尼斯城爱看热闹的人就以为他是伟大画家的天才继承者，在他的壁画前看呆了。对这种可笑的骗术，皮波并没有放在心上。然而此时此刻，或是因为他不期碰见这个人，心中十分反感；或是因为他一反往常，更为认真地考虑自己的价值。他走到架子跟前，看到小立柱支撑不稳，抬腿踢了一脚，将一根小立柱踢倒。幸好支架没有当即倒塌，但是摇晃得厉害，那个假冒的提加奈洛像喝醉了酒，在上面先是摇摇晃晃，终于失去平衡，倒在他的颜料堆中，弄得满身满脸五颜六色，十分滑稽。

可以想见，他爬起来时该有多么恼怒，他立刻从架子上下来，冲向皮波，破口大骂。二人在这神圣的地方，就要拔剑相斗时，一名教士急忙插到中间，将他俩分开。信女们都惊恐万状，大大地画着十字逃开，而爱看热闹的人却纷纷跑来。提托叫嚷着有个人要谋害他，他要求惩罚这一罪行，那根踢倒的立柱可以证明。在场的人开始窃窃议论，其中一个胆子大些的，想要揪住皮波的衣领。皮波本来是冒失的举动，笑嘻嘻地瞧着这个场面，可是看看自己要被人视为凶手，送进监狱，不免也火冒三丈。他猛地推开要抓住他的人，一下子扑向提托。

“正是应该揪住你的衣领，”皮波揪住他，朗声说道，“把你押在圣马可广场，像贼一样吊死。你知道自己在同谁说话，盗用谁的姓名吗？我叫蓬波尼奥·维塞利奥，提香的儿子。刚才我只是照你这虫蛀的架子踹了一脚，今天若是换了我父亲，肯定要教训你竟敢自称提加奈洛，用力摇你这棵树，把你这个烂苹果摇落。可惜他不在这里。他若是在场，就会让你受到应得的惩罚，他会揪住你的耳朵，把你拖回画室——当初你还没有学会画一个人头，就从那里逃掉了。你有什么权利弄脏这座修道院的墙壁？又有什么权利在你这拙劣透顶的壁画上签我的名字？滚吧，先去花十年工夫，学学解剖学，临摹肌肉解剖模型，就像我在父亲跟前所做的那样；然后再瞧瞧你是块什么料，配不配签名。不过，在那之前，你休想再使用属于我的签名，否则我就把你扔进运河里，给你彻底来个洗礼。”

皮波说罢这番话，便走出小教堂。众人一听到他报出家门，立刻安静下来，自动闪开一条路让他过去，又好奇地尾随其后。皮波去了小房子，见到等待他的贝娅特丽丝。他怕耽误时间，没向她讲述这个意外事件，心中还激愤不已，拿起调色板便动笔画像。

没用上一个小时他就画完了，同时还做了重大修改，首先重新处理了好几个过分细腻的局部，衣裙的裙裥安排得更随意一些，又润色了一下背景和次要部分，而这些部分在威尼斯绘画中都非常重要。然后，他才画嘴和眼睛，而且几笔就画成了，赋予了完美的表情。画像上的眼神温柔而矜持，嘴唇微张，上方呈现细细的绒毛，赛似珍珠的牙齿闪闪发亮，话语仿佛随时脱口而出。

“你这幅画就不要称为‘戴花冠的维纳斯了’，”等全部做完了，他说道，“应该叫‘恋爱中的维纳斯’。”

不难猜测贝娅特丽丝该有多么欣喜，在旁边观看绘画时，她都不敢出大气，等画完了她才上前拥抱亲吻皮波，千恩万谢，对他说以后不想叫他提加奈洛了，要叫他提香。这一天余下的时间，她就只谈在画像中发现的无数美妙之处。她不仅惋惜这幅画像不能展出，而且真想开口请求展示出去。前半夜就在昆塔瓦尔度过，这对情侣从来没有这么高兴，这么幸福过。皮波快活得像个孩子，而贝娅特丽丝也不知多少次保证忠于爱情之后，一直待到深夜，因为不能再晚了，她才决定离开皮波几个小时。

她没有睡着觉，心里翻腾着最乐观的计划、最可心的希望。她已经看到她的愿景实现了，她的情人在全意大利受人夸赞和羡慕，给意大利带来新的光荣。第二天，她还像往常那样，头一个赴约，在等候皮波的时候，又看着她心爱的画像。画像的背景是一幅自然风光，近景有一块石头。贝娅特丽丝在这块石头上，看见有几行用朱红色笔写的字。她不安地俯下身去辨读，哥特体字极小，写的是如下一首十四行诗：

世间有这样身姿婀娜的仙娥，
芳名就叫贝娅特丽丝·多纳托；
酥胸下跳动着一颗忠诚的心，
无瑕的体内蕴藏率真的性格。

提香之子志在使她万世永生，
绘制出这幅肖像，相爱的明证；
随后从这天起他就停止创作，

不愿意用画笔再让别人出名。

不管你是谁，行客，先别谴责我，
如果你有爱心，瞧瞧我的情人，
你的情人是否也有这般风韵！

你看世上的荣名真不算什么，
我这话请相信，纵然美妙绝伦，
这肖像也抵不上本人的一吻！

后来，贝娅特丽丝再怎么激励，始终未能促使她的情人重新绘画。皮波坚定不移，她怎么恳求也不动心；当她催促得太急迫了，他就给她背诵一遍这首十四行诗。他就是这样，至死忠于他的懒散生活；而贝娅特丽丝，据说，至死也忠于她的爱情。二人形同夫妇，一起生活了很久。但可惜的是，洛雷丹家族的人的自尊心受到他俩公开关系的伤害，最终销毁了贝娅特丽丝的肖像画，正如偶然大火，焚毁了提加奈洛的处女作那样。

如果有一天我们真正生活过

那必然是自己萌生爱情的那一天

爱梅丽娜

缪塞 著

一

杜瓦尔小姐的婚事，夫人，您一定还记得。她的婚事，在一定范围可算是一件轰动的事件，尽管像所有事件一样，在巴黎只热议了一天。如果我记得不错的话，那应该是1825年。杜瓦尔小姐十八岁时，离开了修道院，享有八万利弗尔年金。可是，娶她的德·马尔桑先生只拥有爵衔，有朝一日还有一点进入贵族院的希望，那要等叔公去世后才有可能。但那希望也随着七月革命而破灭了。此外，他没有一点家产，只有青年相当放荡的生活。据说，他离开位于四层楼配家具的公寓房，领着杜瓦尔小姐到圣罗克教堂举行婚礼，然后便同她回到圣奥诺雷街的一座最漂亮的公馆。这桩奇异的婚姻，表面上看来相当轻率，引起了各种各样的说法，可是没有一种说法符合事实，因为没有一种说法简单明了，大家都竭力要为一个不寻常的事件找出一种异乎寻常的缘由。这里需要谈一些细节，以便把事情说清楚，同时也让你们大致认识一下我们的女主人公。

爱梅丽娜童年时很爱动，勤奋好学，但是多病又执拗。到十五岁时，她长成了一个大姑娘，身材修长，脸蛋儿白里透红，性格完全独立了。她那平和的性情无与伦比，整天无忧无虑，唯独在涉及感情的问题上，才表现出自己的意志。她无拘无束，总是独自待在自己的书房，学习也仅凭兴趣，并不遵守什么规则。她母亲非常了解女儿，也懂得如何爱她，让她享有充分自由。这种自由固然缺乏方向，但是也能得到弥补：对于天生的好脑瓜儿，自发的学习兴趣和对智慧的热忱就是最好的教师。在爱梅丽娜的思想里，严肃与活泼平分秋色；不过，她毕竟正值花季，活泼的特质显得更为突出。她特别爱思考，在考虑最严肃问题的过程中，思路会被突发的一个戏谑念头所打断，继而便完全沿着问题的滑稽一面发展下去。时常能听见她独自一人咯咯大笑；就是在修道院里，有时在半夜她的欢笑声还会把邻室的同学吵醒。

她的想象力极为灵活多变，很容易彰显热情奔放的特色。她整天不是绘画就是写东西。假如头脑里萌生喜爱的乐句，她就立即放下手中的一切，坐到钢琴前，用各种调式，上百遍地弹奏心爱的曲子。她与人接触非常审慎，根本不相信人，绝不流露出友谊的情感；而且，她身上的廉耻心也阻碍她表达自己的感情。她喜欢自己解决在世间处处碰到的小麻烦，并能从中得到相当奇特的乐趣，而她周围的人对此当然毫无察觉。不过，她的好奇心总能适度，就是不失一定的自尊，下面便是一个事例。

在她终日学习的书房里，有一个很大的玻璃书柜，大约藏有三千部图书。柜门钥匙就插在锁眼里，但是爱梅丽娜曾许诺过不碰这些书。她总恪守自己的诺言，这种行为值得赞扬，因为她求知欲极强，什么都想学。好在拿眼睛吞噬这些书籍不在禁止之列，于是，她就一排排，一格格依次看下去；为了看清最高处的书名，她就把椅子放到桌子上。因此，那些藏书的书名她都烂熟于胸，假如有人要看什么书，她闭着眼睛，伸手就能摸出来。她是通过书名而喜爱作者的，而以这种方式决定好恶，难免出现巨大的偏差。不过，这并不是问题所在。

这间书房有一扇大窗户，临着一座相当幽暗的院子，一张小桌就摆在窗前。她母亲的一位朋友发出感叹后，才让爱梅丽娜意识到她的房间有些凄清；可见，她的情绪从不受外界事物的影响。那些把物质条件看得很重的人，都被她纳入怪癖者之列。她从不戴帽子，头发乱蓬蓬的，不怕风吹日晒；在外面被雨淋湿了回来，就高兴极了。她到了乡下，进行各种剧烈活动，就好像在乡村她才能尽情生活。骑马跑上七八法里，对她来说不过小意思；如果步行，她敢向任何人挑战。奔跑，爬树，她无所不为，甚至只是出于对人的尊重，才行走在街道上而不是围墙上，下楼才走楼梯而不是踏着栏杆。她住在母亲家中的时候，最喜欢独自跑到野外，在田野里四处张望，不见一个人。对于这种孩子般独来独往的喜好，天气越恶劣越往外跑的乐趣，她说是由于她确信不会有人借散步之机来找她。她总受这种奇怪的念头左右，不顾有多么危险，就跳上漂在水中的一只小船，离开有一条溪流穿过的园子，也不管漂到哪里去。怎么能由着她的性子，冒这么大危险呢？我只管说事儿，不负责解释。

爱梅丽娜除了爱发疯，还喜欢捉弄人。她有个叔叔，长得圆滚滚的，笑起来还傻乎乎的，是个大好人。爱梅丽娜居然说服叔叔相信，她从长相到思想，都跟叔叔一模一样，这套鬼话所列举的理由能让人发笑。这位可敬的叔叔便对侄女产生了无限温情。她同叔叔就像孩子一样玩耍，一看见他就扑到他的脖子上，还爬上他的肩膀。这种嬉戏闹到多大年龄才是个头？这一点我也不会向您说明。这个小淘气最开心的事，就是拿一本书，让叔叔高声朗读。这可难为他了。叔叔是个相当严肃的人，一向认为书上写的都毫无意义，听他朗读中间如何断句，就可以明了这种见解——他总在句子中间大喘气，断句的唯一尺度，就是他呼吸的节奏。您可以判断，他朗诵出来的是什么乱七八糟的东西，逗得小女孩差点乐昏过去。我还不得不补充一点，这小姑娘在剧院里，上演悲剧时会笑得前仰后合；看最欢快的喜剧时，往往会感动得流泪。

对不起，夫人，童年生活的这些细节，也只是勾画出一个娇惯的小女孩形象。但是要明白，这种性格的人，长大了行事一定会与众不同。

爱梅丽娜十六岁时，她那位叔父去瑞士，也带上了她。她一看见高山，就欢欣雀跃，简直乐疯了。她尖叫着冲下马车，非要把小脸儿扎进从石缝儿中流出的清泉里。她想要攀登悬崖，还想要下到湍流的深涧；她又是捡石块，又是拔苔藓。有一天，她走进山中一间小木屋，就再也不肯出来了，几乎是强拉硬拽，才算把她带走。她上了车，还哭喊着对那些农民说："喂！朋友们，你们怎么忍心放我走！"

入世之初，她身上毫无矫揉造作的痕迹。在踏上人生道路的时候，自身没有清规戒律的约束，这难道是坏事吗？我说不好。另一方面，想规避反而陷入危险境地，这种情况不是经常发生吗？就拿那些可怜的人为例，她们听信了别人对爱情极为可怕的描述，怀着恐惧的心理进入一座沙龙，心弦紧绷着；可是听人微微叹息一声，心弦就像竖琴弦那样回响了。关于爱情，爱梅丽娜还一无所知，她倒是看过几本小说，挑出了一些章节，她称之为感情的傻话，完全被当作消遣之物。她还暗下决心，在生活中仅仅做个观赏者。因此，她丝毫也不考虑自己的言谈举止，衣着打扮，就是要去参加舞会，也随便往头上插一朵花，不管效果如何；穿上薄衣裙好似穿起猎装。穿戴完毕，也没耐心多照一照镜子，就欢快地出门去了。

您能感觉出来，凭她的财产（*母亲在世时，她就有一大笔嫁妆*），每天都有人来提亲。她不相看就不会拒绝任何人，这样一个个相看下来，对她来说不过是参观一场漫画展览。她从头到脚打量那些求婚者，泰然自若的神态通常不是她的年龄所具备的。到了晚上，她就关起门来，向好友女伴描述白天相亲的情景。她天生模仿能力强，十分滑稽地再现了相亲的场面。这个人一副窘态，那个人自命不凡；一个人说话鼻音重，另一个人则行错了礼。她手上拿着叔父的帽子，大大咧咧地走进相亲的屋子，端然入座，开始谈天说地，就像对待初次造访的生客，话题渐渐涉及婚姻问题，然后突然抛掉扮演的角色，咯咯大笑起来，而给予求婚者的答复，当然是斩钉截铁的。

然而有一天，她对着镜子往头上戴花，要比往常讲究一些。那天，她要去参加一个盛大的晚餐会，使女已经给她换上了一件新衣裙，她觉得不够高雅，想起了童年时大人摇她睡觉唱的一首古老歌谣：

一旦要讨情人欢颜，
心中的欲火就快点燃。

她这样哼唱歌谣，猛然感到一阵异常的激动。整个晚上，她都精神恍惚，而且别人头一次发现她神情忧伤了。

德·马尔桑先生来自斯特拉斯堡，他所在的团驻扎在那里。他是当时所能见到的最漂亮的青年，一副高傲的样子，稍显得粗暴，这您是了解的。我不知道爱梅丽娜穿新衣裙参加的那次晚宴，他是否也去了，但是可以肯定，他应邀参加了杜瓦尔夫人府上组织的一次狩猎。杜瓦尔夫人在枫丹白露附近有一片非常出色的猎场。爱梅丽娜也参加了那次活动，她刚进入树林，号角声便响起，所骑的马受惊了。她了解这匹马的任性的习气，让它平静下来之后，又想惩罚一下，就给了它一鞭——这一鞭子抽得太重，险些要了她自己的命。受惊的马穿过一片田地，要把冒失的骑手带进一道深沟。当时，德·马尔桑先生已经下了马，他急忙冲过去，拉住受惊的马，但是自己被马撞倒，一条胳膊摔骨折了。

从那天起，爱梅丽娜的性格似乎完全变了。原先欢声笑语，现在怪怪的，一副心不在焉的样子。不久，杜瓦尔夫人去世了，那份田产也已变卖。有人说，当一个英俊的青年骑马去香榭丽舍大街，经过圣奥诺雷街的时候，杜瓦尔小姐在临街的公馆里总是拉起百叶窗。不管怎么说，一年之后，爱梅丽娜向家人宣布了她那不可动摇的意图。无须我对您说，当时众口一致反对，人们为了劝阻她而吵闹不休。家人该说的话都说了，该做的事都做了，僵持了半年之久，只好退让，杜瓦尔小姐便成为德·马尔桑伯爵夫人了。

二

婚结了，快乐的情绪复归了。这种现象相当有趣：一个女人结了婚之后，又返回了童年。爱梅丽娜的生命似乎被爱情一度阻断，一旦如愿以偿，她的生命就如断流的小溪，又继续流淌了。

现在，她那些童趣十足的小把戏，已不是在从前那个昏暗的小房间，而是德·马尔桑公馆，在最严肃的沙龙里每天上演了。您想象得出她的行为会产生什么效果。伯爵不苟言笑，有时神色黯然，也许是因为不适应他这种新处境，有些拘谨吧。他陪同年轻的妻子去散步，也是一副不太开心的样子。而他妻子却见什么都笑，什么也不想。人们起初觉得奇怪，继而窃窃私议，后来便习以为常，如同对待所有的事物一样。在婚姻大事上，一般人认为德·马尔桑先生并不是最佳人选，但却是个很好的丈夫。况且，面对爱梅丽娜善气迎人的欢乐，就是还想苛求的人也不好意思开口了。杜瓦尔叔父还特意抢先宣布，关于财产的条款，婚约没有将他侄女置于受他人支配的境地。大家听了当事人肯向他透露的这种秘密，也就只好作罢了。至于先前究竟发生了什么事而导致了这桩婚姻，有人说这是一时的心血来潮，饶舌者就拿来编故事。

不过，有人还是嘀咕这事，一个男人要有何等超常的品质，才能迷住一位富有的女继承人，并且是她决意这样贸然行事。那些命运不佳的人也很难想象，如无超自然的原因，怎么就能把两百万搞到手。他们哪里知道，如果说大部分男人首先看重财富，而一位少女往往意识不到金钱的重要性，尤其是当她生在富人家，又没有见过父亲是怎么发家的。爱梅丽娜恰恰是这种情况。她嫁给德·马尔桑先生，只因为她喜欢他，又没有父母出面阻碍；至于贫富悬殊，她连想都没有想过。德·马尔桑先生能够赢得她的芳心，靠的是男人的外在品质——英俊和力量。他在这位少女面前，为了救她，做出了唯一让她心跳的举动。一种欢乐的习性，有时会同一种浪漫气质相融洽，因为这颗未经世事的心就为之狂热了。疯疯癫癫的伯爵夫人极爱自己的丈夫，在她眼前，只有她丈夫才是美男子；一挎上他的胳膊，就什么也不值得扭头去看了。

婚后头四年，在巴黎就很难见到小两口的身影。他们在塞纳河畔乡间的默兰附近租了一处住宅。那地方有两三个村子，都叫迈伊。他们租的农舍建在一座磨坊的废墟上，因而被当地称为“迈伊磨坊”。这处乡居地风光秀丽，十分宜人。有一大片高地，雄踞塞纳河左岸，附带着椴树林。从园子下到河边，要经过一个绿树成荫的丘岗。住宅后面有一座大建筑，正中辟出一间专门饲养山鸡。房子周围的园子无比阔大，一直连到罗歇特树林。您熟悉那片树林，夫人，还记得“长叹小径”吧？我始终不知道这名字的由来，但我一直认为这名字起得好。当阳光照射到窄窄的林荫小径上，当中午炎热而独自乘凉沿小径漫步时，只见这长长的走廊不断延伸。你独步林间，既陶醉又隐隐不安，不由自主地进入遐想的空间。

爱梅丽娜不喜欢这条小径，认为它容易惹人伤感；有人一提起来，她就想起嘲笑修道院的戏言。反之，家禽饲养场倒成为她流连忘返的地方，每天她都去那里，和农家的孩子们待上两三个小时。我若同您说起来，还真担心您会觉得我们的女主人公太幼稚可笑了，前去探望她的客人，有时会看见她站在草垛上，操动着一把巨大的叉子，头发上沾着草屑。不过，她会像鸟儿一样跳到地上，不待您看清惯坏了的女孩，伯爵夫人已经迎到您面前，欢迎您光临，那么热情好客，会使您原谅那一切。

如果她不在饲养场，要想见到她，您就得走进园子深处，来到乱石中间的一个绿色小土丘，那是地地道道孩子的僻静之所，如同卢梭在艾尔莫农维尔的隐居地。那里只有三块石头和一丛欧石楠，她就坐在树荫下，一边高声歌唱，以便看博须埃（法国神学家和散文作家）的诔词，或者看另外一部同样严肃的作品。如果到那儿还找不见，那她就是骑马在葡萄园奔跑呢，催着一匹农家驾马强行跨越壕沟与篱笆，那么沉着冷静地驱赶着可怜的畜生而自得其乐。如果到葡萄园，在清静的家禽饲养场都找不见她，那她大概就坐在钢琴前，探着脑袋，眼睛十分兴奋，双手微微颤抖，正在读一篇新乐谱。看她那全神贯注的样子，准是因希望而激动起来，以为就要发现她喜爱的一首曲子、一个乐句。然而，如果钢琴也同样寂静无声，那么您就会看到女主人正在壁炉前，坐在垫子上，确切地说蜷缩在那里，拿着火钳正拨弄火呢。她的眼神恍惚，在炉壁大理石的纹理中找寻人物、动物、风景等各种想象的图像，完全陷入沉思，直到烧红的火钳灼痛了脚趾才猛醒。

您要说了，我讲的这些全是名副其实的荒唐行为；不过，夫人，我这可不是在编造小说，往下您就会明白的。

爱梅丽娜尽管行事颇为荒唐，却很有思想，没成想经过一段时间，她周围就聚拢了一些有思想的人物。1829 年，德·马尔桑先生必须前往德国，处理一件不会带给他一点收益的遗产继承事务。他不愿意携夫人前去，便请他姑妈，德·埃纳里侯爵夫人，住在迈伊磨坊来照顾他妻子。德·埃纳里夫人一副上流社会贵族的做派，在帝国时期的美好时光，她也曾是数得上的美人，走路的架势非常夸张，就仿佛身后拖曳着长裙。她手上总拿着一把缀有闪光片的旧扇子，有人一时兴起来个黄色段子时，她就用扇子半遮住脸。而且，她遮羞的手段信手拈来：扇子放下来时，眼皮也随之垂下来。她看人行事的方式，说话的方式，起初令爱梅丽娜诧异得难以想象；因为，这位伯爵夫人行事虽然冒冒失失，但始终保持着一种难得的单纯。姑妈讲的那些好笑的事，她对待婚姻的态度、谈起别人时的那种似笑非笑、讲到自己时的连声叹息，这一切弄得爱梅丽娜时而严肃，时而惊愕，时而乐疯了，简直就像读一本童话故事。

这位老妇人看到长叹小径，不用说，非常喜欢。爱梅丽娜顺从姑妈的意思，陪同去散步。正是走在这条林间小径上，姑妈讲起无聊事来滔滔不绝，侄媳妇才从中窥见事物的本质，拿规范的法语来说，就是了解巴黎人的生活方式。

一天上午，两人单独散步，边走边聊，来到罗歇特树林。一路上，德·埃纳里夫人费尽心机，也没能让伯爵夫人讲出她的恋爱史。她还变着法儿追问，在那神秘的一年，都发生了什么事，德·马尔桑先生是怎么追求杜瓦尔小姐的。并且嬉笑着问她，订婚前二人幽会过几次，是否亲吻过，总之，是怎么热恋起来的。关于这个话题，爱梅丽娜终生都会守口如瓶。也许我会弄错，但是我认为，这种缄默的原因，还是她无论谈什么，总改不了戏谑的口吻，而她不愿拿自己的感情开玩笑。简而言之，老妇人看到自己白费了心机，话锋一转，又问她结婚四年了，这种奇特的爱情是否还存在。

“还像第一天那样，”爱梅丽娜回答，“而且会存活到我生命的最后一天。”

德·埃纳里夫人闻听此言，便打住话头，一本正经地亲吻一下侄媳妇的额头，说道：

“亲爱的孩子，你的幸福是应得的；而你所爱的男人，幸福当然也就有了保障。”

她口气夸张地讲完这句话，整个身子往上一挺，又献媚地补充道：

“我倒觉得，德·索尔格先生常向你抛媚眼吧？”

德·索尔格先生是一个时髦青年，酷爱骑马和打猎，经常光顾迈伊磨坊，但他是冲着伯爵，而不是冲着伯爵夫人而来的。不过，说他向伯爵夫人抛媚眼，倒也基本符合事实。要知道，在远离巴黎十二法里的地方，哪个无所事事的男人，见到漂亮女人不会多看上几眼呢？爱梅丽娜一向没有怎么注意他，只是尽地主之谊，不想怠慢了客人。她根本就不在乎这个年轻人，可是姑妈一指出这一点，她却不由自主，隐隐地对他产生了怨恨。也是鬼使神差，她们刚从树林散步归来，恰好看见院子里停着一辆马车，爱梅丽娜认出那辆车的主人正是德·索尔格先生。过了一会儿，这个青年进门，就深表遗憾，说他到乡下消夏，来晚了而没有见到德·马尔桑先生。或是由于奇怪，或是由于反感，爱梅丽娜一看见他，就难以掩饰一股冲动，不由得脸红，而德·索尔格先生观察到了这种反应。

德·索尔格先生在歌剧院订了包厢，每月还拿出一百路易金币供养两三名末流女演员，因此他自以为很富有，也只好撑着这种门面。去用晚餐时，他想弄清楚自己到底有多迷人，便拉住了德·马尔桑夫人的手。她从头到脚浑身一抖，产生了一种从未有过的感觉，这足以让一个自命不凡的人大喜过望，得意忘形了。

在这一个月期间，姑妈就确定，德·索尔格先生是一位“追求者”了。这是一个永不枯竭的话题，用上了那些老掉牙的蠢话和双关语，简直让爱梅丽娜受不了。不过，她天生好性子，受不了也得忍受。要说明老迈的侯爵夫人出于什么缘故，认为这个追求者可爱，又出于什么缘故而不太喜欢他，这实在无法写清楚，也无从揣测，这是一种不幸的，或者说不幸中万幸的事。这样的思想，当然要搭配上从现代历史中选取的事例，再搭配上那些像舞蹈教师一样作为有教养者的全部原则，这样的思想对爱梅丽娜产生了什么影响，倒容易推测出来。我认为在一部书名就涉及两性关系的同样危险的书中，有一种见解，人们对其深刻性还认识不足。书中这样写道：

“一位年轻女子认为自己应该尊敬的人堕落了，再也没有什么东西比这种念头使她堕落得更快了。”

德·埃纳里夫人的谈话，在她侄媳妇的心灵中唤醒了另一种感情。爱梅丽娜心中暗道：世界既然是这个样子，那么我算什么呢？一想到丈夫不在身边，她就很苦恼。她在壁炉旁胡思乱想的时候，多么希望丈夫能在身边；她至少可以问问丈夫，究竟真相如何。丈夫应该知道真相，因为他是男人；她还感到从丈夫口中讲出来的真相，不可能令人担心。

于是，她决定给德·马尔桑先生写信，告他姑母一状。信写好，也封上了，正准备寄出时，她那性格又犯了毛病，她笑着将信投入炉火中。她怀着惯常的快乐心情，自言自语：何必庸人自扰呢，不就是一位漂亮的先生多瞟了我几眼吗？

恰好这时，德·索尔格先生走进来，这个自命不凡的家伙，显然在路上做了一个胆大包天的决定，他一进屋，就猛地关上房门，一句话也不说，走向爱梅丽娜，一把搂住她就亲吻。

爱梅丽娜惊呆了，她做出的全部反应就是摇铃叫人。德·索尔格先生是个情场得意而有身份的人，他见势不妙，就慌忙逃掉了。当天晚上，他就给伯爵夫人写了一封长信，此后再也没有在迈伊磨坊露面。

三

这个意外事件，爱梅丽娜没有告诉任何人，她只把这看作是对自己的一次教训，并进行了反思。她的情绪也没有受到影响，只不过，当天晚上，德·埃纳里夫人回房安歇之前，还像往常一样拥抱她时，伯爵夫人不由浑身战栗一下，面失血色了。

爱梅丽娜并没有像刚出事做出的决定那样，告姑妈的状，现在只想跟她套近乎，引她多讲一讲。她认为追求者一离去，也就没有危险了，头脑里只剩下难以满足的好奇心。侯爵夫人有过人们所说的暴风雨似的青春，而且充分体现了这种说法的含义。她那种经历，哪怕透露三分之一的事实真相，就会让人非常开心了；而晚饭后，她同侄媳妇在一起，有时甚至能透露一半事实。不错，每天早晨醒来时，总打算再也不往外说什么了，把讲过的话全收回来。然而不幸的是，她那些绯闻情事却像巴汝奇的羊群（《巨人传》中的人物。他有一次在船上，为了教训一个牧羊主，花高价买了头羊，赶下海去，其他羊随之跳海，牧羊主拦也拦不住）：随着一天时光的流逝，讲述的隐私也就翻倍增长；结果午夜的钟声响起时，那根时针似乎数过了老太太逸事的数量。

爱梅丽娜身子缩在太师椅里，一本正经地聆听；在此需要补充一句：这种一本正经的态度，时时会被一阵大笑，或者被令人捧腹的问题所打断。德·马尔桑夫人透过姑妈不可避免的顾忌和保留，就像试读一部有许多页的珍贵手稿，一点一点认识了这位老夫人；而缺失的页码，读者就凭聪明才智补全吧。这样一来，爱梅丽娜再看世界，就是一种全新面貌；她明白了，要想让木偶动起来，必须学会操纵提拉线。她想到这里，就对别人采取了一种她始终保持的宽容。的确，似乎并没有什么冒犯她，她对待朋友的那种严肃程度不亚于任何人，这是由于她仅凭经验，自视与众不同，总善意地嘲笑别人的弱点，自然不肯去模仿别人。

正因为有这场经历，她回到巴黎，才真正成为大家经常谈论的、很快就赶上时髦的德·马尔桑伯爵夫人，再也不是杜瓦尔那个疯丫头了，再也不是那个爱闹好动、头发总是乱蓬蓬的新娘了。她有意志，仅仅经过一次考验，就突然发生变化，判若两人了。现在她已是一位既有头脑、心肠又好的女人，既不期望婚外情，也不想去征服别的男人。她的智慧得到公认，总有办法处处受人欢迎。她似乎已经想通了:“世界既然如此，那好吧，我们就顺其自然！”她揣摩透了生活，您还记得吧，在那一年当中，如果她不到场，聚会的气氛就会很沉闷。我也知道，别人有什么想法，私下里怎么议论，说是这样一种异乎寻常的变化，只能是爱情促成的，他们把伯爵夫人新的光彩归功于新的恋情。如此仓促做出判断，也就大谬不然！爱梅丽娜的魅力，在于她采取的态度：绝不攻击任何人，自身也就无懈可击。一位诗人说过:“我因好奇而生活。”这句美妙的话，如果可能用在哪个人身上的话，那就非德·马尔桑夫人莫属了。这句话完全概括了她。

德·马尔桑先生回来了。此行收效甚微，他心情欠佳。他的计划成为泡影，又发生了七月革命，他连军衔也丢掉了，真是祸不单行。但是，他忠于自己所效命的政党，于是很少出门，只是偶尔到圣日耳曼大街去探望朋友。在这样苦闷的氛围中，爱梅丽娜病倒了，而且久病不起；她那娇弱的身体完全垮了，于是想到了死。一年之后，她脱了相，别人几乎认不出她了。她叔父带她去了意大利，直到1832年，她才和可敬的叔父回到尼斯。

我对您说过，爱梅丽娜周围形成了小圈子，她返回巴黎，又与小圈子的人相聚了。不过，她从前那么活跃，那么爱动，现在却深居简出了。敏捷的身躯似乎离她而去，只剩下灵活的思想了。她同丈夫一样极少外出，夜晚从她的窗下经过时，极少见黑灯的情况。这里经常有几个朋友相聚，况且人以群分，来这里的都是精英，德·马尔桑先生的公馆很快成为了一个非常愉快的聚会场所。踏进这个门槛既不是很难，也不那么容易，这里注重常情常理，不会变成枯燥思想的办公室。德·马尔桑先生过惯了动荡的生活，一天无所事事，就会感到实在无聊：空谈和清闲从来就不大合他的口味。伯爵夫人这里的聚会，起初很少看见伯爵，渐渐地连他影子也不见了。甚至有人说，他厌倦了自己的妻子，早已有了情妇。由于没有证据，我们就按下不表。

当时爱梅丽娜只有二十五岁，也渐渐感到忧伤情绪在增长，却不明白自己到底怎么了。她又忆起“长叹小径”，孤独之感使她心神不宁。她似乎感到有一种欲望，可是想想自己缺少什么呢，却想不出来。她从来没有产生过一生可以爱两次的念头；在这方面，她认为自己的爱之心已然耗尽，而德·马尔桑先生是她的唯一占有者。她聆听玛丽伯兰（法国著名歌唱家）演唱时，就觉得一种不由自主的恐惧攫住她。看完演出回到家，她就关起门来，有几次独自唱了通宵，从她嘴唇发出的音符甚至颤颤巍巍了。

她以为沉迷于音乐，就足以使自己幸福了。她在意大利歌剧院有一间包厢，还让人用丝绸包了厢壁，布置成一间小客厅。装饰这间包厢费尽心思，在一段时间里，她终日想的就是这件事，还亲自挑选布料，让人送去一面她喜爱的哥特式小镜子。这种孩子般的乐趣，她不知道该如何延续下去，就每天往里添置点东西：包厢里的一个搁脚凳的衬面，是她亲手绣出来的，堪称一件精品。最后，凡是想到的都圆满完成，再也搞不出什么新花样了。一天晚上，她独自待在称心如意的小窝，面对着莫扎特歌剧《唐璜》的演出。台上的鲁比尼、海恩菲特夫人和松塔小姐，这个假面具三重唱，博得了观众喝彩，被要求再唱一遍。爱梅丽娜全神贯注地聆听，已经心醉神迷，待到清醒过来，她发觉自己的手臂伸向旁边的一张空椅子，手中紧紧握着一块手帕，而不是朋友的手。此刻她不是奇怪为什么德·马尔桑先生不在身边，而是奇怪为什么她在这里独自一人，这个念头搅得她意乱心烦。

她回到家中，看到丈夫在客厅中正同一位朋友下棋。她在远处坐下，几乎不由自主地注视起伯爵来，观察那张高贵面容的每一种表情。想当年他奋不顾身，冲向她受惊的马时，他才十八岁，在她眼里那张面孔多么英俊。德·马尔桑先生输了棋，眉头皱起来，那种表情可不文雅。他突然又微笑了，眼神也明亮起来：他的棋运好转了。

“您非常喜爱下棋？”爱梅丽娜微笑着问道。

“下棋跟听音乐一样，就是打发时间。”伯爵回答道。

他连看也没有看他妻子，还继续下棋。

“就是打发时间！”德·马尔桑夫人回到卧室，准备上床安歇时，还自言自语重复着。这句话让她难以入睡，心里思忖道：“他英俊，勇敢，他爱我。”这工夫，她的心剧烈跳动；她听着挂钟的响动，就觉得无法忍受钟摆嘀嗒作响的单调声音。她起身想停止钟摆，可是又想道：“我这是干什么？我硬让这座小钟停止发声，难道就能让时间停下来吗？”

她定睛望着挂钟，想沉下心来思考，但是思绪还没有涌上来。她想到过去、未来，想到她这人生的迅疾，不禁发出疑问：我们为什么来到世上？来到这世上做什么？等待我们的又是什么结局呢？她在心中搜索，仅仅发现她只真正生活过一天，就是她感到自己萌生爱情的那一天。其余的日子，仿佛是一场朦胧的梦境，一天天持续不断，全部一模一样，犹如钟摆的运动。她抬手放到额头上，感到一种不可抗拒的需要，要生活。照我说是要吃苦吧？有可能。此刻，她宁愿痛苦，也不要忧伤。她心下暗想，不惜一切代价，她也要改变目前的生活。她想出了上百个出游计划，可是没有一个国家能让她喜欢。她要去寻求什么呢？她的种种欲望都无从说起，这样不明确的状态难以忍受，也让她惶怖。有一阵她觉得自己发了疯，跑到钢琴前，想弹奏假面具三重唱，可是刚弹几个和弦，便泪如泉涌，一下子泄了气，陷入了沉思。

四

德·马尔桑公馆的常客中间，有一个叫吉贝尔的青年。夫人，我感到您每次提起他，就涉及一个敏感点，如何顺利通过，我还没有多大把握。

半年以来，每周有一两次，他来拜访伯爵夫人。他在女主人身边所感受的，也许还不能称之为爱情。不管怎么说，爱情，就是希望。至于爱梅丽娜，正如她的朋友们所了解的那样，即使她激发了别人的欲望，她的操行和性格也绝不会给予鼓励。在德·马尔桑夫人面前，吉贝尔从未谈及过这类问题。他喜欢伯爵夫人，是因为她的谈话、她看问题的方法、她的趣味、她的才智，以及表现小聪明的一点狡黠。离开她之后，无数记忆纠缠着他：一个眼神、一抹微笑、偷偷瞥见的某种美，我知道还有什么。这一切不停地追逐他，如同听了一场音乐会之后，总有一些乐段挥之不去，在耳畔余音缭绕。然而，一见到伯爵夫人，他就又恢复了平静。也许经常见到她不是难事的缘故吧，他也就不再奢求了，须知往往知道失去所爱的时候，才能感受到自己爱得有多深。

晚上去德·马尔桑公馆，几乎总是看到爱梅丽娜周围簇拥着客人。吉贝尔一般十点钟左右才到，这是聚会时人最多的时候；而且，到了午夜时分，如有特别开心的事，兴致很高，或许再晚一点，大家都同时告辞，谁也不会最后落单。因此，这半年以来，吉贝尔虽然去得很勤，却根本没有同伯爵夫人单独相处的机会。不过，他非常了解伯爵夫人，也许超过一些最亲密的朋友。他是凭借天生的洞察力，还是有其他什么原因，我都应该对您讲一讲。他同伯爵夫人一样喜爱音乐；要知道，一种突出的兴趣能说明许多事情，他就是通过这方面，揣摩透了伯爵夫人：一段浪漫曲的某一乐句、一支意大利乐曲的某一乐段，就是他用来打开心灵宝库的钥匙。乐曲演奏完，他的目光投向爱梅丽娜，很少有不同她的目光相遇的时候。不管是一部新书，还是头一天晚上演出的一出戏剧，只要有一个人表达了看法，另一个人就会点头表示赞同。如果听人讲一件逸闻趣事，他们会在同一处，不约而同地笑起来；如果听人讲一种感人的义举，他们会同时扭过头去，唯恐暴露出过分的激动。用一句老话就能完全说透：他们之间灵犀相通。你可以说这就是爱情；不过，请耐心点儿，夫人，爱情还谈不上。

吉贝尔常去意大利歌剧院观看演出，有时也到伯爵夫人的包厢，一起观赏一幕。也是天缘巧合，有一天正好演出《唐璜》。德·马尔桑先生也在包厢里。演出三重唱时，爱梅丽娜不由自主地瞧了瞧身边，想起自己紧握手帕的情景。可是这一次，倒是吉贝尔沉醉在低音忧伤的和声中，他全神贯注，凝望着松塔小姐的嘴唇；而没有过同样感受的人，很可能以为他疯狂爱上迷人的歌剧演员了。这个青年的双眼炯炯放光，长长的黑发半遮着他那张稍显苍白的脸，而脸上呈现出他感受到的喜悦；他的嘴唇半张，颤抖的手在护栏的丝绒上轻轻地打着拍子。爱梅丽娜微笑起来。此刻，我不得不承认，此刻，坐在包厢后面的伯爵正在酣睡。

人世间这种偶然的机遇，总有重重阻碍，可遇而不可求。正因为如此，才会给人更鲜明的印象，留下更为长久的记忆。贝吉尔甚至没有觉察到爱梅丽娜隐秘的想法，以及她可能做出的比较。然而有些日子，他在内心深处会发出疑问：伯爵夫人幸福吗？他一提出这个问题，就认为她并不幸福；可是再一细想，又不得要领了。两个人接触的人几乎相同，也生活在同一个圈里，彼此必然有许多机会，为一点小事也写写信。这些书信纯属礼尚往来，尽是客套话，不过，也总有办法夹带一句半句、一点想法，能引起遐想。吉贝尔将德·马尔桑夫人的信笺展在桌子上，经常会出神一个上午，有时还不由自主地投上两眼。他那被激发起来的想象力，要从毫无意义的话语中找出一种不同寻常的含义。爱梅丽娜有时用意大利文签名："Vostnsslma"，吉贝尔怎么看也不仅仅是朋友间的套话，总在心里念叨，这个词的真正含义是"完全属于您"。

贝吉尔虽非德·索尔格先生那种情场得意的男人，总还是有过情妇，可也不像一般年轻人那样，在女人问题上故作早熟状，摆出一副轻蔑的样子以为时髦。而他有自己考虑问题的方式，只能说在他看来，德·马尔桑伯爵夫人是一种例外，对他的想法我也不可能向您做出别种解释。毫无疑问，许多女人都很明智，嗳，我说错了，夫人，不是许多，而是所有女人都很明智，只是明智的表现方式不同罢了。

爱梅丽娜正值花样年华，既富有又美丽，还有点忧伤。在某些方面非常狂热；在另一些方面，又满不在乎到了极点。才智过人，喜爱娱乐，周围全是高朋益友。在这个青年看来，这一切都是明智的奇异表现。“她还那么漂亮！”吉贝尔在八月温煦的夜晚，走在意大利林荫大道上，心中暗道，“无疑她爱自己的丈夫，但那不过是友爱，情爱已成为过去。没有情爱她能够生活吗？”他这样想着，转念一想，这半年来，自己也过着没有情人的日子。

有一天，他出门访友，经过德·马尔桑公馆，便叩门求见：此举一反常态，当时刚刚三点钟，他希望伯爵夫人独自在府上；这种偶然幸会的念头，他还是头一次产生，不由得心中暗暗称奇。门房回答说，夫人外出了。他不免沮丧，只好回自己的住所，一路还像往常那样自言自语。他心中想些什么，我也没有必要向您重复。他一路行来，神游体外，不知不觉离开了原路。我想他是走到了布西十字街头的拐角处。迎面同一行人撞了个满怀。那行状至少很怪异，因为他正高声讲出一句话：“我可否向您讲出来，我对您的爱？”却突然发现自己面对的是一张陌生的面孔。

自己的行为如此荒唐，他不禁失声大笑，满面羞愧，赶紧溜之大吉。不过，他发觉这句话虽然可笑，却不失为一句相当得体的诗。他念中学时，也曾作过几首诗，现在又诗兴大发，试图寻觅韵脚，终于找到。等一下您就能欣赏他的诗作了。

第二天星期六，正是伯爵夫人会客的日子。德·马尔桑先生对独来独往也开始有些厌倦，因而伯爵府上，这天宾客如云。只见灯火辉煌，房门全部敞开；壁炉前围了一大圈人，一边是女客，另一边是男宾。这里可不是传递情书的好地方。吉贝尔费了半天劲，总算靠近了女主人。他同伯爵夫人以及她身边的女客闲聊了一刻钟，随后便从衣兜里掏出一张折叠的纸，拿在手上摆弄着。这张纸不管怎么揉搓，还是看着像一封信，他期待引起人注意。果然有人注意了，但不是爱梅丽娜，他只好又放回兜里。过了一会儿，他又取出来；伯爵夫人终于投来一瞥，问他手上拿着什么。

“这是一首诗，”吉贝尔回答道，“是我为一位美丽的夫人创作的。要我拿给您看，您得向我保证：您若是猜出来为谁而作，可不能想方设法来嘲笑我。”

爱梅丽娜接过这页诗稿，读到下面的几节诗：

赠妮侬

可否对您讲出来，我对您的爱？
碧眼棕发的美人，您会不会怪？
要知道这爱造成极大的痛苦：
您本人也怜悯这无情的伤害，
可您也许还要对我施加惩处。

可否对您讲出来，沉默的半年

隐藏多少煎熬，多强烈的心愿？
您无比聪慧，妮侬，表面无所谓，
却如同仙女，早已看出了端倪，
也许会回答：这事我心中了然。

可否对您讲出来，有一种痴情，
使我亦步亦趋，变成您的身影？
您也知道，妮侬，有一小段乐曲，
忧伤而疑虑，却使您更加美丽；
也许您会否定，说您并不相信。

可否对您讲出来，我在心灵里
带起了我们夜谈的一言一语？
要知道，夫人，受了冒犯的目光，
将碧眼化为两道雷火的闪电；
也许您要下禁令，不准再见面。

可否对您讲出来，我夜不成眠，
每天都要跪着祈祷，以泪洗面？
妮侬，您可知道，当您嫣然一笑，
蜜蜂就把您的朱唇当作花瓣；

也许您要讪笑，可我如实相告。

但您将一无所知，我来到府上，
在灯下同您闲聊，什么也不讲，
聆听您的声调，呼吸您的模样；
您尽可以怀疑，猜测甚至微笑，
却看不到什么对我少些馨香。

我偷偷采撷一些神秘的花朵：
夜晚在您身后，聆听钢琴之歌，
您和谐的双手，在琴键上演奏，
我们欢快的华尔兹形成旋涡，
您在我的手臂中芦苇般轻柔。

深夜我回到家中就关门上锁，
整个世界便将我们遥遥相隔，
我形同嫉妒者，抓住种种回忆，
面对上帝，独享悭吝者的快乐，
打开我藏宝而装满您的心扉。

我爱，但也善于应付，毫不在意；

我爱，毫不表露；我爱，唯我心知；
这秘密对我宝贵，痛苦也珍视；
我心下已明誓，不抱希望去爱，
但也不乏幸福；见到您就足够。

不，我生来无缘这天大的幸福：
生活在您脚下，死在您的怀抱，
一切都表明，唉，甚至我的痛苦……
果真表白我对您的爱，天晓得，
碧眼棕发的美人，您会说什么？

爱梅丽娜看完了诗稿，什么也没有讲，便还给了吉贝尔。过了片刻，她又把诗稿要回来，重又看了一遍，然后就留在手上；但是还像刚才那样，脸上毫无表情。这时有个人走过来，她站起身，就没有再留意把诗稿还回去。

五

请问，处理这样的事情，我们有谁能如此轻而易举呢？吉贝尔去参加这天的晚会，出门时高高兴兴，回来时却像秋叶一样浑身颤抖。他的诗中有点夸张的成分，有点“超越真实”的成分，一旦经过伯爵夫人之手，就变成真的了。然而，她毫无反应，当着那么多人的面，又不可能盘问她。她受到伤害了吗？如何解释她的沉默呢？再次见面她会开口责怪吗？她能说什么呢？她那形象出现在吉贝尔的脑海里，时而冷淡严肃，时而温和欢笑，让人捉摸不透。吉贝尔实在受不了，一夜未眠，第二天又去拜访伯爵夫人。可是府上回说，夫人刚刚动身，乘驿车去迈伊磨坊了。

吉贝尔想起不几天前，他偶然问起伯爵夫人，是否打算去乡下，伯爵夫人回答说没有做这种打算。想起这件事，他猛然一惊，便自言自语："她这次出行，肯定是因为我的缘故。她怕见我，她爱我呀！"最后这句话一出口，他就站住了，胸口一阵发紧，呼吸都困难了。我不知道他在怕什么，吓成那样；他一想到这么快就打动了一颗无比高尚的心，就不由得浑身颤抖起来。伯爵府上百叶窗紧闭，庭院里空荡荡的，只有几名仆人正往一辆大车上装行李。走得如此匆忙，就跟逃跑一样，这种情景搅乱了他的思绪，令他惊诧。他缓步走回家。仅仅一刻钟，他就变了一个人。他再也预测不了什么了，再也打算不了什么了，不知道昨天晚上自己做了什么，也不知道是什么情况把他引到了这一步。不过，在他的思想里，没有一点自豪感的存在，整个这一天，他甚至没有考虑以什么办法利用自己的新环境，也没有考虑去看爱梅丽娜。此刻在他的心目中，爱梅丽娜既不温和，也不严肃了，只见她坐在平台上，又重读她留下的诗稿。他反复念叨："她爱我呀！"同时扪心自问，他是否配得上。

吉贝尔还不满二十五岁，他的道德心讲过了话，他的年龄也发言了。第二天，他就乘车去枫丹白露，当晚到达迈伊磨坊。仆人通报他来访时，爱梅丽娜恰巧独自一人，她接待吉贝尔时的神态，明显不大自然。一见他把房门关上，便想起德·索尔格先生的行为，不由得面失血色。可是，等吉贝尔一开口说话，她就看出这个青年不比她镇定自若。吉贝尔还一反常态，这次没有吻她的手，落座时样子也比从前更加胆怯，更加拘谨了。他们单独待了约一小时，交谈中根本没有提及那首诗，也没有说到诗中所表达的爱情。这时，德·马尔桑先生散步回来了，吉贝尔的额头便掠过一片阴云，他暗自懊恼白白糟蹋了头一次单独交谈的机会。

爱梅丽娜则不然，看到吉贝尔的敬重态度，她深受感动，不禁陷入最危险的遐想中，她已然明白吉贝尔爱她。一确认这一点，她心中立时萌生了爱意。

第二天，爱梅丽娜下楼进餐时，又青春焕发，光彩照人了，脸上和心里都一下子年轻了十岁。尽管天气恶劣，她非要出去骑马不可，还挑选了一匹不容易驾驭的英俊牝马，就好像要玩命似的。她咯咯大笑，在发毛的牝马头上挥动着鞭子，无法抗拒那种不该打也要抽打坐骑的特殊乐趣。她感受到胯下的骏马发怒地腾跳，抛着满嘴的白沫；这工夫，她瞧了瞧吉贝尔。年轻人一个箭步冲上去，要抓住马缰绳。“别管，别管，”她笑着说，“今天上午我摔不下来。”

总得谈谈那首诗，他们二人确实谈了很多，不过仅仅用眼睛说话：眼神的语言完全抵得上另一种话语。吉贝尔在迈伊磨坊待了三天，时刻都想要跪到爱梅丽娜的脚下。他看着爱梅丽娜腰肢的时候，便激动得发抖，恨不能一把搂住。然而，只要她迈动一步，他就急忙闪身让她过去，仿佛生怕拂着她的衣裙。第三天的晚上，他宣布次日早晨要辞行，当时他们正谈到华尔兹舞曲以及拜伦关于华尔兹舞曲的颂歌。爱梅丽娜注意到，要想如此激烈地谈论，就必须引起持不同看法的诗人的强烈兴趣，于是，她去找来一本书，用以支持她的说法。为了让吉贝尔同她一起阅读，她凑到他身边，而且靠得极近，头发都拂着他的面颊了。对这种轻微的接触，年轻人产生了一阵快感；如果德·马尔桑先生不在场的话，他是无法抗拒的。爱梅丽娜觉察出来，不由得脸红了，随即把书合上。这是吉贝尔此行所发生的全部情况。

您瞧，夫人，这个恋人是不是挺怪呢？有一句谚语说得好：晚得不等于丢掉。一般来说，我不太喜欢谚语，因为谚语这类鞍子，能安放在各种马匹上。没有一条谚语找不到它的反论；不管什么行为，它总能搬出一条来充当根据。不过，坦白地讲，我刚才引的这条谚语，我看在运用中能错上百回，顶多会碰对一次，那还得是既耐心又隐忍，既隐忍又无所谓的人。这种话还是拿到天堂上去，让那些圣徒相互说晚得不等于丢掉，那好极了，这条谚语适用于那些有永恒的未来，可以虚掷时间的人。然而，我们这些可怜的凡人，我们可没有那么长时间等机会。因此，我的这个主人公是何等人，我要向您如实道来。况且我也认为，他若是完全换另一种方式行事，那就会得到德·索尔格先生那样的待遇。

德·马尔桑夫人周末返回巴黎。一天傍晚，吉贝尔早早就来到府上。天气溽暑蒸人，他看到爱梅丽娜独自躺在小客厅里的长背靠椅上，身穿薄衣裙，手臂和脖颈都袒露着。小客厅里摆了两只花篮，插满鲜花满室生香；对着花园的门敞着，吹进来暖融融、甜丝丝的空气。整个氛围都让人疏懒。然而，一种奇特的、不同寻常的戏弄，却贯穿着他们的谈话。我对您说过，他们总能同时，用同样的话语来表达他们的看法与感受；可是这天晚上，他们处处都不一致，因此，两个人都在闹别扭。爱梅丽娜谈起她认识的几位女士，吉贝尔越是热情地赞美，爱梅丽娜就越是贬低。天色暗下来，二人沉默一阵。一名仆人端进来一盏灯，德·马尔桑夫人说不要，吩咐将灯放到大客厅去。她刚吩咐完了，就马上后悔了，有点尴尬地站起身，朝钢琴走去。“过来瞧瞧，”她对吉贝尔说道，“这是我放在歌剧院包厢里的脚凳，我刚让人改了改，现在就当琴凳坐；让我初次试用，给您弹一段音乐。”

她轻抚琴键，先弹了几节模糊的旋律，吉贝尔很快就听出是她偏爱的乐曲，贝多芬的《欲望》。爱梅丽娜渐渐投入，指下弹出激情四射、急促得令人心跳的乐章，继而戛然停止；就仿佛音调拔得太高，她一时喘不上来气，就任其止息了。这样一种音乐语言所表达的激情，任何话语都永难比拟。吉贝尔站在一旁；她那双漂亮的眼睛，不时抬起来察看他的反应。吉贝尔靠在钢琴角上，二人都在同激动不已的心情搏斗，不料突然发生了一个近乎可笑的小插曲，才把他们从神思恍惚的状态中拉出来。

小凳突然散了架，爱梅丽娜一下子跌在吉贝尔的脚下。吉贝尔慌忙伸手去扶，她抓住吉贝尔的手，笑着站起来。吉贝尔吓了个半死，脸色都白了，生怕她摔伤了。“好了，”她说道，“给我搬一把椅子来吧。总不至于说，我是从六楼上摔下来的吧？”

她又开始弹奏一支四组舞曲，边弹琴边打趣，说他刚才吓得什么样子。

“看见您摔倒我吓慌了，这不是很正常吗？”吉贝尔回答。

“好了，”她又说道，“真是神经质，您不会以为我会感激您吧？我承认，我摔了一跤挺可笑；可是我觉得，”她口气相当冷淡地又加了一句，“我觉得您那样害怕却更加可笑。”

吉贝尔在房间里转了几圈，爱梅丽娜弹奏的四组舞曲越来越不欢快了。她感到自己本想跟他开玩笑，却伤害了他。吉贝尔太激动了，连话都说不出来了。他又回到原先的位置，靠在钢琴角上，鼓鼓的眼睛对着她，泪水快要噙不住了。爱梅丽娜立刻站起身，走到房间里端，坐到昏暗的角落里。吉贝尔跟了过去抱怨她心太狠。现在，轮到伯爵夫人无言以对了。她坐在那里一言不发，心乱如麻的状态难以描绘。吉贝尔拿起帽子想要告辞，一时又下不了决心，于是回身在她旁边坐下来。爱梅丽娜转过身，伸出手臂，似乎示意让他走；吉贝尔却趁势抓住，将她紧紧搂在怀里。恰好这时有人敲门，爱梅丽娜急忙跑进旁边一间小屋里。

第二天，可怜的年轻人走到了公馆，才发觉自己是来到德·马尔桑夫人府上。他凭经验，发生了那种情况，他真怕爱梅丽娜受到冒犯，态度变得严厉起来。他却想错了，只见伯爵夫人既平静又宽容，头一句话就说她在等他。不过，随后她就口气坚决地告诉他，他们必须停止见面了。“我并不后悔自己所犯的错误，”她说道，“也不寻找什么理由为自己辩解。尽管我引起您的痛苦，也造成我自己的痛苦，但我们之间毕竟还有德·马尔桑先生。我不能说假话，您就忘记我吧。”

吉贝尔惊呆了，话说得如此坦率，令人信服的语气也不容一点质疑。碰到这种情况，一般人总要说些俗不可耐的话，并且要寻死觅活相威胁。这种行径，吉贝尔当然不屑，他力图也像伯爵夫人那样勇于面对现实，这样至少能向她证明，他多么尊重她。他回答说一定遵从她的意愿，要离开巴黎一段时间。爱梅丽娜问他打算去哪里，并且要他答应给她写信。她想让吉贝尔对她有个全面了解，便用几句话扼要地向他讲述了自己的一生，描绘了自己的处境和心情，她没有装出比实际上幸福的样子。她还把诗稿还给吉贝尔，感谢他给她带来一段时间的幸福。“我不愿意不加考虑，就投到这种幸福中，”她说道，“我确信，这是不可能的，我只能止步；而可能实现的幸福，我就抵制不了。但愿在我的行为中，您不会看出根本不存在的卖弄风情的成分。我本来应该多为您着想，不过我认为，您这种爱还没有到不能自拔的程度。”

“坦率地讲，”吉贝尔答道，“我不清楚到了什么程度，但是我不认为能够自拔。您的才智和性格，比您的美貌更为打动我。由于不见面和随着岁月的推移，如果说一副美丽的形象可能淡化的话，失去您这样一个人，却还是终身不可挽回的损失。当然，我表面上会解脱的，几乎可以肯定，过一段时间，我又将恢复往常的生活；然而，甚至理性也会时时对我说，您本可以给我的生活带来幸福。您交还给我的这首诗，虽是一时冲动的即兴之作，但是表达了我自认识您以来内心的感情。而且当时，我只有勇气通过这种准确而持久的表达方式，来掩饰这种感情。今后我们二人，谁也不会幸福了，我们将为别人做出一种无法弥补的牺牲。”

“我们要做出牺牲，”爱梅丽娜接口说道，“但不是为别人，而是为我们自己；说得再准确些，您是为我做出了牺牲。我无法容忍说谎，昨天晚上您走后，我差一点全部告诉德·马尔桑先生。”她又快活地补充一句：“好了，朋友，好自为之吧。”

吉贝尔恭恭敬敬地吻了她的手，二人就此分手了。

六

爱梅丽娜刚做出这种决定，他们就感到不可能执行。这一点，他们无须多做解释，彼此都心知肚明。吉贝尔忍了两个月，没有去拜访德·马尔桑夫人。在这两个月期间，两个人都食不甘味，夜不能寐。吉贝尔挨过了这段时间，一天晚上实在烦闷无聊，便戴上帽子，也不知道自己在做什么，按往常的时间来到伯爵夫人府上，好像什么事情也没有发生似的。伯爵夫人也不想责怪他言而无信，看到他第一眼就明白，他忍受了多大痛苦。同样，吉贝尔见她脸色如此苍白，整个人变化如此之大，便后悔自己没有早些来看望。

爱梅丽娜的心中，现在既不存有任性妄为，也不怀有激情，只是本性在向她大声疾呼，她需要一次新的爱情。她没有认真考虑过吉贝尔的性格，但是吉贝尔讨她喜欢，而且近在眼前，还向她表白对她的爱，爱她的方式又完全不同于德·马尔桑先生。爱梅丽娜深藏在心中的精神、聪慧、奔放的想象力，以及所有高尚的品质，在她不知不觉中却受压抑之苦。她抛洒的泪水忍也忍不住，她原以为无缘无故，现在却迫使她追究其中的动因了。于是，周围的一切，她的书籍、音乐、鲜花，乃至她所喜爱的一切和孤独的生活，都在向她说明：必须去爱，去抗争，否则就得混日子等死。

德·马尔桑伯爵夫人以勇敢的高傲姿态，面对即将坠入的深渊。当吉贝尔第二次拥抱她的时候，她举头望天，仿佛要说上天为她的错误和即将付出的代价作证。吉贝尔理解这种忧郁的目光，他估量了自己所担负的任务多么巨大，要对得起朋友这颗高尚的心。他感到，给她新生，还是永远毁了她，这种权利就操控在自己手中。这个念头引起他的喜悦远远超过得意，他暗自发誓，要为她付出一切，并且感谢上帝赐给他爱情。

不过，迫不得已说谎，让这位少妇深感悲哀。但是，她把这种苦恼藏在心中，不再跟她的情人讲了。况且，她连想也没有想自己能坚持多久，总有坚持不住的时候。可以说，她也掂量了吃苦头和获得幸福各有多大可能性，大胆地将自己的生命当作赌注押了进去。吉贝尔又回来了，爱梅丽娜就不得不去乡下住三天。吉贝尔恳求她，动身之前再给他一次见面机会。

“您若是愿意，我会安排的，”她回答道，“不过，我恳求您容我一点时间。”

第四天，将近午夜时分，一位青年走进英国咖啡馆。“先生要什么？”侍者问道。“挑你们最好的拿上来吧。”那青年回答，他那副喜形于色的样子引起所有人的目光。与此同时，在德·马尔桑公馆的深宅，一扇百叶窗半开着，从窗帘透出了灯光。德·马尔桑夫人身穿睡衣，独自坐在卧室一张小巧的椅子上。身后的房门已经插上了，她自言自语：“明天我就属于他了。他呢，会属于我吗？”

爱梅丽娜无意拿自己的行为同其他女人做比较。此时此刻，她心中既没有痛苦，也没有愧疚，一心念着明天，其余的一切全部沉默了。她心中在想什么，我怎么好告诉您呢？这样一位美丽而高尚的女子是我所认识的最富于感情、最正派的女子，在她要犯下唯一该自责的错误的前夕，在那种严重时刻，我怎么好写出是什么令她惴惴不安呢？

她在想自己的容颜。至于爱情、忠诚、心灵坦荡、坚贞、情趣的痛感、恐惧、危险、悔恨等等，全被最强烈的担心所驱逐，所摧毁了；她在担心自身的魅力、自身的姿容。我们看到的光亮，正是她手上擎着的蜡烛。她对着穿衣镜审视，回过头去倾听，周围没有一个人，也没有一点声音。她半解开薄纱睡衣，犹如在神话中的牧人面前，维纳斯羞怯地裸露身姿。

至于次日所发生的情况，最好还是把爱梅丽娜写给她妹妹的信抄给您，看看她在信中如何描述自己的感受。

我成为他的人了，神魂颠倒取代了事前的心神不宁。我被摧垮了，我喜欢这种折腾。这个夜晚，我是在梦幻中度过的，看见一些朦胧的形影，听到一些遥远的声音。我分辨出："我的天使，我的生命！"而我还在下沉，继续往下沉。我的记忆只剩下这种半睡半醒的状态，作为我要选择的在天堂的感觉，我的头脑一次也没有重温前一天的不安情绪。我好似新生儿一般，睡得香甜。早晨醒来，模糊地记起昨夜的事情，周身血液便迅速涌入心房。我一阵心跳，立即坐起来，听见自己高声说道：全完了！我的脑袋伏到双膝上，我冲向自己灵魂的深处。我还是头一回萌生这种担心的念头：他会对我产生不好的看法。我这么轻易地委身于他，就可能引他产生这种评价。尽管他有头脑，懂得深浅，我还是担心那是世人一次不道德的尝试。他的行为，会不会仅仅是一时心血来潮，要干成一件难做的事情呢？当时我受到极大的震撼，过于激动，受各种感情的支配，已经六神无主，就没有很好观察他的感情。想到这些，我不由得害怕了，呼吸也急促起来。好吧！我勇敢地自言自语，总有一天，他会认识我，就要付出代价。突然，甜蜜的回忆又完全驱散心头的阴云。我感到唇边又泛起微笑，仿佛回到前一天，又看到他整个形象特别英俊，那种表情是我在任何场合，甚至在绘画大师的杰作上也未曾见过的。我从那种表情中看出爱情、尊重、崇拜，以及强烈的欲望，生怕得不到的那种疑虑和担心。对于女人来说，这是千金难买的时刻，我的心情就这样平和下来，赶紧起床穿衣。在等待情人时，梳妆打扮真是无穷的乐事。

七

爱梅丽娜花了整整五年时间，才发现头一次选择未能给她带来幸福，她为此痛苦了一年，又坚持半年时间抗拒新生的恋情，再花两个月抗拒已然袒露的爱情，最后终于屈服了。而她的幸福持续了半个月。

半个月，时间很短，对不对？我开始讲这个故事时，并没有考虑这一点；现在看来，我萌发写作的念头，拿起笔来的时候，除了幸福太短暂之外，也没有什么可挑剔的。这种幸福，我如何向您描绘呢？无法表述的东西，就连世界上最伟大的天才都缺少话语，只能是留在他们作品中让人猜测的东西，我怎么来向您表述呢？当然，您不会有这种期待，我也不会冒这种大不韪。发自心灵的情感可以描写出来，而心灵本身是无法表述的。

况且，仅仅半个月，一个人就算幸福了，难道有时间去发觉吗？幸福来了，爱梅丽娜和吉贝尔还在惊讶，不敢相信这是真的，只是觉得心中充满柔情蜜意而惊叹不已。他们不约而同地想道："我们的目光相遇的时候，怎么可能会无动于衷呢？"

"怎么！"爱梅丽娜说道，"我看着你的时候，难道泪水没有蒙住我的眼睛吗？我听你说话时，难道不是在吻你的嘴唇吗？你跟我说话，就像对别人说话一样；而我回答你的话，不是向你表明我爱你吗？"

"是的，"吉贝尔回答，"你的目光、你的声音，都暴露了你的内心。上帝啊，你的目光和声音浸透了我的心田！是我，受胆怯的阻遏；我们相爱太晚，完全是我的过错。"

于是，二人的手紧紧握在一起，仿佛在无言地相互劝慰："我们要平静些，过分激动会要命的。"

他们刚刚开始习惯于秘密幽会，刚刚开始玩味偷情的恐惧。吉贝尔刚刚熟悉这张新面孔：女人投入情人怀抱时突然显现的面孔；爱梅丽娜透过泪水绽开的笑容。两个人刚刚山盟海誓终身相爱。可怜的孩子啊！他们对自己的命运那么信赖，毫不畏惧地投入命运的安排；还在慢慢地品味他们确认彼此希望没有落空的欢喜，还在相互说："我们将要多么幸福啊！"恰好这种时候，他们的幸福却烟消云散了。

德·马尔桑伯爵性格坚毅，目光敏锐，看重大问题从未走过眼。有一段时间，他看出妻子很忧伤，只以为她不像从前那么爱他了，也就没有把这事放在心上。后来他发现妻子心事重重，心神不宁，便决定不能任其下去。他一旦费心去探究其原因，很容易就找到了。他刚提头一个问题，爱梅丽娜就慌了神；紧接着第二问，她就准备全部供认了。德·马尔桑伯爵根本不想听这种性质的隐私，他也没有向任何人透露，就径直去他结婚前住的公寓，租下一套配备家具的房间。晚上，他妻子要回家安歇时，伯爵身穿便袍走进来，坐到她对面，对她说了如下一番话：

“亲爱的，您相当了解我，知道我不是爱嫉妒的人。我曾经非常爱您，无论现在还是将来，我对您的敬重和友谊不会改变。到了我们这种年龄，又一起生活了这么多年，我们相互宽容很有必要，以便能够继续和睦地生活下去。我这方面，要利用起一个男人应有的自由，而且我认为，您同样这么做也是正当的。假如我给这个家庭带来相同数量的财产，我就不会这样对您讲话了，这意思您去理解吧。然而，我一无所有，在我签订的婚约上，我也坚持财产合理，保持我的贫穷地位。换另一个人，无非是宽容或者理智的态度，对我而言就可能是卑劣的表现了。私通的行为再怎么拘谨小心，从来就守不住秘密，迟早会惹人议论。到了那一天，您应该有所感觉，我不可能名列宽宏大度的丈夫行列，甚至连戴绿帽子的可笑丈夫都算不上，只会被人看成为了金钱什么都能容忍的可怜虫。以我的性格，我不会闹起来，那样不管闹成什么结果，都要损害两个家庭的名誉。我既不恨您，也不恨任何人，正是基于这种原因，我来向您宣布我的决定，以免引起不必要的惊诧。从下周起，我就要住进我结识您母亲时所居住的公寓。实在遗憾，我没有钱旅行，还得留在巴黎。我也总得有个栖身之所，那栋公寓我还算中意。看看您有什么要求，如能办得到，我会尽力而为。”

德·马尔桑夫人在听丈夫讲这番话的过程中，越来越惊愕了，一时呆若木鸡。她看出丈夫主意已定，但还是不相信这个事实，几乎不由自主地扑到丈夫的脖子上，高声说她绝不会同意分离。不管她说什么，德·马尔桑先生只是漠然以对。爱梅丽娜痛哭流涕，跪倒在地，想要忏悔自己的过错。德·马尔桑先生当即制止了她，拒绝听她讲，还极力劝她冷静下来，一再对她说，自己对她毫无怨恨的情绪。然后，不管爱梅丽娜如何哀求，他还是走了。

第二天，他们没有见面。爱梅丽娜问仆人，伯爵是否在房间，仆人回答说伯爵一大早就出门了，白天不会回来。爱梅丽娜想等他，于是独自关在德·马尔桑先生的套房里，一直待到晚上六点钟，终于丧失了勇气，只好返回自己的房间。

又过了一天，午饭时分，伯爵换上一身骑马服下楼来。仆人开始为他收拾行李，走廊上堆满了杂乱的旧物品。爱梅丽娜见丈夫进来，便迎上去。伯爵吻了吻她的额头，二人默默地入座。他们在伯爵夫人的房间共进午餐，伯爵夫人从对面的穿衣镜中，恍若看见自己的幽灵。镜中的形象头发蓬乱，面容憔悴，似乎在责怪她的过错。她的声音颇不自信地问伯爵，他是否一直打算住在公寓区。伯爵回答说他正是这种打算，定于下星期一搬走。

“难道就没有任何办法推迟搬走吗？”她语气恳求地问道。

“既已决定，就不能更改了，”伯爵回答道，“您呢，考虑过打算怎么办吗？”

“您想让我怎么办呢？”爱梅丽娜反问道。德·马尔桑先生没有应声。

“您要怎样呢？”她重复道，“我能有什么办法让您回心转意吗？您要我如何赎罪，做出什么牺牲，您才肯接受呢？”

“这只有您自己知道。”伯爵回答。

伯爵不再多说一句话，起身走了。不过，当天晚上，他又来到妻子身边，脸色也稍有缓和了。

这两天，爱梅丽娜弄得自己筋疲力尽，脸色苍白得可怜。德·马尔桑先生见此情景，恻隐之心油然而生。

“喂！亲爱的，”他问道，“您这是怎么啦？”

“我在想，”爱梅丽娜回答，“看来什么也不可能了。”

“这么说，您非常爱他啦？”伯爵问道。

尽管他那表情显得很冷漠，爱梅丽娜从他这一问中，还是能看出一种嫉妒的情绪。她认为丈夫走这一步，很可能只有一个意图：同她重新拉近感情。她想到这一点，心中很别扭，心中暗道：“所有男人都一个德行，他们鄙弃所拥有的东西，一旦由于自己的过错而丧失了，又要热烈地追回来。”她想了解自己的猜测准到什么程度，便口气高傲地回答道：

“是的，先生，我爱他，至少在这个问题上，我不会说谎。”

“这我想得到，”德·马尔桑先生又说道，“我在这里要想同任何人过不去，就太不识趣。我既没有这种手段，也没有这种愿望。”

爱梅丽娜当即明白，自己估计错了，想申辩几句，一时又无语。的确，伯爵这样行事，又好说什么呢？发生了什么情况，他猜测得一清二楚，而所做出的决定，既不残忍又很适当。爱梅丽娜刚开口说话，便泣不成声。德·马尔桑先生语气温和地对她说：

“您冷静点儿，想一想您犯了一个错误，但是您有一个朋友，他知情了，会帮助您纠正。”

“这位朋友，”爱梅丽娜说道，“如果同我一样富有，他会怎么做呢？就因为这种可恶的财产问题，他就决定离开我吗？假如我们的婚约不存在，您会怎么做呢？”

爱梅丽娜随即站起身，走到写字台前，从抽屉里取出婚约，凑近桌子上的蜡烛销毁了。伯爵冷眼旁观，一直看着她做完这件事。

“我理解您。”伯爵终于说道，“您这种举动赢得了尊敬，尽管没有实际意义，因为公证人还掌握有副本。但我还是得感谢您。不过，您要想一想，”他拥抱并亲了一下爱梅丽娜，又补充道，“您要想一想，在这件事情上，如果仅仅是废除一种手续这么简单，那么我只需利用我的优势就行了。我知道，您大笔一挥，就能使我变得和您同样富有，然而我不会同意，今天就更不会同意了。”

“您太骄傲了，”爱梅丽娜气急败坏，高声说道，“您为什么要拒绝？”

德·马尔桑先生拉起她的手，轻轻地握住，答道：

“因为您爱他。”

八

秋季一个晴朗的上午，阳光灿烂，似乎在送别奄奄一息的绿色。在香榭丽舍大街后身一条僻静的小街，吉贝尔趴在三楼一扇小窗户上，嘴里哼着歌剧《诺马尔》的一段乐曲，全神贯注地看着街上过往的每辆马车；一发现有辆马车停在街角，嘴里就停止哼唱。然而，那辆马车又朝前驶去，还得等下一辆。这一天，驶过的马车很多，可是没有一辆车里坐着那位头戴意大利小草帽、面罩黑纱的人。钟声敲过一点，又敲了两点，时间太晚了。吉贝尔不知看了多少次怀表，在房间里也不知道转了多少圈，时而伤心，时而放心，转换的频率越来越快了。他终于下楼，来到街上，游荡了一阵。他返回住所时，还问门房是否有他的信件，得到了否定的回答。他产生了不祥之感，一整天都心神不定。将近晚上十点钟，他怀着忐忑的心情登上德·马尔桑公馆的宽大台阶。公馆里没有灯火，他很惊诧，又深感不安。他按了铃，却没人来开门。他推了推，大门就开了。他走到餐厅后站住，问一名迎上来的使女能否进去。“我去问一问。”使女回答。她走进客厅，吉贝尔从打开的两扇门中，听见一个他熟悉的颤抖声音极低地说道:“就说我不在。”

在他毫无思想准备的时刻，在黑暗中讲的这短短一句话给他的伤害，要超过刺进胸口的一剑。这是吉贝尔亲口对我说的。他走出公馆，心中不胜诧异，无以言表。“她明明在家，”他不禁想道，“她也肯定看到我了。究竟发生了什么事？难道跟我说句话，至少给我写封信，她都不能了吗？”一个星期过去了，既没有来信，也见不到伯爵夫人。他终于收到一封信，内容如下：

“别了！您一定记得自己的旅行计划，也一定能履行您对我的诺言。噢！此刻我做出一种巨大的牺牲。本来我已经有了轻生之念，只是您对我讲的那句话深深打动了我，才使我在黄泉路上止住脚步。我还会活下去。但是心系一念，不能完全消除，唯独此念方可赋予我表面的平静。我的朋友，请允许我把这个念头仅仅置于远处，并且附加条件。举例来说，如果我在您的心中，完全处在一种无足轻重的位置了；如果您回来后，心肠变硬了，不再来看我了；如果我的形象、我的爱不再在您的脑海中浮现了……那么，我这种忍受煎熬的生活就不可能继续下去了。最不幸的是留下来的人，因此，要走还是您走吧。您手头的事务能都放下？还是您希望我走，而我却不知道去哪儿。回答我吧，您有这种能力，而我却无能为力了，您就当可怜我吧。您说吧，我哪里知道会怎么样？说您能够解脱，但这不是真的！不管怎么样，您就尽管说吧。您动身之前要避免同我见面——我需要勇气，又不知道从哪里汲取。整整一个星期，我不停地哭泣，不停地给您写信，写出来的信全投进火炉里。您会收到的这封信，也是前言不搭后语。德·马尔桑先生全知道了——我是说不了谎话的；况且，他已然知道了。不过，这封信远未能表达我的感情与理智的冲突。这几天，您要参加社交活动，您将要出行的消息传扬出去，以免让人认为您这是一时的冲动。近日，我不可能出门，也不会接待客人。我随时都可能失声。您会给我写信，对不对？您不可能不给我写几行字就走了。出行吧！……还是您出行吧！”

突遭不幸，吉贝尔就觉得像是一场噩梦。他还想去公馆，向德·马尔桑先生寻衅闹事。他瘫软在自己房间的地板上，止不住流下最苦涩的泪水。用这种不明不白的方式，向他宣布这件事，他实在不甘心。他决定不惜一切代价，也得去见上一面，要求伯爵夫人做出解释。于是，他跑到德·马尔桑公馆，不要任何仆人通报，径直往里走，一直来到客厅。走进客厅又停下脚步，转念一想，这会连累他所爱的女人，也许会因自己的错误举动而毁了她。这时，他听见有人走过来，便急忙闪身躲到窗帘后面。走进来的是伯爵。等到只剩他一个人了，吉贝尔就走上前去，微微推开一扇门，里面是带玻璃窗的小房间。只见爱梅丽娜躺在床上，丈夫守在旁边。床脚下放着沾满血迹的床单，而医生正在擦手。这景象把吉贝尔吓坏了，一想到自己的鲁莽行为又会给他的情人痛上加痛，于是他踮着脚退出公馆，没有被人瞧见。

他很快得知，伯爵夫人曾有生命危险。后来收到一封信，他才了解到详细情况。“我们放弃见面，”爱梅丽娜在信上写道，“这是不可能的，连想都不要想。这个令您伤心的念头，我一刻也不能接受，因此丝毫也不会引起我的痛苦。不过，我们分离半年，一年，这会让我痛哭流涕，心如刀绞，因为只有这样暂时分离才是可行的。”她在信中还补充道：他动身之前，要见她一面的愿望如果特别强烈，她也会同意的。吉贝尔没有接受见面的建议，他需要积蓄全部勇气。可是，尽管他确信自己必须远行，可还是未能做出任何决定。没有爱梅丽娜的生活，对他来说就是一句空话，也可以说是一句谎话。然而，他暗自发誓一定照办，不惜一切代价；如果需要，就算牺牲自己的性命，也要保证德·马尔桑夫人的宁静。他安排好自己的事务，同朋友们告别，向所有人宣布他要去意大利。一切就绪，护照也拿到手了，他却关在家中，每天晚上都下决心明天一定启程，又以泪洗面度过白天。

您能想得到，爱梅丽娜也同样没有勇气面对现实。她的身体刚能忍受旅途的劳顿，便乘车去了迈伊磨坊。德·马尔桑先生形影不离，在爱梅丽娜生病期间，他表现出了兄长般的情谊和母亲般的照顾。自不待言，他已经原谅了妻子；看到妻子痛不欲生的样子，他也放弃了分手的打算。他只字不提吉贝尔了，而且我相信，这期间他单独跟妻子在一起的时候，也没有说到这个名字。吉贝尔宣布了旅行计划，他听说之后，既没有显得高兴，也没有表现出悲哀。从他的言行中不难猜测出，他由衷地认识到不该疏忽了妻子，极不关心她的幸福，自己是有罪责的。爱梅丽娜挽着他的手臂，漫步在长长的“长叹小径”上，他那神情与妻子几乎同样伤悲。爱梅丽娜感激他从不试图提起夫妻旧情，也不诋毁她的新恋。

爱梅丽娜忍痛做出牺牲，焚毁了吉贝尔写来的所有信件，仅仅保留了她情人亲笔写的一行字："为了您，我可以赴汤蹈火。"她重读这行文字，不忍心销毁——这是可怜的小伙子的诀别。于是，她拿剪刀将这行字剪下来，长久地放在胸口。"万一有一天，我不得不同这些文字分开，"她在信中对吉贝尔说，"那么我就吞下肚去。现在，我的生活不过是一撮死灰，而且注视壁炉的时间稍微一长，眼泪就要流下来。"

也许您会问，这是她的真心话吗？难道她丝毫也没有尝试再见见情人吗？她做出了牺牲后难道没有半点悔意吗？她下了这种决心，难道就从未试图反悔过？其实不然，夫人，她确曾反悔过，我无意把她说得比实际更好，更有勇气。是的，她试图说谎，欺骗她丈夫；她不顾发下的誓言、做出的保证，也不顾痛苦和内疚，又去同吉贝尔幽会，同他一起度过销魂的两小时。她回到家中，感到自己既不会欺骗，也不会说谎。我还要告诉您，吉贝尔也感到了事情会如此，就没有要求她再来幽会。

然而，吉贝尔还是没有启程，也不再提起旅行的事了。几天之后，他就已经说服自己，他的心情趋于平静，留下来也没有任何危险了。他在信中还力图让爱梅丽娜同意他留在巴黎过冬。爱梅丽娜犹豫不决，她一方面放弃爱情，另一方面又开始谈论友谊。他们二人都在千方百计延长他们的痛苦，至少可以说看着对方受折磨。会走到哪一步呢？我也不知道。

九

我似乎对您说过，爱梅丽娜有一个妹妹。那是一个漂亮的女孩子，身材修长，而且心地善良。也许是过于腼腆，或者由于别种原因，她遇到吉贝尔时，同他说话总是极其拘谨，甚至有几分反感。吉贝尔行事冒冒失失，还有他那种说话的方式，尽管朴素而自然，往往会伤害十分谦谨、十分腼腆的女孩子。小伙子虽直率，性格豪爽，却不大可能赢得严厉的萨拉（爱梅丽娜妹妹的名字）的好感。因此，他们只是偶尔讲几句客套话；萨拉唱歌时，吉贝尔恭维几句；二人也时而跳一场四组舞。这就是他们的全部交往，没有进一步发展友谊关系。

正是在这种情况下，吉贝尔收到德·马尔桑夫人一位女友的舞会邀请函，为了顺从他情人的意愿，他认为应该去参加舞会。正好萨拉也去了，他就坐到萨拉的身边。他知道伯爵夫人同她妹妹的关系很亲密，这对他来说是一次难得的机会，可以向能够理解他的人，谈一谈他的所爱。爱梅丽娜近来的病正可以作为由头，而打听爱梅丽娜的身体状况，就等于了解自己的爱情。这次萨拉一反常态，态度和蔼而诚恳，回答了他的问题。他们正谈话的工夫，乐队演奏起四组舞曲，舞伴来请萨拉跳舞，萨拉一口回绝，称自己疲倦了。

舞场上乐曲欢快，人声嘈杂，吉贝尔和萨拉谈话就更自由了。吉贝尔开始明白，这位姑娘了解爱梅丽娜的病因。她谈到姐姐的痛苦，讲述她所见的情景。吉贝尔低着头听她讲述，头抬起来时，只见两行热泪滚下面颊。萨拉身体突然颤抖起来，她那双蓝眼睛也开始模糊了。她对吉贝尔说："没想到您这么爱她。"从这一刻起，她对吉贝尔的态度发生了一百八十度的转变，向他承认她早就发觉他们之间的事情，对他态度之所以冷淡，是由于她认为吉贝尔是个轻薄的公子哥儿，追所有女人，根本不考虑给人造成多大伤害。这时，她讲话像妹妹，像朋友，既热情又坦率。她强调指出，务必让伯爵夫人得到休息。她的声调情真意切，给他的强烈震动超过此前的所有劝阻——仅仅一刻钟，他便看清了自己的命运。

大家准备跳花式舞了。"我们坐到圈子里去吧，"吉贝尔说道，"以免显得突出。我们还可以交谈，不会惹人注意。"萨拉同意了，他们到圈儿里坐下来，接着谈论爱梅丽娜。不过，时而有跳华尔兹的人硬拉萨拉加入跳舞的行列，她只好站起身，抓起一条头巾，或者花束和扇子。吉贝尔仍然坐在椅子上，湿润的眼睛望着漂亮的姑娘欢跳和微笑，自己则陷入沉思。萨拉跳完舞又回到他身边，二人继续令人伤心的话题。吉贝尔恋爱的最初日子，正是伴随着这种德国华尔兹舞曲，现在，他就在这乐曲声中发誓出行，忘掉这段恋情。

到了该告辞的时间了，他们俩颇为庄重地站起身。姑娘说道："我有了您的许诺，救我姐姐的性命，也就指望您了。假如您走了，"她又加了一句，同时抓住吉贝尔的手，毫不顾忌会惹人注意，"假如您走了，我们有时会两个人一起想念可怜的游子。"

讲完这句话，他们就分手了。而第二天，吉贝尔果真上路了。

所谓坚强

其实是一件小事

西蒙的爸爸

莫泊桑 著

响午的钟声刚刚敲过，小学的大门就打开了。孩子们蜂拥冲向校门，你推我搡，都要争先挤出去。不过，他们并不像平日那样马上走散，各自回家吃饭，而是走出几步就站住了，聚成几堆，开始窃窃议论。

原来，这天早晨，白朗绍特大姐的儿子西蒙入学了。

这些孩子在家里都听大人说起过白朗绍特大姐。在公开场合，大家虽然很敬重她，可是在私下里，他们的母亲提起她，怜惜中总有几分轻蔑。他们受到这种态度的感染，却根本不知道是什么缘故。

西蒙呢，他从不出门，也没有在街上或者河边上同他们一道玩过。因此，他们不认识他，也谈不上喜欢他，只是听了一个十四五岁的大孩子说的一句话，又惊又喜，立刻就传开了。

“要知道……西蒙……哼，他没有爸爸。”

那个大孩子讲这句话时挤眉弄眼，一副狡黠的神情，表明他知道老底儿。

白朗绍特大姐的儿子，也走到校门口了。

他有七八岁，脸色略显苍白，穿戴挺整洁，样子腼腆，几乎有点拘谨。

那几堆同学还一直交头接耳，用狡狯而残忍的目光盯着西蒙。正像要搞恶作剧的孩子那样，就在他走出校门要回家的当儿，他们慢慢地围上来，终于把他团团围住。西蒙站在圈子中央，又惊讶又惶惑，不明白他们要干什么。那个散布消息的大孩子一看得逞了，十分得意，问西蒙：

“喂，你叫什么？”

“西蒙。”他答道。

“西蒙什么呀？”对方又追问。

这孩子给问得蒙头转向，又说了一遍：“西蒙。”大孩子冲他嚷道：“名叫西蒙，还得有点什么……西蒙，这不是姓……”

孩子眼泪都要流下来了，他第三次回答：

“我就是叫西蒙。”

那些淘气鬼哄堂大笑，那个大孩子更是得意忘形，提高嗓门说：

“大家都瞧见了吧，他没有爸爸。”

一时鸦雀无声。孩子们都惊呆了，小孩子居然没有爸爸，这件事真离奇，太怪了，简直不可能。他们把他视为怪物，视为违反天理的人。同时他们也感到，自己母亲对白朗绍特大姐的那种始终无法理解的轻蔑，在他们心里增加了。

西蒙则靠到一棵树上，以免瘫倒。他呆立在那里，仿佛被一场无法弥补的灾难打懵了。他想辩解，但又无言以对，驳不倒他没有爸爸这种可怕的事实。他面无血色，最后索性冲他们嚷道：“不对，我有爸爸。”

“他在哪儿？”大孩子问道。

西蒙没话说了，他的确不知道。孩子们兴高采烈，哈哈笑起来。这帮乡下孩子近乎禽兽，这时产生了一种残忍的欲望，就像同窝母鸡中，一旦有哪只受了伤，就会群起而攻之，将其鸽死。西蒙忽然瞧见邻家寡妇的一个孩子，而且他一直看着那孩子同自己一样，也是孤儿寡母地过日子。

“你也一样，没有爸爸。”西蒙说了一句。

“胡说，我有爸爸。”那孩子回答。

“他在哪儿？”西蒙反驳道。

“他死了，”那孩子不无骄傲地高声说，“我爸爸，他在墓地里。”

这帮淘气鬼中间，立刻升起一片赞许的嗡嗡声，就好像爸爸葬在墓地里，就抬高了这个同学的身份，从而压垮那个没有爸爸的同学。

这些顽童的父亲，大多都是恶棍、酒鬼、窃贼，都虐待妻子。现在，这些合法的孩子推推搡搡，越挤越紧，仿佛要把这个非法的孩子挤死似的。

有一个孩子站在西蒙对面，这时突然伸出舌头嘲弄他，嚷着：

“没爸爸！没爸爸！”

西蒙扑上去，双手揪住他的头发，并且连连踢他的腿。那孩子反过来也狠狠咬了他的脸蛋儿。场面一片混乱。等两个交手的孩子被拉开，西蒙已经挨了揍，被揍得鼻青脸肿，衣裳也被撕破了，倒在地上。而那些淘气鬼则围着鼓掌喝彩。他爬起来，下意识地拍拍沾满尘土的小罩衫。这时又有人冲他嚷一句：

“去告诉你爸爸好了。”

西蒙一听这话，心里就完全泄气了。他们比他强壮，揍了他，而他确实感到自己真的没爸爸，根本没法儿回答他们。他的自尊心很强，竭力忍住涌上来的眼泪，忍了几秒钟，实在憋不住了，这才哭起来，浑身急促地抽动，但就是不哭出声来。

敌人都幸灾乐祸，欢欣雀跃，就像野人狂喜那样，很自然地手拉起手，围着他边跳边重复喊叫：“没爸爸！没爸爸！”

然而，西蒙猛地停止哭泣，他怒不可遏，正好脚下有石子儿，他拾起来，狠命朝折磨他的人掷去。有两三个挨了石子儿，嗷嗷叫着逃跑了。他的样子十分可怕，其他孩子也都惊慌失措了，吓得纷纷抱头鼠窜，如同乌合之众，一碰到情急拼命的人，就全变成懦夫了。

现在，只剩下这个无父的小孩子了，他撒腿朝田野跑去，因为他想起了一件事，随之便发了狠心。他要投河自杀。

原来，他想起一周之前，有一个靠乞讨为生的穷鬼，因为没有钱而投了河。此人被捞起来的时候，西蒙也在场。他平时觉得，那个可怜的家伙又脏又丑，十分悲惨，现在死了面无血色，长胡子湿淋淋的，眼睛平静地睁着，神态很安详，这给他留下了深刻的印象。围观的人说:“他死了。”有个人却补充说:“现在他多幸福啊。”西蒙也要投河，那个可怜的人没有钱，而他没有爸爸。

他走到河边，注视着流水。河水清澈，只见几条鱼追逐嬉戏，有时轻轻跃起，捉食在水面上盘旋的飞虫。他只顾看鱼，就不再哭了，觉得鱼儿捕食的技巧很有意思。不过，风暴平静了，有时还会狂风骤起，吹得树木咯咯作响，然后消失在天边。同样，“我没有爸爸，我要投河”这个念头，还不时浮现，给他带来强烈的痛苦。

天空晴朗，气温很高，暖烘烘的阳光照在草地上。西蒙流过眼泪，一时感到惬意和倦怠，很想躺在暖洋洋的草地上睡一觉。

一只小青蛙跳到他脚边，他想捉住，却让它逃脱了。他追上去，扑了三回都没有捉到，最后总算抓住它的两只后爪尖。看着小动物要挣脱的样子，他不禁笑起来。小青蛙收拢两只后腿，再猛力一蹬，两腿突然绷直，如同两根棍子，而金眼圈的眼睛鼓得溜圆，前爪则像两只小手一样舞动。这令他想起用细长条的小木片钉成斜角的玩具，也是这样用力一拉，就会牵动钉在上面的小兵操练。于是，他又想起家，想起母亲，心里非常难过，又哭起来，浑身一阵阵颤抖。然后，他跪到地上，像临睡前那样祷告，但是抽泣得太急，又太厉害，他完全受其控制，无法祷告下去。他什么也不想，周围什么也看不见，心思完全放在哭上。

突然，一只沉甸甸的手按在他肩头上，一个粗嗓门儿问他："你有什么事儿这么伤心啊，小家伙？"

西蒙回头一看，只见一个留着小胡子、满头卷曲黑发的高个子工人和蔼地瞧着他。西蒙的眼睛里、嗓子眼里充满泪水，答道：

"他们打我……就因为……我……我……我没爸爸……没有爸爸。"

"什么？"那人微笑着说，"可是，人人都有爸爸呀。"

孩子还在伤心地抽泣，又吃力地说道："我……我……我没有。"

那工人听了，神色严肃起来，他认出这是白朗绍特大姐的儿子。他虽然到这地方不久，但是模模糊糊地知道她的身世。

"好啦，"他说道，"别伤心了，孩子，跟我回去找你妈妈吧。会给你……一个爸爸的。"

二人一道走了，大人拉着小孩的手。那人脸上又浮现微笑，能见见那个白朗绍特，倒也不错，据说她是当地数得着的漂亮姑娘。也许他内心深处还这么想：一个失身的姑娘，很可能再次失身。

他们走到一所非常洁净的白色小房门前。

"到啦，"孩子说，接着又叫了一声，"妈妈！"

一个女人走了出来。工人立刻收敛笑容，他一眼就看出，同这个面色苍白的高个儿姑娘，是绝不能开玩笑的。只见姑娘一脸正色，立在门口，似乎不准男人跨进门槛，走进这个她已经被男人骗过一次的房屋。于是他怯阵了，摘下鸭舌帽，结结巴巴地说：

“喏，太太，我把您孩子送回来了，他在河边迷了路。”

西蒙急不可待，扑上去搂住母亲的脖子，刚开口说话就又哭了：，

“不是迷路，妈妈，我想投河，因为其他孩子打我……打我……因为我没爸爸。”

年轻女子满脸烧得通红，心头有如刀绞，她紧紧搂住儿子，眼泪止不住簌簌往下流。那人站在一旁，也为之动情，一时不好走开。不料，西蒙突然跑过来，问他：

“你愿意做我爸爸吗？”

一阵冷场。白朗绍特大姐倚着墙，双手按在胸口，沉默不语，忍受着羞耻的折磨。孩子见那人不答应，又说道：

“您若是不愿意，我还要去投河。”

那工人便把这事儿当作笑谈，笑着答道：

“好哇，我非常愿意。”

“你叫什么名字？”孩子又问道，“等别人再问起来，我好回答他们。”

“菲利浦。”那人回答。

西蒙沉默了一会儿，要把这个名字刻在脑子里，然后才心满意足，伸出手臂，说道：

“好吧！菲利浦，你是我爸爸了。”

那工人把孩子举起来，突然亲了他两边的脸蛋儿，随即大步流星匆匆走开了。

第二天上学，迎接西蒙的又是一阵嘲笑。放学的时候，那个大孩子又要故伎重演，可是西蒙像投石子似的，将这句话劈头甩给他：“我爸爸，他叫菲利浦。”

周围的同学都高兴得狂呼乱叫：

“哪个菲利浦？什么菲利浦？菲利浦，算个啥呀？你那个菲利浦，是从哪儿弄来的？”

西蒙不再搭理，他怀着不可动摇的信念，以挑战的目光注视他们，宁愿吃皮肉苦，也不肯在他们面前逃走。还是老师给他解了围，他才回家。

一连三个月，高个子工人菲利浦经常从白朗绍特家门前经过，有时看见她在窗前做衣服，就鼓起勇气上前搭讪。姑娘则客客气气地回答，但始终一本正经，不苟言笑，也绝不让他进屋。然而，他同所有男人一样，总好自鸣得意，以为姑娘同他说话时，脸色往往要比平时红一点儿。

可是，名声一旦扫地，就再难恢复，动辄遭人非议。尽管如今的白朗绍特处处检点，倍加小心，可当地已经有闲言碎语了。

西蒙倒是非常喜欢他的新爸爸，几乎每天傍晚等新爸爸忙完了活儿，都要同新爸爸一道散步。他也按时上学，从同学中间穿过时神气十足，根本不理睬他们。

不料有一天，那个带头攻击他的大孩子对他说：

“你撒谎，你没有一个叫菲利浦的爸爸。”

“怎么没有？”西蒙非常冲动地问道。

那个大孩子搓着手，又说道：

“因为，你若是有爸爸，那他就该是你妈妈的丈夫。”

这个推理很正确，西蒙心慌了，不过他还是回答：“反正他是我爸爸。”

“这有可能，”大孩子嘿嘿冷笑，说道，“不过，他还不完全是你爸爸。”

白朗绍特的儿子垂下头，他边走边想，去到菲利浦干活的地方，卢瓦宗老头的铁匠铺。

铁匠铺就像完全被树木遮住，里面很暗，只有大炉子的红火光一闪一闪，映照着五个赤臂打铁的铁匠，而铁砧发出震耳欲聋的声响。那五条汉子站在那里，像满身火焰的魔鬼，眼睛紧紧盯着他们捶打的烧红的铁块，而他们迟钝的思想则随着大锤起落。

西蒙走进去时没人瞧见，他轻轻拉了拉他的朋友。他朋友回过头来，活儿立时停了，所有人都仔细地打量他。就在这不寻常的寂静中，响起了西蒙细弱的声音：

“告诉你，菲利浦，刚才米修德家的那个大小子对我说，你不完全是我爸爸。”

“怎么这样说呢？”工人问道。

孩子一片天真地回答：

“因为你不是我妈的丈夫。”

谁也没有发笑。菲利浦站在原地一动不动，额头放在粗大的手背上，而手掌则撑着顶住铁砧的锤柄头。他在沉思。四名伙伴望着他，西蒙焦急地等待，他在这些巨人中间显得更小了。忽然，一名铁匠向菲利浦说出了大家的想法：

“不管怎么说，白朗绍特是个正经的好姑娘，虽然遭受不幸，但是很刚强，人又规规矩矩，若嫁给一个厚道的汉子，准能成为像样的媳妇。”

“这话一点不假。”另外三个附和道。

那个工人接着说道：

“不错，那位姑娘失过身，难道这能怪她吗？肯定那人答应娶她，我就知道好些像她这种情况的姑娘，如今都受人敬重。”

“这话一点不假。”另外三人又异口同声地附和。

那工人又说道：“可怜的女人，靠自己把孩子拉扯大，吃了多少苦。那事之后，她除了上教堂再也不出家门，流了多少眼泪，也只有上帝知道。”

“这话也一点不假。”其他人应声说道。

随后，大家都沉默了，只听见风箱吹炉火的呼呼声。菲利浦猛然俯下身，对西蒙说：

“去告诉你妈，今晚儿我要去跟她谈谈。”

他推着孩子的肩膀，把他推出去，回头又干起活来。

五只大锤，都准确落到铁砧上。他们就这样打铁，一直干到天黑，一个个强健有力，欢实活泼，都像够分量的大锤。不过，正如在节日里，主教堂的大钟比其余的钟敲得更响一样，菲利浦的锤声也压过伙伴们的锤声，他一下一下，不住地抡锤，打出震耳欲聋的声响。他眼睛闪闪发亮，站在四溅的火星中间，劲头十足地打铁。

他到白朗绍特家敲门的时候，已是满天星斗了。他换上新衬衫和过节的外衣，胡子也修过了。年轻女人来到门口，面有难色，说道：“菲利浦先生，天都黑了，这时候来很不合适。”

菲利浦想回答，但是张口结舌，在她面前不知说什么好。

她又说道：“然而您完全明白，不能再叫人议论我了。”

这时，菲利浦突然说道：

“只要您愿意做我的妻子，还怕什么议论呢！”

对方没有回答，不过，他似乎听见昏暗的屋里身体瘫倒的声响，就急忙进去。西蒙已经上床睡下了，他清晰地听见接吻声以及母亲悄悄说的几句话。接着，他突然感到被他朋友抱起来，他朋友巨人般的臂膀将他举起，大声对他说：

“再见到同学，你就告诉他们，你爸爸，就是铁匠菲利浦·雷米，谁再敢欺负你，他就拧谁的耳朵。”

第二天，学生都到校了，快上课的时候，小西蒙站起来，他脸色发白，嘴唇打战，用清亮的声音说道：“我爸爸，就是铁匠菲利浦·雷米，他说了，谁再敢欺负我，他就拧谁的耳朵。”

这回，谁也不笑了，因为，大家都认识那个铁匠菲利浦·雷米，有他当爸爸，哪个孩子都会感到自豪的。

他们不过轻轻对彼此说一声永别

就好像平时分别时说再见一样

两个朋友

莫泊桑 著

巴黎这座围城，在饥饿中痛苦呻吟，连房顶的麻雀都难得见到，而阴沟里的鼠类也日渐稀少。居民已经无所不食了。

正值一月份，一个晴朗的早晨，莫里索先生双手插在军裤兜里，沿着外环大马路遛弯儿。他饥肠辘辘，满面愁容。他是个钟表匠，时逢战乱，只好闲散在家。他正走着，忽然停下脚步，迎面碰见他认作朋友的一个同道——索瓦日先生，是他在河边钓鱼结识的一个人。

战前每逢星期日，莫里索天刚亮就出发，拿上钓鱼竿，背起白铁罐子，先搭乘开往阿尔让特伊的火车，在鸽子棚下车，再步行到竹竿岛。这是他魂牵梦绕的地方，一到这岛上就开始垂钓，直到天黑才收竿。

他每个星期天在钓鱼的地方，总能碰见索瓦日先生。此公身材又矮又胖，性情开朗，是洛蕾特圣母街一家服饰用品店的老板，同样也是个钓鱼迷。他们时常并排坐在水流上方，手握着钓竿，双腿在水面上悠荡，度过大半天时间；久而久之，两个人也就成了好朋友。

有时候，他们整天都不开口说话，有时候也聊聊天。而且，他们趣味相投，感受也相同，不用说什么，彼此就能心领神会，达到了高度的默契。

如果是春天的上午，约莫十点钟的光景，焕发青春的阳光，抚弄着在平静的水面上随波流动的轻雾；也照拂两个老钓鱼迷，将新春的暖意洒在他们后背。莫里索有时就对身边的人说："嘿！好舒服啊！"索瓦日先生便回应一句："我看没有比这更舒服的了。"这么简单一说一应，二人就心照不宣，彼此会意了。

如果在秋天，到了暮晚时分，太阳西沉，满天血红的云霞，投射到河水中。彤云霞影染红了长河，也点燃了远天，仿佛将两个朋友置于火中，烧得遍体通红；也给瑟瑟感到冬意而叶子枯黄的树木，镀上了一层金黄色。置身于这样的景色中，索瓦日先生面带微笑，注视着莫里索，说了一句："景色多美呀！"莫里索也惊叹不已，但是眼睛始终盯着鱼漂，回答道："这比林荫大道的景色还美，对吧？"

且说这次相遇，他们相互一认出对方，就特别用力握手；在这种动荡的战乱中重逢，真是百感交集。索瓦日先生叹息一声，咕哝道："真是兵荒马乱啊！"莫里索十分沮丧，哀叹道："什么年月啊！新年以来，今天还是头一个好天儿！”

天空的确一片湛蓝，阳光明媚。

他们开始并排散步，二人都心事重重，愁眉不展。莫里索又说道：

“钓鱼了吗？唉！多美好的回忆啊！”

索瓦日先生便问道：

“咱们什么时候再去那里啊？”

他们走进一家小咖啡馆，一起喝了杯苦艾酒。出来之后，又开始漫步在人行道上。

莫里索猛然站住，问道：

“再去喝一杯，好吗？”

索瓦日先生便附和一声：

“听您的。”

于是，他们又走进另一家酒馆。

他们再次从酒馆出来的时候，就醉醺醺，晕头转向了，空腹灌一肚子酒的人往往如此。风和日丽，暖暖的轻风拂弄着他们的面颊。

煦风这么一吹，索瓦日先生就完全醉了，他停下脚步，说道：

“咱们就去怎么样？”

“去哪儿呀？”

“当然是去钓鱼啦。”

“去哪儿钓鱼？”

“就是去咱们那个岛子呗。法国部队的前哨阵地，正好在鸽子棚附近。我认识杜穆兰上校，说一声就会放我们过去。”

莫里索钓鱼的瘾上来，喜得浑身抖动，说道：“一言为定。我准去。”

二人就此分手，各自回家取钓具了。

过了一小时，他们便肩并肩走在大路上，不久便抵达那位上校驻守的别墅。上校听了他们的请求，微微一笑，同意给他们突发奇想的念头提供方便。他们拿到通行证，重又上路了。

不大工夫，他们就通过了前哨阵地，穿过寂无一人的鸽子棚，来到塞纳河斜岸上几小片葡萄园的边缘。这时约莫十一点钟了。

对面的阿尔让特伊村，看样子一片死寂。奥尔日蒙和萨努瓦两座高冈俯瞰着这一带地方。一直延展到南代尔的大片平原，也是空空荡荡的，只有兀立的光秃秃的樱桃树，以及灰突突的土地。

索瓦日先生抬手指了指高冈，咕哝道：“普鲁士士兵就在那上面！”面对这样荒无人烟的地方，两个朋友不由得惶恐不安，腿都发软了。

普鲁士士兵他们还从未见过，然而几个月来，他们感到他们近在咫尺，就在巴黎周围，正在毁掉法国，烧杀抢掠，无恶不作；虽然看不到，却是无比强大。他们对这样一个陌生的、好胜的民族，除了心怀仇恨，还产生了一种近乎迷信的恐惧。

莫里索结结巴巴地说道：

“嗯，万一碰上他们该怎么办啊？”

索瓦日先生不愧是巴黎人，什么时候都不忘调侃，他接口答道：

“那咱们就请他们吃炸鱼。”

嘴上虽这么硬，真要贸然闯入这片旷野，他们还的确犯踌躇；周围一片死寂，觉得心里发虚。

最后，还是索瓦日下定决心：

“走，上路！多加小心就是了。”

于是，他们眼观六路，耳听八方，利用荆棘灌木做掩护，猫着腰，匍匐着走下岸坡的葡萄园。

要到河边，还必须穿过一长条光秃秃的地带。他们便跑步冲过去，一到河边就钻进干枯的芦苇丛里，身子蜷作一团。

莫里索还趴下去，耳朵贴着地面谛听。周围鸦雀无声，没有一点脚步声响。这里只有他们二人，两个人孤零零的，鬼影也再没有一个。

他们放下心来，便开始钓鱼。

对面荒废的竹竿岛正好是道屏障，对岸有人也看不见他们。岛上原有一家小饭馆，现在门户紧闭，看似废弃多年了。

索瓦日先生钓上一条鱼，接着，莫里索也钓上来一条。就这样，他们隔一会儿便抬起钓竿，鱼弦的末端总有一条银光闪闪的小鱼活蹦乱跳。这么爱上钩，这次钓鱼简直神了。

一条网眼很密的网兜，浸在他们脚下的水中，钓上来鱼就小心翼翼地放进去。一种妙不可言的喜悦沁人心脾，这正是再次喜获被剥夺已久的乐趣时，才会有的一种开心。

明媚的阳光晒得他们肩膀暖融融的，他们不再注意倾听有什么动静，也不再想任何事情，只是一心钓鱼，将周围的世界完全置于脑后了。

突然，一声沉闷的巨响，仿佛发自地下，震得大地颤抖起来。又开始炮击了。

莫里索扭头望左侧，目光越过陡岸，看到远处瓦莱里昂山巨大侧影的额头，生出一团白色羽饰，那是大炮刚刚喷出的硝烟。

紧接着，又一股硝烟，从要塞的顶部喷出，过了片刻，才听见第二声炮响。

继而，炮击之声不断，山头不时呼出死亡的气息，吐出乳白色的烟雾，冉冉升上静谧的天空，在山头上方聚为一朵浮云。

索瓦日先生耸耸肩膀，说道：

“瞧，他们又开干了。”

莫里索正焦急地盯着一个劲往下扎的浮漂羽毛，却突然发火了。平时性情多么温和的一个人，这时怒斥起那些相互厮杀的疯子。他恨恨地说道：

“这样相互残杀，人会愚蠢到这份儿上！”

索瓦日先生也附和一句：

“比禽兽还不如。”

正说着，莫里索钓上一条欧鲌，他也朗声说道：

“真不像话，只要存在政府，天下就永远这样，不会太平。”

索瓦日先生则截口说道：

“共和政府，就绝不会发动战争。”

莫里索也打断他的话：

“如果是国王当政，那就发动国外战争；如果是共和政府，那就会打内战了。”

两个人心平气和，就这样讨论起来，那种通情达理的态度，也是性情温和而见识有限的人所共有的。他们讨论到最后，便达成这种共识——世人永远也不可能自由。瓦莱里昂山上还不断发炮，炸毁法国人的房舍，炸得多少人血肉横飞，让多少生灵涂炭，粉碎了多少的梦想、多少期待的欢乐、多少渴望的幸福。同时也给远方，给其他的国家，在多少女人的心上，多少姑娘的心上，多少母亲的心上，掘开了永不枯竭的痛苦源泉。

“这就是生活。”索瓦日先生感叹道。

“不如说这就是死亡。”莫里索笑着接口道。

忽然，他们浑身惊悸，明显感到有人从身后走来。他们回头望去，果然看见四个人，不，是四条全副武装、满脸胡须的大汉，他们身穿着军服，活似穿着号衣的仆人，头戴平顶的军帽，一个个举着枪正对着两个朋友。

两根钓竿从他们手中掉落，顺水漂流而去。

几秒钟的工夫，他们就被抓住，捆绑起来，押走，扔上一条小船，运到了对面的岛上。

在那座他们以为废弃的房子后面，他们发现有二十来名德国兵。

一个浑身多毛的彪形大汉，骑着一把椅子，叼着一根大号的瓷烟斗，用流利的法语问他们：

“怎么样，两位先生，你们钓了不少鱼吧？”

那满满一网兜鱼，一名士兵倒特意拎来了，这时他把鱼网兜放到军官的脚下。那普鲁士军官微笑道：

“嘿！嘿！看来收获还真不小啊。不过，咱们要谈谈别的事儿。你们不要心慌，给我仔细听着。

“在我看来，你们两个就是间谍，被派来窥探我军的情况的。我逮住你们了，可以马上枪毙。你们假装钓鱼，以便更好地掩饰你们的行动计划。现在，落到我的手里了，算你们倒霉，这就是战争嘛。

“你们出来，既然通过前哨阵地，就一定知道口令才能回去。把这口令告诉我，我就饶你们不死。”

两个朋友并排站着，一声也不吭。他们吓得面无人色，两只手紧张得微微颤抖。

普鲁士军官又说道：

“这事儿永远也没人知道，你们可以安安心心地回去，这个秘密也就随之消失了。如果你们拒绝，那就是死路一条，而且立即处死。要死要活，你们自己选择吧。”

两个朋友站在那儿不动，也不开口说话。

普鲁士军官一直很平静，他伸手指着河水，又说道：

“想一想吧，再过五分钟，你们可就葬身水底了。只过五分钟！想必你们都有亲人吧？”

瓦莱里昂山上炮声隆隆，一直未断。

两个钓鱼的朋友站在那里，仍然一言不发。普鲁士军官用母语下达命令。接着，他挪开椅子，要离两个俘虏远一点儿。十二名士兵走到二十步远的地方，持枪立定站住。

“我再给你们一分钟时间，”军官又说道，“多一两秒钟也不行。”

说罢，他霍地站起来，走到两个法国人跟前，抓住莫里索的胳膊，把他拉到一旁，低声对他说：

“快说，口令是什么？您的伙伴绝不会知道这事儿，我就装作不忍心才把你们放走。”

莫里索什么也不回答。

于是，普鲁士军官又去拉索瓦日先生，向他提出同样的问题。

索瓦日同样只字不答。

两个朋友重又并肩站到一起。

普鲁士军官一声令下，士兵们同时举起枪。

这时，莫里索的目光垂下去，碰巧瞥见撂在几步远草地上的那只装满鱼的网兜。

那堆鱼头尾还在摆动，在阳光下熠熠闪光。他不由得一阵心酸，控制不住热泪盈眶。

他结结巴巴地说道：

“永别了，索瓦日先生。”

索瓦日先生也回答说：

“永别了，莫里索先生。”

两个朋友握了握手，他们从头到脚，不由自主地颤抖。

军官喊了一声：“开枪！”

十二杆火枪子弹齐射。

索瓦日先生面孔冲下，一下子扑倒在地。莫里索个头儿大些，身子晃了两晃，原地扭转，这才仰面朝天，横着跌倒在他伙伴的身上，鲜血从胸前制服的弹洞汩汩冒出来。

那个德国军官又下了几道命令。

他手下的士兵立刻分头行动，找来绳索和石头。他们将石头系到两个死者的脚上，再连人带石头抬到河边。

瓦莱里昂山隆隆炮声响个不停，现在硝烟已经笼罩住整个山顶。

两名士兵分别抓住脑袋和腿，将莫里索抬起来，另两名士兵则抬起索瓦日，他们用力荡了几下，再往远处一抛。于是，两具尸体在半空划出弧线，然后直立着沉入河水中，只因是石头坠着脚先下沉的。

河水四溅，翻腾荡漾了一阵，又逐渐恢复平静，只有微波细浪一直传到岸边。

水面上还漂浮着一点血迹。

那名军官神态始终那么安详，这时他低声说了一句：

“现在该轮到处理这些鱼了。”

他说着，就朝那座房子走去。

那一网兜鱼还撂在草地上，他一眼就看到，一伸手拎起来，仔细瞧了瞧，不禁微微一笑，嚷道：

“威廉！”

一名扎着白围裙的士兵跑过来。普鲁士军官便将被枪杀的两个人钓的鱼扔给他，吩咐道：

“趁这鱼还活着，你马上去给我煎了。味道一定非常鲜美。”

说罢，他又抽起了烟斗。

我们终其一生都在写着一篇文章

题目就叫作“爱”

相依为命

都德 著

"有信吗，阿赞神父？"

"有，先生……从巴黎来的。"

这位正直的阿赞神父对能收到巴黎的来信感到无比自豪 —— 我却不然。我有某种异样的感觉，这封寄自让—雅克大街的巴黎来信，一大清早出人意料地落在我桌子上，大概又得让我赔上一天的工夫。果然不出我所料，大家不妨一读：

我的朋友，你得给我帮个忙。把你那磨坊关上一天，马上动身去埃吉耶尔——那是一座大城镇，距你家三四法里，权当散步吧。到了那儿，你就打听孤儿修道院。过了修道院的第一所房子是平房，护窗板是灰色的，屋后有个小花园。你直接进去，不用敲门，那房门总开着。进门后，你就高喊："你们好，诚实的人！我是莫里斯的朋友……"这时，你就会看到两位身材矮小的老人，噢，他们真的特别老了，他们正靠在大座椅上向你伸出手臂，你要替我去拥抱他们，要诚心诚意地拥抱他们，就像他们是你的亲人那样。然后，你们就在一起聊天，他们会跟你说起我，我就是他们的唯一话题。他们会讲许多荒唐事，你就听着，可千万别笑，记住了，千万别笑，好吗？……他们是我祖父母，将我视为他们的全部生命，但已有十年没见过我了——十年未见面是太长了！可又有什么办法呢？我在巴黎公务缠身，而他们又那么大年纪……他们要是来巴黎看我，那么大岁数了，半路非摔坏了不可……我亲爱的磨坊主，幸好你在那边，在拥抱你的时候，可怜的老人会以为在拥抱我……我经常对他们说起咱俩的事，说起咱们之间的深厚友谊……

让这友谊见鬼去吧！那天恰好天气晴朗，却不适宜走路，西北风太强，阳光太烈，是典型的普罗旺斯的天气。这封该死的信到我手里时，我本来早已在两块岩石之间选好一个僻静处，准备在那儿待上一整天，像只壁虎一样，尽情地沐浴灿烂的阳光，聆听松涛的吼声……但最终又有什么办法呢？虽然我满腹牢骚，可还是关了磨坊，把钥匙放在猫洞下，带上拐杖和烟斗，便上了路。

我到埃吉耶尔时已经快两点了。镇上空无一人，大家都到田里去了。林荫大道两边的榆树上落满了灰尘，树上的知了在高声鸣唱着，与克鲁地区中心地带的蝉鸣无甚两样。在镇政府前广场上，一头毛驴在晒太阳。一群鸽子在教堂前的喷泉上空飞翔，竟然找不到一个人为我指明去孤儿院的路。幸好有一位老仙女突然出现在我眼前，她正蹲在门边的墙角纺纱。我向她打听要找的地方，她魔力无穷，只抬手扬了扬纺锤，孤儿修道院即刻便神奇般地耸立在我面前——这是一座阴森黑暗的大房子，在拱形大门之上，威风凛凛地竖着一个红色陶土制的老十字架，上面刻着拉丁铭文。在这座大房子旁边，还有一所小房子。灰色的护窗板，屋后的小花园……我立即认出这所房子，没有敲门，径直走了进去。

我看见一条凉爽、寂静的长长走廊，漆成粉红色的墙壁，透过浅色窗帘隐约可见的小花园。花园的倩影投在壁板上跳跃不已，那壁板上的花纹和小提琴图案已褪色发旧，这景致让我一生都难以忘怀。我仿佛走进了塞丹纳时期某位老法官的宅院。走廊尽头的左侧，从一扇虚掩着的门里传出一座大钟那嘀嗒嘀嗒的钟摆声和一个孩童的稚声，一个学童正在念书，每个音节都要顿一下：这—时—圣—伊—雷—呐—喊—道—我—是—上—帝—的—优—等—小—麦—我—必—须—让—这—些—动—物—的—牙—齿—磨—碎……我悄悄地朝那门走去，向里面望着……

在宁静、朦胧的小屋里，一个脸色红润，面部、双手布满皱纹的善良老人正坐在扶手椅上酣睡，他张着嘴，双手搭在膝盖上。在他脚下，一个小姑娘，身穿蓝色服装——蓝色大披风、蓝色的女童帽，全然一副孤儿院的装束，正在朗读圣伊雷纳的故事，那本书显得比她还大。女孩子那神奇的读书声已对整座房子产生了魔一般的效果——老人在座椅上睡着了，苍蝇趴在天花板上，金丝雀栖息在那边窗台上的鸟笼里，就连那座大钟嘀嗒嘀嗒的声响也像打鼾似的。整个房间中唯有那一束光线还醒着，光线透过护窗板的缝隙直射进来，在室内朦胧的背景下白得耀眼。光束中涌动着无数生机勃勃的星尘，跳跃着数不尽的微生物……在这一片昏昏沉沉的气氛中，小姑娘神色凝重地继续朗读着：话—音—未—落—便—闪—出—两—只—狮—子—向—他—扑—去—将—他—吃—掉……恰好这时我走了进来——圣伊雷纳的狮子要是真的冲进这房间也不会比我更恐怖，这真是地地道道的戏剧性的突变！小姑娘惊叫一声，那本书落在地上，金丝雀和苍蝇都被惊醒了，大钟也当当地敲着正点。老人蓦地挺直了身子，惊愕不已。我自己也感到有些局促不安，便站在门口大声喊道：

“你们好，诚实的人！我是莫里斯的朋友。”

啃！这时你要是能看见那可怜的老人就好了，他张开双臂朝我走来，拥抱我，紧紧握着我的双手，然后在房间里兴奋异常地跑来跑去，同时嘴里喊着：“我的上帝！我的上帝！……”你要能看见他这样子该多好呀！

他脸上所有的皱纹都绽开了，他满脸通红，说话也结巴起来：

“哦！先……先生，噢！先……先生……”

然后，他走到屋里边，喊道：

“玛麦特！”

门开了，走廊里响起脚步的挪动声——一定是玛麦特。真是没有比这老太太更漂亮的人了——她个子不高，头戴饰着花结的无边软帽，身穿淡褐色的连衣裙，手里拿着绣花手帕，把我当成贵客，还是那种古老的迎客方式——令人感动的是他们俩竟然那么相像！要是戴上围巾再配上黄色的花结，别人大概也会把他当成玛麦特。只是那真的玛麦特一生中也许流过许多泪，因此脸上的皱纹更多。和老伴一样，她身边也有一个孤儿院的小女孩，也穿着蓝色披风，像个寸步不离的小侍从，老人从孤儿院领来照顾，这是人们所能设想的极为感人的举动。

刚一进门，玛麦特就先要给我施屈膝礼，但老汉一语将她的屈膝礼阻断：

“这是莫里斯的朋友。”

顿时，她浑身颤抖不已，哭了起来，手帕也掉了，脸上泛起了红光，通红通红的，比老伴的脸还红——这些老年人！他们已到了风烛残年，血管里恐怕也没有几滴血了，可他们稍一激动，那点血就会冲到脸上来……

“快，快，快搬把椅子……”老太太对身边的女孩说。

“打开护窗板……”老汉对他身边的女孩喊。

他们每人拉着我一只手，挪着碎步，将我拉到窗前；这时窗户已全部打开，就为了能好好看看我。大家将两把扶手椅并在一处，我拿了一把折叠椅坐在他们俩中间，那两个身着蓝披风的小姑娘立在我们身后，他们俩便左一句右一句地问起来：

“他身体好吗？他在做什么？他为什么不来呢？他幸福吗？……”问题一个接一个！竟然问了我好几个小时。

我呢，则尽全力一一答复他们所有的问题，把我所知的这位朋友的生活细节告诉他们，对不知道的事便大言不惭地胡编乱造。我过去从未注意他的窗户是否关好，也未留意他房间的壁纸是何种颜色，这回可别说漏了嘴。

“他房间里的壁纸嘛——是蓝色的，夫人，淡蓝色，还装饰着花叶边呢……”

“真的？”可怜的老太太激动地说，然后转过身对她丈夫补充道：“他真是个好孩子！”

“噢！是的，真是个好孩子！”老汉兴奋地重复道。

我说话的时候，两位老人之间不是相互点点头，心领神会地笑笑；就是相互递个眼神，露出狡黠的神色；再不然，老汉就凑到我耳边说：

“您大声点，她耳朵有点背。”

她也凑过来说：

“劳驾，请您再大点声！他听不清……”

于是，我提高了嗓门，两位老人朝我微微一笑，以示谢意。这微笑显得有些委顿，他们一直在我的眼睛深处寻找莫里斯的影像，而我却在向我投来的微笑中找到了那模糊、朦胧甚至几乎捉摸不定的影像。我真是万分激动，仿佛看见朋友正在远方、在浓雾中朝我微笑。

突然，老汉在座椅上挺直了身子：

“我想起来了，玛麦特，他可能还没吃早饭呢！”

玛麦特露出惊慌失措的神态，向空中伸出双臂：

“还没吃早饭呢！我的老天爷！”

我还以为他们是在说莫里斯，正要告诉他们这个好孩子绝不会等过了中午才吃早饭。但不是这么回事。他们在说我。当我承认确实饥肠辘辘时，他们便忙碌起来：

“小姑娘们，快摆餐具！把餐桌放在屋子当中，再铺上节日用的台布，要用花盘子。都别这么笑了，好了！快点吧……”

我觉得小姑娘们还真够快的，刚刚听到打碎了三个盘子，早饭已经备好了。

“给你准备了一顿丰盛的早餐！”玛麦特边说边把我引到餐桌前，“只不过您得一个人吃，我们早晨都已经吃过了。”

这些可怜的老人！不管你什么时候来找他们，他们都说早晨已吃过饭了。

玛麦特那丰盛的早餐是半杯牛奶，几颗椰枣，一块船形蛋糕——就是像松糕那类的糕点，这些食物足够她和金丝雀吃一个星期的，可我竟把这些食物一顿就吃光了！——餐桌周围的人都感到愤愤不平！小姑娘们相互碰碰胳膊，窃窃私语。那边笼子里的金丝雀似乎在说：“嗬！这位先生把那块船形蛋糕都吃了！”

我确实把那块蛋糕都吃了，可竟然毫无察觉。我只顾观察这间明亮而平静的房间了，屋内似乎荡漾着一股古香古色的气息——特别是有两张小床。我看了又看，可忍不住还要看，这两张床几乎就像两个摇篮。我想象着，清晨天蒙蒙亮时，他们还卧在饰有流苏的帷幔之中；时钟敲了三下，老人通常都在这个时辰醒来：

“玛麦特，你还睡呢？”

“不，朋友。”

“莫里斯是个好孩子，对吧？”

“噢，对，是个好孩子。”

我只因瞧见这两张老人的小床靠得这么近，才想象出这段闲谈的场景……

就在这时，惊险的一幕出现在房间的另一端。柜橱的最上面放着一大瓶烧酒泡樱桃，这瓶樱桃是专为莫里斯制作的，已经等了他十年；这次他们要为我打开，这不，老人要去拿这瓶樱桃。尽管玛麦特再三阻拦，可老汉执意要亲自把这瓶樱桃拿下来。他登上一把椅子，还使劲往上够，简直把他老伴吓坏了……你看到的是这样一番场景——老人颤颤巍巍地向上够，小姑娘们紧紧地扶住椅子，玛麦特站在他身后，喘着粗气，伸出双臂。从敞开的柜橱和一大堆棕红色的内衣里飘出香柠檬的淡香，又为这场景平添了一丝温馨的气息——真是妙不可言。

经过一番努力，老人终于把那瓶樱桃从柜橱顶处取了下来。这是一只保存了多年的大口瓶，还有一盏雕花的银杯，这盏杯子还是莫里斯小时候用过的呢。他们将杯子满满地装上樱桃，莫里斯就爱吃樱桃！老人一边为我装，一边露出贪吃的神色，伏在我耳边说：

“您可真有福气，您，能吃到这么好的樱桃，这是我太太做的，这东西好吃着呢。”咳！这倒真是他太太做的，可她却忘了放糖。你又能怎么样！人老了，做事也就常常心不在焉了。可怜的玛麦特，您那樱桃真难吃——但这并不妨碍我将其全部吃光，连眉头都不曾皱一下。

吃完饭后，我起身向主人告辞。他们本想再多留我一会儿，再聊聊他们那好孩子，但天快黑了，而且磨坊离这儿又远，必须得走了。

老人和我同时站起了身。

“玛麦特，我的衣服！……我想把他一直送到广场。”

玛麦特心里肯定觉得天有点凉了，不好再送我到广场去了，但她什么也不表露出来。在拿来一件漂亮的、配着贝壳纽扣的西班牙烟色外衣，帮他穿衣服时，我听见这位可爱的贴心人温情地对他说：

“你不会回来得太晚，对吧？”

而他呢，却露出一副狡黠的神色：

“嗯！嗯！我不知道……也许吧……”

说到这儿，他们俩相对一笑，小姑娘见他们笑也跟着笑起来，就连金丝雀也在角落里以它们的方式笑着——我觉得这烧酒泡樱桃的香味已让他们有了几分醉意，这事你知我知，别传出去。

我和老人走出家门时，天已黑了，蓝衣小姑娘远远地跟在我们后面，然后再把他领回去。但他却如同看不见她一样骄傲地挽着我的胳膊走着，俨然一副壮年人的气派。玛麦特则容光焕发地站在门口，一边目送着我们，一边优雅地摇着头，似乎在说：“我可怜的男人，他还能走路呢！”

繁星中那颗最美丽、最璀璨的星星

因为迷了路，靠在牧羊人的肩膀上睡着了

繁 星

都德 著

我在吕伯龙山上放牧的那段时间，连续几个星期也看不见一个人影，孤零零地同我的狗拉卜利和一大群绵羊在牧场里厮守着。蒙德吕尔山上的那位隐士上山采药，不时从牧场经过；我偶尔也能见到彼尔蒙的烧炭工人那黝黑的脸膛。可这些人都很天真幼稚，常年离群索居已使他们变得沉默寡言，与人交谈的兴致自然也就消失殆尽了；况且他们对山下村镇和城里人在说些什么也一无所知。每隔十五天，农场的人便赶着骡子为我送来半个月的食物，因此当我听到上山的路上响起骡子的铃铛声，当我看见农场小家伙那机灵的脑袋，或瞧见诺哈德老婶子那条橙色的头巾在坡道处渐渐露出时，真是快乐极了。我让他们讲述山下家乡的新闻，说说哪家做了洗礼，哪家婚迎嫁娶，但我最感兴趣的还是想知道主人女儿的近况，这位斯特凡娜特小姐是方圆几十里最漂亮的美人。我装出一副不经意的样子，打听她是否常去参加晚会，常去找人聊天；是否又有新的情郎向她献殷勤。有人问我，像我这样的山间贫苦牧羊人打听这些事又有何用，我会回答说，我已经二十岁了，况且这位斯特凡娜特小姐是我有生以来见过的最漂亮的姑娘。

然而，一个星期天，又到了农场该送食物的日子，可农场的人却迟迟未到。上午我寻思着："也许大伙都忙着做弥撒去了。"邻近中午下了一场暴雨，我琢磨着，雨后路滑，恐怕运货的骡子是无法上路了。可转眼间雨过天晴，碧空如洗，阳光、水珠在山间交相辉映。下午三点左右，在时间雨水的滴答声和暴涨的溪水的轰鸣声中，我终于听到了骡子的铃铛声，那么欢快，那么清脆，好似复活节的钟声一样。但这赶骡子的人既不是农场那小家伙，也不是诺哈德老婶子。你们猜是谁——孩子们，正是我们的小姐！是小姐亲自来了。她端坐在骡背上的柳条筐之间，山间的空气及暴雨带来的清爽使她的面颊显得格外红润。

农场那小家伙病了，诺哈德婶子到她孩子那儿去休假。漂亮的斯特凡娜特一边从骡背上下来，一边诉说着这一切；她还解释说来晚了是因为迷了路。可看她穿的那身节日盛装——花色饰带、亮丽的裙子、诱人的花边，与其说她在荆棘丛中寻道探路，倒不如说她在舞会上耽搁了。噢，多么娇美的姑娘啊！我的眼睛看着她绝不会感到乏味。说真的，我还从未离她这么近看过她。冬天时，有几次当羊群回到平原上，晚上我回农场吃晚饭时，见她在饭厅里急促地穿来走去，从不与仆人搭讪。她总是打扮得很漂亮，还带着几分傲气——现在，她就站在我面前，只是为我而来，难道这不让我受宠若惊吗？

她从筐里取出粮食后，便好奇地打量着四周。她担心裙子被刮破，便略微撩起漂亮的裙子，走进围栅，想瞧瞧我歇息的地方，看看那用麦秸和羊皮搭成的小屋，墙上挂着我的大斗篷，我的牧羊棍，我的火石枪。这里的一切都让她十分开心。

"那么，你就住在这儿，可怜的牧羊人？你总是孤单一人，该多烦闷呀？你都干些什么？又想些什么呢？"

我真想回答："想您，女主人。"我不会撒谎，心慌意乱之下竟然找不到一句要说的话。我想她已经对此有所察觉，这个淘气鬼还要略施小计，让我丑态出尽，她却自得其乐：

"牧羊人，你的女朋友呢，她是不是有时上来看看你？……也许是只金色的小母羊，再不就是在山巅上飞奔的艾斯特蕾尔仙女……"

对我说这话时，她本人就带着一副艾斯特蕾尔仙女的神态，她向后仰着头，脸上露出迷人的微笑。她飘然而至，又要匆忙离去，她的到访真像一场梦幻。

"再见，牧羊人。"

"再见，女主人。"

她带着空篮子走了。

当她消失在山坡的小路上时，我似乎觉得骡子蹄下掀起的碎石颗颗都落在我的心头。碎石的滚动声我听了许久，直到夕阳西下，我还似沉浸在睡梦中，一动也不敢动，生怕惊醒我的美梦。傍晚时分，山谷的深处已开始变成蓝色，羊群一边“咩咩”地叫着，一边相拥着挤进围栅，这时我听见山下有人喊我。小姐猛然出现在我眼前，脸上已没有了那笑盈盈的样子，因寒冷、害怕，她浑身在打战，衣服也都湿透了。好像到了山脚下，她才发现暴雨已将索尔格河的水面增宽了许多。她想不顾一切地冲过去，却险些被湍急的河水吞没。最可怕的是，天这么晚了，想返回农场已不可能了。虽有一条近路可以返回农场，但小姐一个人是找不到这条路的，而我又无法离开羊群。一想到要在山上过夜，真让她坐立不安，家人的惦念更让她如坐针毡。我呢，则尽力安慰她：

“七月里，夜很短暂，女主人……一会儿就熬过去了。”

我很快燃起一堆大火，让她烘烘双脚，同时把被河水浸湿的裙子烘干。接着，我把牛奶和奶酪放在她面前，但这可怜的小姑娘既不想烤火，也不想吃东西。见她眼睛里滚动着颗颗泪珠，我都不禁要哭了。

此刻，天完全黑了下来。唯有山脊处还能看到一抹落日的余晖，在天际处看到一片淡淡的晚霞。我想让小姐在围栅里休息，在新鲜的麦草上铺了一张崭新的漂亮羊皮之后，便向她道了晚安。我来到外面，坐在大门口……苍天为我作证，尽管爱情的烈火烧得我热血沸腾，但我绝没有任何邪念，只有一种崇高的自豪感。想想看，在围栅的一角，紧挨着一群望着她进入梦乡的好奇的绵羊，我们主人的女儿在我的保护下歇息着，好似母羊群中一只最高贵、最圣洁的母羊。在我眼里，天空从未像今晚这样高深莫测，繁星从未像今晚这样明亮……突然围栅的栅栏打开了，美丽的斯特凡娜特出现了。她无法入睡，群羊滚动时麦草被弄得唰唰作响，再不就是在梦中发出“咩咩”的叫声。她倒更愿意坐到火堆旁。见此情景，我把自己身上的一张母羊皮披在她的肩上，把火拨旺，我们俩并肩坐在一起，默默不语。你们要是在露天过过夜，定会知道在我们沉睡的时刻，一个神秘的世界却在孤独和沉寂中醒来。此刻，泉水的叮咚声更为清脆，池塘里燃起星星点点的亮光。山上所有的生灵都自由自在地忙碌着，空中响着沙沙声和极细微的声音，仿佛那是树枝在抽芽、青草在拔高时发出的声响。白天是动物的世界，到了晚上就成了植物的天下。人们对此不习惯时，觉得挺恐怖的——因此小姐浑身战栗不已，听到极微小的声响，就会吓得靠在我身上。

山下那映着夜色的池塘处发出一声悠长的哀鸣，这哀鸣声忽高忽低一直传到我们耳中。与此同时，一颗美丽的流星从我们头顶划过，朝发出哀鸣的那个方向落去，仿佛我们刚听到的哀鸣还点缀着一丝亮光。

“那是什么？”斯特凡娜特低声问道。

“是一个进了天堂的灵魂，女主人。”我在胸前画了个十字。

她也照样画了个十字，抬起头，若有所思。接着她对我说：

“牧羊人，大家都说你们这些牧羊人是巫师，这是真的吗？”

“不，这不是真的，小姐。但在这里，我们生活在靠近星星的地方，要说天上的事，我们可比平原上的人知道得多。”

她双手托腮，一直仰望着星空。她身裹绵羊皮，宛如天上的小牧童：

“这么多星星！多美呀！我从未见过这么多星星，你知道这些星星的名字吗，牧羊人？”

“当然啰，女主人……瞧！在我们头顶的正上方，是‘圣雅克之路’（银河），它从法国直通到西班牙，那是当年勇敢的查理大帝与萨哈森人作战时，加里斯的圣雅克划出的天道，好为查理大帝指明道路。再远一点，那是‘灵魂战车’（大熊星座），战车有四根锃亮的车轴。在战车前面跑的那三颗星星是‘三牲畜’，靠近第三颗的那颗小星星是‘车夫’。您看见这周围纷纷落下的流星雨了吗？那是慈悲的上帝不愿收留在天上的灵魂……稍低一点，那是‘耙星’，又叫‘三王星’（猎户星座），这个星座是我们牧羊人的时钟。只要朝这星座看一眼，我就知道现在已经过了子夜。再稍低一些，一直朝南看，那颗亮闪闪的星星就是‘让·德米兰’，堪称天体的火炬（天狼星）。关于这颗星，在我们牧羊人中流传着这么个传说：一天夜晚，让·德米兰、三王星和普西涅尔星（昴星团）应邀参加某星友的婚礼。普西涅尔星心急如焚，率先动身。您往天空高处瞧，就看见它了。您看它不是在那儿么？三王星之后也上了路，并赶上了它。而懒惰的让·德米兰因贪睡起得太晚，落在了后面。它一气之下，将手杖朝它们扔去，以阻止它们行进。因此‘三王’又称‘让·德米兰的手杖’……然而，女主人，繁星之中最美的星星，当属我们自己的星星，也就是‘牧羊人之星’。清晨，当我们赶羊出圈时，它为我们照亮；夜晚我们返回围栅时，又是它为我们照明。我们还称它为‘玛格洛娜’，这颗美丽的星星一直跟在‘普罗旺斯的皮埃尔’（土星）后面，它们每隔七年结一次婚。”

“怎么？牧羊人，星星也结婚吗？”

“是的，女主人。”

当我试图向她解释星星结婚是怎么回事时，我感觉到某种清新、精美之物轻轻地压在我的肩头，是她那颗困意沉沉的头靠在我身上，一动不动。当天空中的繁星一颗颗变淡，其光彩被渐升的太阳湮没时，她依然靠在我身上。我呢，望着她那香甜的睡态，内心闪过一丝不宁的心绪，但这皎洁的夜空在为我神圣地保驾，我只有甜美的意念。在我们周围，繁星默默无声地继续赶路，温顺得就像一大群绵羊。我不时在遐想，这繁星中的一颗，就是那颗最美丽、最璀璨的星星，因迷了路，来这里靠在我的肩膀上睡着了……

曾经我们所执著的那些

最终都会随着时光的流逝一去不复返

普罗旺斯的风车

都德 著

弗朗塞·玛玛伊，一位吹短笛的老艺人，不时到我家来闲坐聊天。一天晚上，他一边喝着烧酒，一边向我讲述了发生在这一带的一场小悲剧，我这磨坊二十年前还是这场悲剧的见证人呢。这位老好人的故事让我感慨万分，我试着把这个故事原原本本地讲给你们听。

亲爱的读者，您想想看，坐在一壶醇厚、香馥的美酒前，聆听饱经风霜的短笛老艺人讲故事该多么惬意。

先生，我们这个地区过去可不像现在这么死气沉沉、毫无生气。那会儿，这里的面粉生意极红火，方圆几十里的村民都把麦子送到这里磨成面粉——村子四周的山冈上到处都是磨坊的风车，不管朝哪个方向望，抬眼便能看见风车的翼叶在松树林上方随风旋转。一列接一列小驴队驮着口袋沿山间小路上上下下，平日每天都能听到山冈上传来的鞭子声，翼叶上帆布的撕裂声，还有磨坊帮工的劳动号子声。听着这热闹的声响，真是一种享受……一到星期天，我们便成群结伙来到磨坊。山冈上的磨坊主们拿出白葡萄酒来款待我们，磨坊主妇们个个都长得十分漂亮，像高贵的皇后一样，那镶着花边的包头巾和纯金的十字架首饰使她们更加楚楚动人。我随身带着短笛，大家跳起了法朗多拉舞，一直跳到深夜。您瞧，这些磨坊给我们这个地区带来了多少欢乐和财富。

不幸的是，巴黎来的法国人却打算在达拉斯贡大路旁建一座蒸汽动力面粉厂。新东西总是好的嘛。人们开始习惯把麦子送到面粉厂去，风力磨坊也就没活干了。有一段时间，风力磨坊还试图与面粉厂一决雌雄，但蒸汽的力量太强大了。说来可怜呀！所有的磨坊先后都被挤垮了……再也看不见那些小驴队了……漂亮的磨坊主妇们卖掉了她们的金十字首饰……白葡萄酒喝不着了！法朗多拉舞也没法跳了！西北风依然呼呼地刮着，可风车的翼叶却再也转不起来了……后来，有那么一天，镇政府下令拆除那些破磨坊，在原地种上了葡萄和橄榄树。

然而，在这场劫难之中，有一间磨坊傲然挺立，在面粉厂的眼皮底下，在小山冈上继续顽强地转动着。这就是高尔尼师傅的磨坊，正是此时此刻我们在此聊天的这间磨坊。

高尔尼师傅是个老磨工，干磨面粉这个行当已经六十年了，对他当时所处的境况气恼得要命。一家接一家的蒸汽面粉厂开了张，把他简直气疯了。一周之内，他跑遍了整个村子，把大家伙儿聚集在自己周围，鼓足了劲冲大家喊，称有人要用面粉厂磨出的面来毒害普罗旺斯人："都别到那儿去磨面，那帮强盗，居然要用蒸汽做面包。蒸汽是什么？那是魔鬼发明的东西。而我呢，是靠西北风和北风磨面，那可是仁慈的上帝吹的气呀……"类似这种称颂风力磨坊的话，他还能编出许多来，但没有人肯听他的。

这可把老汉气坏了，他把自己关在磨坊里离群索居，就像一头不合群的困兽。他甚至不愿意将孙女维瓦特留在身边，这孩子才十五岁，自从她父母去世后，在这个世界上爷爷就是她唯一的亲人了。可怜的小姑娘迫于无奈只得自己谋生，到各处的农庄去打工，收割、养蚕、采摘橄榄，什么农活都干。可她祖父看上去确实十分疼爱她，他常常顶着烈日，徒步走上十几里路到她干活的农庄去看她。待来到她身边时，他一边看着她，一边落泪，不惜待上几个小时瞧着她……

在这个地区，大家认为老磨工是出于吝啬才把孙女打发走的，让他孙女到一个接一个的农庄去卖苦力，还要受农庄主的欺辱，饱受打工妹的种种苦难，这无非使老汉丢尽了脸面。更让人无法接受的是，像高尔尼师傅这么有名望的人，过去一直受人尊敬，可现在居然赤着脚，戴着破帽子，腰束一条烂腰带，在大街上到处闲逛，倒像个吉普赛人。说真的，一到星期天，见他那副模样进教堂做弥撒，我们这些老伙伴都为他感到脸红。高尔尼自己也感觉到了，从此也就不敢再坐到堂区管委的专座上了。他总是坐在教堂的最后边，靠近圣水缸，和穷人们在一起。

在高尔尼师傅的生活里，有件事总让人琢磨不透，村子里已经很长时间没人给他送麦子磨了，可他那磨坊的风车依然像往常一样旋转着。傍晚时分，人们总能在山间小路上碰到老磨工，他正赶着驴运面粉呢。

“晚上好，高尔尼师傅！”农民们和他打着招呼，“磨坊的生意还那么好？”

“是的，孩子们，”老汉快活地答道，“感谢上帝，我这儿还不缺活干。”

这时，要是有人问他从什么鬼地方揽来这么多活，他便将手指放在嘴唇上，一本正经地答道：“别声张！我这是在给出口做加工呢……”除此之外，人们再也甭想套出更多的话。

你要想迈进他的磨坊，趁早死了那份心吧，就连小维瓦特都进不去……

人们从他的磨坊前经过时，那大门总是紧闭着，而风车那巨大的翼叶总在不停地转着。那头老驴啃着平地上的青草，一只瘦骨嶙峋的大猫在窗台上晒太阳，用恶狠狠的眼光盯着你。

这一切看来极为神秘，也引来说三道四的闲话。每个人都按照自己的方式去解释高尔尼师傅的秘密，但比较一致的说法是在这座磨坊里，装钱的口袋要比装面粉的口袋多。

然而，久而久之，真相便大白于天下。事情是这样的：

我常常用短笛为年轻人跳舞伴奏，在一个风和日丽的日子里，我吹笛伴奏时，发现我的大儿子和小维瓦特相爱了。其实我对此真的不生气，不管怎么说，高尔尼的名字在我们这儿还是受人尊敬的，况且，见维瓦特这只美丽的小鸟在我家蹦来蹦去的，也让我喜在心头。只是这两位恋人常有机会在一起，我担心会出事，便想把这事赶紧定下来。于是，我就来到磨坊，找她爷爷商量一下……咳！这个老能人！你瞧他是怎么接待我的呀！根本就没法让他打开大门，透过锁孔，我勉强对他说明了来意。就在我说话时，那只调皮的瘦猫一直在我头顶上呼噜呼噜地喘着粗气，活像一个恶魔。

老汉不容我把话说完，就粗鲁地冲我大喊大叫，让我趁早回家吹笛子去；还说，要是我急着给儿子娶媳妇，完全可以在面粉厂的女工里给他挑一个……您想想，听了这恶语我是多么恼怒啊！可我毕竟知天命，硬把火气压了下去，后来我就回去了，把这老疯子一人甩在磨坊里。回到家，我把遭遇讲给孩子们听，这两个可怜的孝子根本不相信这是真的，他们请我恩准他们俩一起再到磨坊去和祖父说一说，我没有勇气拒绝他们，两位恋人抬腿就走了。

当他们赶到山上时，高尔尼师傅刚刚出去，大门上了锁，可这老好人走时却把梯子留在了磨坊外面。孩子们见此，马上生出一念：从窗户钻进去，看看这座神秘的磨坊到底在搞什么名堂……

真是怪事一桩！石磨的磨腔竟是空的……磨坊里没有口袋，没有一粒麦子，墙壁上、蜘蛛网上连一丝一毫的面粉都没有，甚至闻不到磨面粉时散发出的那暖暖的香味……风车的传动轴上落满了灰尘，那只大瘦猫正卧在上面睡觉呢。

楼下的那间房同样显得非常凄惨和荒凉——一张简陋的破床，几件破烂衣服，一块面包扔在楼梯上，屋角处堆着三四只破口袋，从破口袋里洒出石灰渣和白灰。

这就是高尔尼师傅的秘密！为了捍卫磨坊的声誉，让人以为磨坊一直在磨面，他每天傍晚在山间小路运来运去的竟然是一堆石灰渣！……可怜的磨坊！可怜的高尔尼！面粉厂从他手里夺走最后一笔生意已经很久了，风车依然在旋转，但磨盘却在空转。

孩子们眼泪汪汪地回来向我讲述了他们所见的一切。听着他们的话，我的心如刀剜一般……我片刻不耽搁，马上跑去找左邻右舍，将事情的原委简短地讲给他们听。大家商量好，必须立即将各家所存的麦子全部送到高尔尼的磨坊里……说干就干，全村人都上了路。我们赶着一支浩浩荡荡的驴队来到山上，驴背上都驮着麦子，这可是真正的麦子！

磨坊的大门敞开着……高尔尼师傅坐在门前一只装着石灰渣土的口袋上，正抱头痛哭。他刚刚进家门，发觉有人趁他不在家时进了磨坊，戳穿了他这可悲的秘密。

“我好可怜啊！”他说，“现在我只有去死了……磨坊这回可丢脸了。”

他撕心裂肺地哭着，用各种名称呼唤着他的磨坊，就像在和一个活生生的人说话似的。

就在这时，驮着麦子的驴队来到磨坊前的平台处。我们大家一齐使劲地喊着，就像当初磨坊生意红火时那样：“喂！磨面的！……喂！高尔尼师傅！”

喊话间，一袋袋的麦子便堆放在门前，黄澄澄的麦粒撒在地上，撒在四处……

高尔尼师傅瞪大了双眼，一把将麦子抓在他那饱经沧桑的手中，破涕为笑，说道：“真是麦子呀！……上帝呀！……好麦子呵！让我好好瞧瞧。”

然后转身对我说：“我就知道你们会来的……面粉厂商都是窃贼。”

我们想把他抬进村里去庆贺一番，他却说：

“不，不，孩子们，我得先喂喂我的磨盘。你们想想看，这磨盘可有多长时间没进食了！”

见这可怜的老汉左右奔忙，我们人人眼里都噙着泪花。他解开口袋，目不转睛地盯着磨盘。麦粒磨碎了，极细的粉屑纷纷扬扬地向顶棚飞去。

我们大家都问心无愧，因为从这一天起，我们从未让老磨工断过活干。后来，有一天早晨，高尔尼师傅去世了，我们这儿最后一座风力磨坊的风车停止了转动，从此就再也转不起来了……高尔尼走了，没有人接任他的工作。先生，这有什么办法呢！在这个世界上，没有不散的宴席，应当相信风力磨坊的时代已一去不复返了，就像罗讷河上的拖船、大花礼服以及大革命前的最高法院一样，永远地消失了。

一朵失落的玫瑰花，一段错位的爱情

却仍旧是一个美妙的故事

午夜的玫瑰

梅里美 著

我二十三岁时去闯荡罗马，身带父亲给我写的十二封推荐信，只有一封打了封印，少说有四页长，上面写着“阿多勃兰第侯爵夫人玉展”。

“你要写信告诉我，”父亲对我说，“侯爵夫人是否还那么漂亮。”

我打从小时候起，就看见父亲书房的壁炉上方，挂着一小幅肖像画，画上是一位十分美丽的女子，秀发扑了粉，头戴荆冠，肩上披着虎皮巾。画像下面写有“18××年于罗马”的字样。我觉得她衣着打扮很特别，多次问起这位夫人是谁，得到的回答却是：

“一个荡妇。”

这种回答，我难以满意，甚至怀疑

这背后有秘密。因为，每次听到如此简单的问题，我母亲就抿起嘴唇，我父亲则板起面孔。

这次，父亲在给我的信打上封印时，还偷眼望了望肖像，我也不由自主地瞥去一眼，心想这个头发扑粉的荡妇，多半就是阿多勃兰第侯爵夫人了。当时我已开始稍通人道了，从母亲的脸色和父亲的眼神中，也看出了个究竟来。

抵达罗马，我最先递交写给侯爵夫人的信。她住的那座漂亮的府邸，坐落在圣马可广场旁边。

一名身穿黄色号服的仆人接过我的信和名片，带我走进一间宽敞的大厅。客厅幽暗而凄清，陈设相当简陋。不过，罗马所有公馆豪宅中，无不陈列一些绘画大师的作品。这间客厅藏画相当多，好几幅堪称佳作。

我首先注意到一幅女子肖像，估计是达·芬奇所作。看那华丽的画框和红木架子，便毫无疑问可以断定是府内珍藏的极品。趁侯爵夫人还未来，我从容地观赏了这幅画像，甚至挪到窗口亮地儿细看。显而易见，这是一幅真人肖像，而不是凭想象创作的人头像，因为这种面容是臆想不出来的：一位美妇，嘴唇略厚，两道蛾眉几乎相连，高傲的目光又含几分温柔。背景是她的盾形纹章，纹章上有公爵冠冕。不过，我最感惊讶的是她那服饰，除了没有扑粉之外，整个儿看上去，同我父亲的那幅画上的荡妇一模一样。我手上还捧着肖像，侯爵夫人就进来了。

“跟他父亲一个模样儿！”侯爵夫人朝我走来，高声说道，“啊！法国人！真是法国人！刚到这里，就捧起《卢克莱斯夫人像》了！”

我赶紧道歉，请她恕我冒昧，斗胆移动了肖像，随即大肆赞赏达·芬奇的这幅杰作。

“这的确是达·芬奇的作品，”侯爵夫人说道，“也正是那位大名鼎鼎的卢克莱齐亚·博尔吉亚（**教皇的私生女，也即文中提到的卢克莱斯**）的肖像。在我所有的藏画中，令尊最欣赏这一幅了……真的，仁慈的上帝！相貌长得这么像！恍若回到二十五年前，我见到了令尊。他身体可康泰？现在做什么呢？会不会有一天，他来罗马看我们呢？”

侯爵夫人虽然没有敷粉，也没有披虎皮巾，但是我仅凭慧眼，一下子就看出她正是我父亲那幅画上的荡妇。二十五年的光阴，还未能完全抹杀她那绝世的姿容，只是她的服饰变了，表情也同样改变了。她穿了一身黑色衣裙，下颏儿打了两个褶，一副郑重的笑容，表情庄严而神采奕奕。这一切都向我表明，她已经成为信徒了。

不过，她接待我可是亲热极了，刚说上三两句话，她就提出让我支配她的府邸、她的钱财、她的朋友们。她的朋友中有好几位红衣主教，她还一一向我道出了姓名。

“您就把我视为您母亲好了……”她说道。

说着，她谦抑地垂下眼睛。

“令尊托我照顾您，给您出出主意。”

为了向我证明她绝不小视这一使命，她当即就提醒我，当心我这个年龄的青年在罗马可能碰到的危险，力劝我尽量规避。务必远离坏人，尤其不要跟那些搞艺术的人打交道，只能结交她指定给我的人。总之，我聆听了这三方面的说教，并且恭恭敬敬地回答，适当假惺惺地称是。

我正要起身告辞，侯爵夫人又对我说道：

“可惜侯爵，也就是我的长子，去了罗马涅，眼下在我们的庄园里。不过，我还是想把我的次子，唐奥塔维奥介绍给您。他不久就要当主教了，希望您能喜欢他，你们俩也理应成为好朋友……”

她又连忙加了一句：

“因为，你们二人年龄相仿，他也跟您一样，是个性情温和而守规矩的青年。”

她随即派人去叫唐奥塔维奥。我看到来了一个高挑的年轻人，脸色苍白，神态忧郁，始终低垂着双眼，显见是在作秀。侯爵夫人不容他说话，就替他满口答应给予我各种各样最热情的帮助；而他则深深施礼，认可他母亲的每一句话。于是我们说定，次日他就去接我，陪我游览市容，然后再带我回阿多勃兰第府参加晚宴。

我沿着街道刚走出去二十多步，就听见身后有人语气严厉地问道：

“这个时候了，您独自一个人去哪儿啊，唐奥塔维奥？”

我回头看去，只见一位肥胖的神父，正瞪大眼睛从头到脚打量我。

“我不是唐奥塔维奥。”我对他说道。

那神父一躬到地，连声道歉。片刻之后，我就望见他走进了阿多勃兰第府。我又接着往前走，被人看作是未来的主教，心里颇不是滋味。

尽管侯爵夫人警告，也许正因为她这样警告，我才心急火燎，要找到我认识的一位画家的住所。我和他在画室聊了有一个小时，谈论罗马能向我提供什么样的娱乐方式，无论合法的还是不合法的。我还让他谈了阿多勃兰第那家人。

他告诉我，侯爵夫人从前特别轻浮，后来认识到自己过了争风吃醋的年纪，就一心投入宗教信仰了。她那长子桀骜不驯，终日只知道打猎，并搜刮他大片农场里的佃户的钱财。次子唐奥塔维奥，将来要被培养成为红衣主教，交给耶稣会教士来调理，逐渐被调理得傻傻恭恭了。他从不一个人出门，也不准他看女人。他每走一步，总有一位神父跟着——那神父是侯爵夫人最后一位“朋友”，早就致力于把二公子培养成上帝的仆人；现在他掌管全府，相当专断。父亲特意拜托照顾我的，就是这样一家人。

次日，唐奥塔维奥乘坐马车，如约来接我，自告奋勇充当我的向导。他身边自然跟着内格罗尼神父，也正是这位神父，昨天把我错当成他监护的人了。

我们停下来参观的第一座建筑是一座教堂。唐奥塔维奥效仿那神父，跪下去捶胸，画了数不清的十字。他起身之后，就指给我看壁画和雕像，向我讲解，显得深明事理，也很有鉴赏力，倒让我感到一阵惊喜。我们开始交谈；他的谈吐我也挺喜欢。我们用意大利语谈了一会儿，他忽然用法语对我说：“我的监护人一句也听不懂你们的语言，咱们就讲法语吧，可以更随便一些。”语言一换，这青年似乎也换了一个人，话语毫无教士的味道了。我仿佛听见我们外省一位自由派人士在讲话。我发觉他无论谈到什么，语气都很单调，同他生动的表情往往形成奇特的对照。看来这是他惯用的手法，显然要迷惑那个内格罗尼。神父也不时问问我们在谈什么。我们的翻译，当然是胡编一通。

我们瞧见一个穿紫色长袜的年轻人走过去。

“这就是我们今天的贵族，”唐奥塔维奥对我说道，“这种制服真恶心！过几个月，我也要换上那套装束了！”他沉吟了一下，随后又补充道，“能在像你们那样的国家生活，该有多幸福啊！假如我是法国人，说不定有朝一日，我能当上议员呢！”

他这种宏大的抱负，几乎引我大笑起来。那位神父看出来了，我就只好对他解释说，我们谈到一位考古学家，那人见到贝尔宁（**巴洛克风格的创始人**）的一尊雕像，误认为是古代的作品。

我们返回阿多勃兰第府用晚餐。几乎刚喝完咖啡，侯爵夫人就替他儿子向我告罪，说他该回房间做功课了。客厅里只剩下我和侯爵夫人，以及仰在太师椅里呼呼大睡的内格罗尼神父。

直到这时，侯爵夫人才详细询问我父亲和巴黎的情况，询问我过去的生活和将来的打算。我觉得她很亲热，心肠也好，只是有点过分好奇，尤其过分关心我的灵魂的救赎。而且，她的意大利语讲得非常标准，我等于跟她上了一堂发音课，效果不错，我打算要好好复习。

我经常去看她。几乎每天上午，我都同她儿子去参观古迹，当然总伴随着形影不离的内格罗尼；晚上回到阿多勃兰第府，同他们共进晚餐。侯爵夫人接待的客人不多，几乎清一色是神职人员。

然而有一次，她把我介绍给了她的密友，一位刚刚皈依的德国夫人。这位德·斯特拉莱恩海姆夫人仪容修美，移居罗马已经很久了。两位夫人谈起一位著名的传教士，我在一旁借着灯光，观赏着卢克莱斯的肖像，认为自己该插话了。

“好一双眼睛！”我高声赞叹道，“眼皮就仿佛要眨动似的！”

我贸然地用这种有点做作的夸张说法，本想在德·斯特拉莱恩海姆夫人面前，确定自己行家的地位；岂料她听了大惊失色，急忙用手帕掩面。

“您怎么了，亲爱的？”侯爵夫人问道。

“哦！没什么，就是听了这位先生刚才讲的话！……”

大家连连追问，而她一旦告诉我们，我的这句话令她想起一个骇人的故事，她就不得不讲述了。故事内容简略如下：德·斯特拉莱恩海姆夫人有个小姑，名叫维勒海尔明娜，同威斯特法伦的一个青年订了婚。那青年名叫朱利乌斯·德·卡茨奈伦博根，是克莱斯特将军（普鲁士将领，在莱比锡战役中率军对抗拿破仑）麾下那个师中的志愿兵。这么多拗口的名字，复述起来真叫我恼火，不过，美妙的故事，从来都是发生在名字难念的人物身上的。朱利乌斯是个可爱的青年，喜欢空想，满怀爱国主义精神。他从军出发前，将自己的一幅肖像给了维勒海尔明娜，对方也回赠了他一幅肖像，而他把姑娘的肖像始终挂在心口窝儿上——这种做法在德国很流行。

1813年9月13日，下午大约五点钟，维勒海尔明娜在卡塞尔，同母亲和嫂子一起坐在客厅打毛线。她手上做着活儿，眼睛望着对面缝纫桌上未婚夫的肖像。突然，她惨叫一声，手捂胸口，昏厥过去。大家好一阵救护，才使她苏醒过来。她一能说出话来，就嚷道："朱利乌斯死了，朱利乌斯给人打死啦！"

她满脸惊恐的神色，足以证实她对此深信不疑。她还肯定地说，她看见肖像合上了眼睛，同时感到心口一阵剧痛，仿佛烧红的烙铁穿透了她的心脏。

人人都极力劝她，说那是她的幻觉，绝非真事，千万不要放在心上，可是怎么说都无济于事。可怜的姑娘伤心不已，哭了一整夜。第二天，她就要戴上黑纱，仿佛已经确信了神灵向她显露的不幸。

两天之后，莱比锡血战的消息传来了。朱利乌斯给未婚妻写了一封短信，日期标明是十三日下午三时。他没有受伤，战斗中表现英勇，已经进入莱比锡，准备在师部过夜，因而远离了所有危险。这封安定人心的信，也未能安抚维勒海尔明娜，她注意到信是下午三时写的，便认定她的未婚夫死于五时。不幸的姑娘并没有搞错。不久他们就获悉，朱利乌斯被派去传送一道命令，于四点半离开莱比锡，出城走了三公里，过了埃尔斯特河，被冷枪打死。敌军一名掉队的士兵埋伏在壕沟里，一枪射穿他的心脏，击碎了维勒海尔明娜的肖像。

“那位可怜的姑娘后来怎么样了？”我问德·斯特拉莱恩海姆夫人。

“噢！她大病了一场。现在结婚了，嫁给了法院推事德·维尔奈先生。您若有机会去德绍，她就会拿出朱利乌斯的肖像给您看。”

“这件事，肯定是魔鬼在作祟，”神父说道，在德·斯特拉莱恩海姆夫人讲述的过程中，他一直处于半睡眠状态，“能引述异教徒魔语的人，就能随意让肖像的眼睛眨动。话说还不到二十年，一个英国人在蒂沃利，就被一尊雕像给掐死了。”

“被一尊雕像掐死了！”我大声问道，“那是怎么回事儿？”

“那是一位英国绅士，到蒂沃利发掘文物，挖出了一尊皇后雕像，是阿格丽品娜（罗马皇帝尼禄的母亲，二婚嫁给罗马皇帝克劳狄，故为皇后。她与克劳狄结婚，让克劳狄立继子尼禄为皇位继承人。54年克劳狄逝世，尼禄即位，时年16岁，由母后阿格丽品娜摄政），还是梅萨利纳（罗马皇帝克劳狄的第三个妻子，以淫乱和阴险出名，与情夫秘密结婚并阴谋篡权，最终被克劳狄处死）……这无关紧要。总之，他让人把雕像搬到他的住所，百看不厌，欣赏不够，结果为之神魂颠倒。所有那些信奉新教的先生，也都已经半疯了。他称雕像为妻子、夫人，还拥抱亲吻，尽管那雕像全身都是大理石。他说每天晚上，雕像都变为活人陪伴他。终于有一天早晨，有人发现那位爵士死在床上，身体都僵硬了。怎么样！说起来您相信吗？又有一个英国人，居然买走了那尊雕像。换了我，早就让人把石像烧成石灰了。

神怪故事一旦开了头，就打不住了，人人都有一段要讲出来。在这种骇人听闻的故事大合唱中，自然也有我一个声部。结果到了分手的时候，我们所有人都异常兴奋，对魔鬼的力量十分敬畏了。

我步行回住所。为了抄近道回科尔索街，我就走了一条从未经过的小街。街道弯弯曲曲，阒无一人，唯见两侧花园的长长围墙和几间没有灯火的小房子。午夜过了，天色黑沉沉的。我走在小道中间，步履匆匆，忽听头顶上有轻微的响动，嚓的一声，一朵玫瑰落到我的脚前。我抬头一望，黑暗中只见一位白衣女子倚在窗口，朝我伸出手臂。我们法国人到外国，总觉得高人一等，继承了征服过欧洲的父辈的传统，得意地充满民族自豪感。我由衷地相信，德国、西班牙和意大利女子，只要一见到法国男人，就会立刻春心荡漾。总之，在那个时期，我还大大地保留着法国人的本色，况且，这朵玫瑰花不是很能说明问题吗？

“夫人，”我低声说着，弯腰拾起玫瑰，“您的花失落了……”

可是，那女子已经不见了，窗户也无声无息地关上了。换了任何人，也会像我当时那样做，就是寻找最近的一扇门。在离窗户只有两步远，我就找到了那扇门，于是等着有人来打开。周围一片沉寂，五分钟过去了，我只好咳嗽了一声，接着又轻轻敲了敲门，但是门始终未开。我更加仔细地察看了一下，盼望能找到一把钥匙或者门闩，却大出意外，找到了一把挂锁。

“看起来，嫉妒的丈夫还没有回家。”我心中暗道。

我拾起一块小石子，投向窗户。石子撞上挡风板弹回来，落到我的脚下。

“见鬼！”我心中想道，“罗马女人难道以为，人家口袋里都装着梯子吗？可是没有人跟我谈过这种风俗啊。”

我又白白等了好几分钟，还是毫无动静。不过，有那么一两次，我仿佛看见百叶窗微微颤动，就好像里面有人拨开一点缝儿朝街上张望似的。等了一刻钟后，我不耐烦了，便点着一支雪茄，仔细辨认了那所挂锁房子的方位，继续赶路了。

到了次日，想想这段奇遇，我得出如下结论：一位年轻的罗马女子，估计也十分美丽，见我在街上游荡，便迷上了我这少见的魅力。她借一朵神秘的小花，来向我表达她燃起的欲火，恐怕也是因为羞于启齿，或者碍于身边的女管家；又兴许像罗西娜那样，有可恶的霸尔多洛（罗西娜和霸尔多洛，都是法国剧作家博马舍的剧作《塞维利亚的理发师》中的人物。霸尔多洛是少女罗西娜的监护人，阻挠阿尔玛维华伯爵对罗西娜的追求）的监护。我决定按照习俗，去那位少女居住的房前蹲守。

我梳了梳头，然后以征服者的姿态，抱着寻花问柳的打算出门了。我穿上了新礼服，戴上了黄手套。有了这身打扮，再把帽子扣到耳根上，那朵凋谢的玫瑰插在扣眼里，我就直奔那条还不知道名称的小街。一块立在圣母像上面的牌子向我表明，这条街叫“卢克莱齐亚夫人街”。

这个街名令我惊讶。我当即想起达·芬奇那幅肖像画，还想起昨天夜晚在侯爵夫人府，大家讲述的那些有关感应和鬼怪的故事。继而我又想道，爱情的缘分上天早已注定，而我所追求的女子，为什么就不能叫卢克莱斯呢？她的容貌，为什么就不能像阿多勃兰第府那幅藏画上的卢克莱斯呢？

天色已经大亮，我距离一位美人仅有两步之遥，内心激动，却没有半点不祥的感觉。

我来到这所房子近前，看看门牌是十三号。不祥之兆……唉！这房子不大符合我昨夜见到时产生的想法。并非什么豪宅府邸，差远了。一座院落，因年代久远，围墙黑黢黢的，长满了苔藓，墙里探出了几根爬有毛虫的果树枝条。一座两层小楼，坐落在庭院的一隅；有两扇窗户临街，防风窗板已经很旧了，外面用许多根铁条加固。楼门低矮门楣上的盾形纹章，已然模糊难辨。还像昨夜那样，门上的铁链上挂着一把大锁。门板上用粉笔写着："房屋出租或出售"。然而，我不会认错。街道这一侧窗户寥寥无几，绝不可能搞混。大锁也是我见过的那一把，门旁边的铺石路上还有两片玫瑰叶子，表明这里正是我心上人向我示爱的地点，也证明她家门前难得打扫。

我向附近的几个穷人打听，看守这所神秘房子的人住在哪里。

"不住在这里。"有人粗声粗气地回答。

看起来，他们并不喜欢我询问这件事，这就越发激起我的好奇心。我挨家挨户找去，最后走进一个黑乎乎的地下室，里面住着一个老妇，让人怀疑很可能是巫婆，因为她养了一只黑猫，还在一口大锅里不知熬着什么东西。

“您想瞧瞧卢克莱斯夫人的房子吗？”她说道，“钥匙在我手上。”

“那好，让我瞧瞧吧。”

“您想租吗？”她微笑着问道，满脸疑惑的神色。

“想租啊，如果合适的话。”

“肯定不合适。这么着吧，您给我一枚保罗银币，我就带您去瞧瞧，好吗？”

“好啊。”

有了这句保证，老妇敏捷地从板凳上站起身，从墙上摘下一把锈迹斑斑的钥匙，带我走到十三号房子门前。

“这所房子，为什么叫卢克莱斯宅院呢？”我问老妇。

老妇嘿嘿冷笑，答道：

“别人为什么叫您老外呢，不就是因为您是外国人吗？”

“就算是吧，那么卢克莱斯夫人又是谁呢？是罗马的一位贵妇吗？”

“怎么！您来到罗马，连卢克莱斯夫人都没有听说过吗？等我们进屋去，我再跟您讲讲她的故事吧。咦，这儿怎么又闹鬼啦！这把钥匙多么邪门，怎么也拧不动。您来试试吧。”

的确，挂锁和钥匙已经久不用了。不过，我咒骂了三声，又连着咬牙切齿，终于拧动了钥匙，可是我的黄手套撕破了，手骨节也脱臼了。我们走进昏暗的过道，两侧有好几间低矮的屋子。

奇怪的是，天棚倒是镶了木板，但是挂满蜘蛛网，很难看出当年漆金的痕迹。每间屋都散发出霉味，显而易见久无人居了。一件家具也没有，只有几块旧皮革残片，还挂在起硝的墙上。根据几根撑柱上的雕刻和壁炉的式样，我能得出结论，这小楼是15世纪的建筑，当年的装饰可能相当豪华。小方格窗户上大部分的玻璃已经破碎。窗外是花园，我看见有一株花开得正茂的玫瑰，还有几棵果树，以及大量的花椰菜。

楼下每间屋都看了看，我就要上二楼，那是我曾看见那个陌生女子的地方。老太婆想拦住我，说楼上没有什么可看的，而且楼梯也不结实了。她见我态度很坚决，就老大不情愿地跟在后面。楼上的房间跟楼下差不多，只是没有那么潮湿，地板和窗户保存也更完好。在我走入的最后一个房间里，摆着一把宽大的黑皮面太师椅，事情怪在椅子上没有灰尘。我坐上去，觉得挺舒服，听故事正合适，于是求老妇给我讲一讲卢克莱斯夫人的故事。为了唤起她的记忆，我先给了她几枚小银币。她清了清嗓子，又擤了擤鼻涕，便这样讲起来：

“那是异教徒时代，亚历山大当了皇帝（实际是教皇亚历山大六世，而不是亚历山大大帝），他有一个美若天仙的女儿，被称为卢克莱斯夫人。瞧，就是那位！……”

我猛然回身。老妇指给我看主梁的一根撑柱上，刻有一条做工粗糙的美人鱼。

“唉！”老太婆接着说道，“她喜欢玩乐，怕挨父亲训斥，就叫人盖了这所房子。每天夜里，她都溜出吉里纳尔宫，来到这里寻欢作乐。她就站在这扇窗前，望见像先生您这样英俊的骑士，经过这条街，便招呼上来，给予极好的接待，怎么个好法儿由您想去吧。可见，男人总好夸夸其谈，至少有些人如此，言谈中有些话就伤害了公主。于是她就要采取措施了，每次对情人说了再见之后，她那些侍卫就在这楼梯上干掉那个人，然后拖到花椰菜地里埋了。对了，这园子里还挖出过枯骨呢！

“这种游戏持续了好长一段时间，不料有一天夜晚，她哥哥西斯托·塔尔基诺（*老妇又搞混了。史实为西斯托·塔尔基诺强奸了塔尔干·科拉丁的妻子卢克莱斯；卢克莱斯受辱自杀*）从她窗下经过。她没有认出，也招呼他上楼来。黑夜里谁也看不清谁。结果，她哥哥也遭遇了其他人的命运，但是他遗留了一块手帕，上面写有他的名字。

“她一发现真相，罪恶已成事实，绝望之下，当即解下腿上的袜带，就在这儿悬梁自尽了。唉，这种例子，年轻人就应当引以为戒！”

老太婆把各个时期全弄混了，将塔尔干和博尔吉亚也全搞错了。在她颠三倒四的叙述过程中，我定睛凝视着地板，发现几片还新鲜的玫瑰花瓣儿，就不免浮想联翩了。

“这座园子由谁经管？”我问老妇。

“由我儿子经管，先生，他是瓦诺兹先生的园丁。瓦诺兹先生是隔壁那座园子的主人，他总待在马雷马，不常回罗马，因此，园子侍弄得不太好。我儿子和他在一起，我特别担心，他们短期内回不来。”她叹息一声补充道。

“这么说，他跟着瓦诺兹先生很忙碌啊？”

“噢！瓦诺兹先生是个怪人，让我儿子干那么多事儿……我担心他别干什么坏事，害他自己，也会害了我那可怜的儿子！”

她朝房门迈了一步，仿佛要中止谈话。

“这里真的没人住吗？”我叫住她，又问道。

“一个人也没有。”

“那么怎么会有这个呢？”

她耸了耸肩。

“您听着，”我递给她一块大银元，说道，“对我讲真话！有一个女人常来这里。”

“一个女人，神圣的耶稣啊！”

“不错，昨晚我看见她了，还跟她说过话。”

“圣母啊！”老妇高声念道，就冲向楼梯，“难道您看见了卢克莱斯夫人？赶紧出去！我们快走吧，我的好先生！我早就听人说过，她夜里总回来，但是我不想告诉您，怕耽误了房主的生意，因为我以为，您有意租下这所房子。”

我再也拉不住她了。她急匆匆离开这所房子，说是去最近的教堂，点一根蜡烛消灾。

无望了解更多的情况，就由她走了，我自己也离开了这所房子。

大家一定猜得出来，我这段经历，在阿多勃兰第府没有提起。只因侯爵夫人太过一本正经，而唐奥塔维奥又专注于政治，都不会给这种拈花惹草的事出什么好点子。不过，我还是去找了那位画家，问问他怎么看这件事，他对罗马可是无所不知，无所不晓啊。

“依我看，”他说道，“您是撞见了卢克莱齐亚·博尔吉亚的幽灵。您遇到多大危险啊！她生前那么狠毒，死了之后，您想想她该是什么样子！真叫人不寒而栗！”

“玩笑话就免了，究竟会是什么样子呢？”

“这就是说，先生是无神论者，也是哲学家，不相信最值得敬畏的事物。那好吧，请问，您对另一种假设又持什么看法呢？假如那老太婆把房子借给一些女人，而那些女人就在那里勾引过路的男人。我见过，有些伤风败俗的老太婆专干那种勾当。”

“好极了，”我说道，“看来，我一定像个圣徒了，连那老太婆都不敢向我兜售服务。这太欺侮人了。不过，亲爱的，您也别忘了那房子的陈设，只有魔鬼附身的人才会喜欢那里。”

“那就毫无疑问，肯定是鬼魂了。别忙着下定论！最后还有一种假设。您很可能认错房子了。真的！我就想啊：是在一座花园旁边吧？有一扇小矮门吧？……那正是我那位好友罗西娜的家呀。一年半之前，她还是这条街的一朵花，后来变成独眼龙了。这也是真的，但这是局部问题——她的身影还是很美的。”

这么多解释也丝毫不能让我满意。到了晚上，我缓步来到卢克莱斯宅院门前，可什么也没有见到。我又从门前走了一趟，还是悄无声息。一连三四天晚上，我从阿多勃兰第府回旅馆，总要在这所房子的窗下驻足——始终一无所获。十三号院那位神秘的女住客，开始从我的记忆中淡忘了。不料有一天，将近午夜时分，我走在那条小街上，忽然清晰地听见百叶窗里面女子的窃笑声——正是那扇窗户，赠给我花的女子曾经现身。有两次我听见这种窃笑声，同时我恰巧望见一队头戴风帽、手持蜡烛的修士，从街口走来，抬着一个死人去下葬。我不由得毛骨悚然。等队列走过去，我就守在窗下，可是再也听不见一点动静了。我试着投过去几颗石子，甚至还叫了几声，仍然没有人出现；忽又下起一阵急雨，我只好撤退了。

说来十分惭愧，我在那该死的房子前面，守望了多少回，始终未能解开萦绕我心头的谜团。唯独有一次，我同唐奥塔维奥，以及那位如影随形的神父，一起走进卢克莱齐亚夫人街。

“瞧，这就是卢克莱斯的宅院。”我说道。

我看见唐奥塔维奥那张脸突然变色。

“不错，”他应声道，“这是一种民间传说，无法证实，据说卢克莱齐亚·博尔吉亚在这儿有过一座小宅子。这些墙壁假如能够说话，那会向我们透露多少骇人听闻的事情啊！然而，我的朋友，我一拿那个时代来比较我们的时代，就不免感到非常惋惜。亚历山大六世在位时期还有罗马人，现在根本没有了，恺撒·博尔吉亚（*卢克莱斯的哥哥*）是个魔鬼，可又是个伟人。他想要把野蛮人赶出意大利，这一伟大计划，如果他父亲在世，他还有可能完成。噢！但愿老天给我们派一个像博尔吉亚那样的暴君，但愿他能让我们摆脱愚弄我们的这些独裁者！”

唐奥塔维奥一旦冲进政治领域，就很难让他停下来。我们走到了人民广场，他还没完没了地颂扬开明专制制度，但是我这个卢克莱斯的话题，已经失之千里了。

一天晚上，我很晚才去拜访侯爵夫人，她对我说，她儿子身体不舒服，请我上楼去看看他。我见他和衣卧床，正在看一份法文报纸，那报纸是我仔细夹在一册《教会圣师传》中，当天早晨寄给他的。一段时间以来，我们就是利用这套《教会圣师传》来传递消息，避开了神父和侯爵夫人的眼目。有法国邮班的日子，就有人给我带来一本对开本书。我把另一本还回去，就在里面夹带一份使馆秘书借给我的报纸。这样一来，侯爵夫人和神父高度评价我的虔诚，那位神父有时还想让我讲讲神学呢。

我同唐奥塔维奥聊了一会儿，发现他情绪很激动，就连政治都吸引不了他的注意力。于是，我让他脱了衣服休息，向他告辞。天气很冷，我没有穿斗篷，唐奥塔维奥非让我穿上他的。我接受了，还趁机上了一课，学会了地道的罗马人披斗篷的难掌握的技巧。

我披上斗篷，一直裹到鼻子，这才走出阿多勃兰第府，踏上圣马可广场的人行道。刚走几步，就有人凑到近前，递给我一张揉皱的纸条。那是个平民百姓，刚才我注意到他坐在府门旁边一张街椅上。

“上帝保佑，看看这个吧。”他说道。

说罢，他撒腿就跑，转眼就没影了。

我接过纸条，想找点亮光看纸条上写的是什么。一尊圣母像前点着一盏灯，我借着微光看到纸条上是用铅笔写的字，写的时候手似乎在发抖。我费了好大劲儿，才辨认出这样的字句：

“今晚别来，否则我们就完了！他们全知道了，只差你的姓名。什么也不能把我们拆散。你的卢克莱斯。”

“卢克莱斯！”我不禁叫起来，“又是卢克莱斯！这么神神秘秘的，背后究竟隐藏着什么鬼名堂？‘别来。’可是，我的美人，要走哪条路，才能到达您那儿呢？”

我边走边琢磨这张字条，不知不觉走上卢克莱齐亚夫人街，很快到了十三号宅院门前。同往常一样，街上空无一人，唯有我的脚步声打破了周围的寂静。我停下脚步，举目望了望那扇熟悉的窗户。这回我没有看错，防风窗板渐渐打开。

瞧，窗户敞开了。

我仿佛看见，幽暗的屋中闪动着一个人影。

“卢克莱斯，是您吗？”我小声问道。

没有人应声，但是我听见轻微的咔嚓一响，还不明白是怎么回事。

“卢克莱斯，是您吗？”我提高声音，又问了一句。

话音未落，我当胸就挨了重重一击，只听一声枪响，我就倒在了街上。

一个粗哑的嗓门冲我嚷道：

“是卢克莱斯夫人赏给你的！”

防风窗板随即无声无息地关上了。

我摇摇晃晃，马上挣扎着站起来，先摸摸胸口，就觉得当中打开了一个大洞。斗篷打穿了，礼服也穿透了，但是由于呢子皱褶阻挡，子弹缓冲下来，只是重挫了一下，没有伤着我。

我忽然想到，很可能还有第二枪在等着我，我就立刻拖着身子，移向这所充满敌意的房子，紧贴着墙根挪动，让人无法瞄准。我要尽快远离这地方，正气喘吁吁，忽然有人从背后拉住我的胳膊，关切地问我是否受伤了。刚才我没有注意到有人，但是听声音便知是唐奥塔维奥。时间这么晚，我见他独自一人出现在这街上，尽管感到很惊讶，但此刻不是问问题的时候，便三言两语告诉他，有人从那扇窗户朝我开了一枪，不过，我只是受了一下挫伤。

“这是场误会！”他高声说道，“哎呀，我听见来人了。您走得了路吗？如果让人瞧见咱们俩在一起，那我就完了。当然，我也不会把您丢下。”

他挽起我的胳膊，扶着我快走。我们走起来就跟跑似的，速度完全看我的可能。不大工夫，我就不得不停下，坐到墙角石头上喘口气。幸亏不远处有一座大宅，正举行舞会，门前停了许多辆马车。唐奥塔维奥去找了一辆来，让我坐上去，送我回旅馆。我喝了一大杯水，完全镇定下来，这才详详细细向他讲述我在那所不祥的房子前面的遭遇，从赠送的一朵玫瑰花直到挨了一颗铅弹。

他垂头听我讲述，用手捂住半张脸。我把收到的纸条拿给他看时，他一把抓过去，贪婪地看了之后，又高声说道：

“这是场误会！一场可怕的误会！”

“亲爱的，”我对他说道，“您也会认为，这场误会对我对您都极不愉快。我差一点给人打死，您这件漂亮的斗篷也给打了个洞。真该死！您的同胞就这么嫉妒？”

唐奥塔维奥一脸歉意，紧握我的双手，又看了一遍纸条，没有回答我的话。

“这件事的来龙去脉，”我对他说道，“您总得给我解释解释。鬼知道我能弄明白点什么。”

他耸了耸肩。

“至少告诉我，我该怎么办呢？”我又对他说道，“那位先生连姓名也不问一问，就朝过路人开枪。在你们这座圣城，我该找谁去说理呢？坦率地告诉您，把那家伙吊死我才高兴呢。”

“您可不要乱来！”他高声说道，“您不了解这个国家。您遭遇的事，对任何人都不要吐露半句，否则还会有大麻烦。”

“怎么，我还有麻烦？真见鬼！我还想出这口气呢。我若是得罪了哪个粗野的家伙，那也没话可说。可是，就因为拾了一朵玫瑰……凭良心讲，总不该给我一颗子弹啊。”

“这事儿交给我吧，”唐奥塔维奥说道，“这其中的奥秘，也许我能弄清楚。不过，我还得向您求个情，就算是您对我的友谊的一种明证

吧 —— 不要对任何人提起这件事。您能答应我吗？”

看他恳求我的凄然神色，我不忍心拒绝，便答应了他的一切要求。他对我自是千恩万谢，将一块浸了消炎水的纱布贴在我的胸口，然后同我握手，告别而去。

“对了，”在他开门时我又问道，“您向我解释一下，您怎么碰巧在那儿，及时救助我呢？”

“我听见枪声了，”他颇为尴尬地回答道，“担心您出事儿，就马上跑出去。”

他再次叮嘱我保守秘密，然后才匆匆离去。到了早晨，一位外科大夫来给我疗伤，想必是唐奥塔维奥派来的。他给我开了一贴药膏，见我胸前白皙的皮肤紫了一块，并没有询问什么缘故。罗马人一向慎言，我倒很愿意入乡随俗。

几天过去了，我始终没有机会同唐奥塔维奥畅谈。他心事重重，脸色比往常还要阴沉，而且看样子有意躲避我的问题。即使难得同我单独待一会儿，他也只字不提卢克莱齐亚夫人街那古怪的住户。他受任圣职典礼的日子迫近，我想他愁眉不展，是因为他要被迫从事自己不喜爱的职业。

而且，我还另有计划，准备离开罗马，前往佛罗伦萨。我要走的事，一告诉阿多勃兰第侯爵夫人，唐奥塔维奥就随便找个借口，请我上楼到他房间去。到了那里，他就紧紧握住我的双手，说道：

“我亲爱的朋友，我还有一个不情之请，因为我没有别的办法摆脱困境，假如您不答应，那我就照自己的头一枪结果性命。我意已决，永远不穿别人要我穿的那身讨厌的教袍。我想逃离这个国家。我要请求您做的事，就是把我带走。您可以让人以为我是您的仆人，只要在您的护照上填上一笔，就能为我逃走提供方便。”

我先是试图劝阻，说他这样做会让他母亲伤心，想劝他放弃这种打算，可是看到他的决心不可动摇，我最终答应带他走，并相应处理一下我的护照。

“还有呢，”他说道，“我能不能走，还取决于我所致力的一件事能否成功。您想后天动身，到后天，我也许干成了，那我就完全听您的安排了。”

“您是不是头脑发了昏，参与了什么阴谋行动了？”我不无担心地问他。

“不是的，”他回答道，“这件事并不像祖国的命运那么关系重大，但是成功与否，却决定我的生命与幸福。现在我不能对您多讲了。两天之后，您就什么都知道了。”

我对这种神神秘秘的做法，已经开始习惯了，也就由他去吧。我们说定凌晨三点启程，一直行驶到托斯卡纳地界再停车。

要早早动身，我在罗马的最后一个夜晚肯定睡不成觉了，我就用来拜访接待过我的各家。我前去向侯爵夫人告别，也按照规矩，正正经经地同她儿子握手。我感到他的手在我的手中发抖。他悄声对我说：

“此刻，我的生命要进行最后一搏。您回到旅馆，就能收到我一封信。到了三时整，如果我还没有去找您，那您就不必等我了。”

他讲这话时，脸色都变了，我不免吃惊，但是考虑到他也许要永远离开家人，心情激动也是很自然的。凌晨一时左右，我要回旅馆，还想再次经过卢克莱齐亚夫人街。就在我见过出现两个不同身影的窗口，挂着一件白色的东西。我小心翼翼，走近前才看清是一挂绳梯。莫非邀请我去向夫人道别？看情形应该就是此意，诱惑力相当大。然而我并不动心，当时不仅想起对唐奥塔维奥的许诺，还应当说，想起了几天前的遭遇——那时还一点未敢造次，就受到极不愉快的对待。

我还是继续往前走，但是步履缓慢。丢掉探索十三号宅院奥秘的最后一次机会，心下颇感惋惜。我一步一回首，总期望看见有个人影，顺着绳梯上去或者下来。可是，什么也没有出现。我终于走到街道的尽头，要进入科尔索大街了。

“别了，卢克莱斯夫人，”我摘下帽子，对着还望得见的那所房子说道，“您要报复把您囚禁起来的那个嫉妒的男人，还是另请高明吧。”

我回到旅馆已是两点钟了。马车停在院子里，已经装好了行李。旅馆一名伙计交给我一封信，正是唐奥塔维奥写来的信。我拿到手觉得信挺长，就想回客房去看，于是让那个伙计给我照亮。

“先生，”他对我说道，“您向我们宣布的那名仆人，就是要同先生一道旅行的那个……”

“怎么样，他来了吗？”

“没有，先生……”

“他去驿站了，要牵几匹马来。”

“先生，刚才来了一位夫人，要同先生的仆人说话。她坚持要上楼到先生的客房，还让我等先生的仆人一来就告诉他，卢克莱斯夫人就在您的客房里。”

“在我的客房？”我用力抓住楼梯的栏杆，高声问道。

“是的，先生。看样子她也要走，交给我一个小包裹，我已经放到车顶行李筐里了。”

我的心剧烈地跳动，说不清是什么好奇和迷信的恐惧混杂的情绪，一下子占据了我的心。我一级一级登上楼梯。到了二楼（我的客房在三层），在前面给我照亮的伙计一脚踏空，手中的蜡烛失落，掉下去熄灭了。他连声请我原谅，下楼去重新点着。这工夫，我继续往上走。

我已经摸到了房门钥匙了，却犹豫起来。我眼前又会出现什么幻象呢？在漆黑的夜晚，我的脑海不止一次浮现出血淋淋的修女的故事。（这个故事即著名小说《僧人》，作者乔治·刘易斯因其一举成名，故以“僧人刘易斯”之名享誉文坛。在第四章中，阿隆索瞧见自己屋里有一个血淋淋的修女）莫非我也像阿隆索那样，被魔鬼附身了吗？我觉得那伙计迟迟不来，时间长得要命。

我推开房门。谢天谢地！我的卧室里有灯光。我急步穿过小客厅，一眼便看清卧室里没有人。几乎同时，我听见身后有轻微的脚步和窸窣的衣裙声，只觉得头发立时竖起来。我猛然转过头去。

一位身穿衣裙、头戴黑纱的女子，张开双臂迎上来：

“你终于来了，我亲爱的！”她抓住我的手，高声说道。

她的手冰凉，脸色像死人一样苍白。我不由得一直退到墙根。

“圣母啊，不是他呀！……哦！先生，您是唐奥塔维奥的朋友？”

听了这句话，我恍然大悟了。年轻女子虽然脸色苍白，却根本不像个鬼魂。她垂下眼睛，这也是鬼魂从来没有的动作。她双手交叉放在腰带上，那副谦恭的姿态让我认为：我的朋友唐奥塔维奥并不像我想象的那样，是个什么伟大的政治家。总之，这正是携卢克莱斯私奔的绝好机会，然而不幸的是，在这场冒险中，仅仅安排我扮演了心腹的角色。过了一会儿，化了装的唐奥塔维奥赶到了。驿马都牵来了，我们便启程。卢克莱斯没有护照，不过，一位美貌的女子不大可能引人怀疑。可是，有个警察不肯行方便。我就对他说，他是个勇敢的人，肯定在伟大的拿破仑手下当过兵，他承认是的。于是，我就将这位伟人的一幅肖像送给他，是全金铸的，并且对他说，我旅行中习惯带一位女友同行，由于经常换人，我就认为没有必要将她们的名字全写在我的护照上。

“这一位，”我又补充道，“陪我到下一座城市。有人告诉我说，在那儿能找到同样美妙的女伴。”

“您若是换人可就错了。”那警察说着，很礼貌地给我关上车门。

夫人，现在应当向您和盘托出了：唐奥塔维奥这个小滑头，早就认识了这个可爱的姑娘。姑娘的哥哥名叫瓦诺兹，是个富有的农民，名声不好，有点自由主义思想，很喜欢走私活动。唐奥塔维奥心里完全清楚，他的家庭即使不送他进教会，也绝对不会同意他娶一个门第相差如此悬殊的姑娘。

心中有爱，就总有办法。内格罗尼神父的这位学生，终于和他心爱的姑娘建立了秘密联系。每天夜里，他都溜出阿多勃兰第府，由于翻墙进入瓦诺兹家不大保险，这对情人就约定在卢克莱斯夫人的宅子里幽会，而这座凶宅的名声倒可以保护他们。一扇小门连通两座花园，在一棵无花果树下很隐蔽。屋里的陈设特别简陋，只有一张旧的皮沙发，这一点我想前面已经讲过了，但是卢克莱斯和唐奥塔维奥很年轻，正在热恋中，也就不以为苦了。

一天夜晚，卢克莱斯正在等待唐奥塔维奥，把我误认作他了，送我的那朵花，我当作礼物带回去了。我和唐奥塔维奥的身材和举止的确有点相像，而从前在罗马认识我父亲的几个饶舌之徒，断言这种相像是有缘故的。不料那个可恶的哥哥发现了他们的秘密关系，可是不管如何威逼，卢克莱斯也绝口不讲出情人的名字。那个瓦诺兹又如何报复，我又怎样为所有人付出代价，大家都知道了。这对情侣如何分头逃出家门，也无须我赘述了。

结论——我们一行三人抵达佛罗伦萨。唐奥塔维奥娶了卢克莱斯，立刻携妻子前往巴黎。家父接待他的盛情，也不逊于侯爵夫人对我的招待。他还从中调解，虽然颇费周折，但是终究促使母子重归于好。阿多勃兰第侯爵又正巧染上疟疾，不治身亡。唐奥塔维奥则继承了爵位和家产，而我则当上了他长子的教父。

1846年4月27日

作者小记

写小东西的大师

莫泊桑

我们处于一个文学畸形的时代，处于最需要短篇小说，而又盛产长篇小说的时代。

细想想，这种状态也由来已久。单以外国文学为例，我国出版的长篇小说名著，当数以百计，而以短篇小说称得上大师的作家，数来数去，还是那么几个，无非是莫泊桑、契诃夫、欧·亨利、茨威格等，再尽量往上加，也达不到两位数。一个明显的事实是：写长篇小说的大家，在文学发达的国家，总是人才辈出，而创作短篇小说的圣手，无论在哪里都难得一见。

以19世纪法国文学为例，大师级长篇小说家，至少能列举出雨果、巴尔扎克、司汤达、大仲马、福楼拜、左拉。然而，短篇小说家大师级人物，只有“短篇之王”莫泊桑一人而已。多不容易，一个世纪才出一个，还是在文学达到鼎盛的19世纪的法国。说来也很有趣，“王”者，孤家寡人也；冠以“王”者，唯莫泊桑一人而已。他虽然也有《一生》《漂亮朋友》等六部长篇，但只能冠以“短篇小说之王”；设使去掉“短篇”冠以

“小说之王”，肯定早就被推翻了。世界文学史上那些长篇小说大师，个个都有王者风范，但谁也不敢称王，恐怕就是这个道理。有什么办法，怪只怪短篇小说苑中无老虎。

在著名作家中，莫泊桑不仅是市民意识最强的一位作家，还是市民生活方式过得最滋润的一个人。要知道，莫泊桑的父亲曾是银行职员，他本人也在海军当职员多年。父亲因婚外恋而夫妻离异，儿子干脆终身不娶，当了一辈子帅哥——他作品的许多场景，正是他的生活场景。莫泊桑小说的故事背景，都是法国西北部的诺曼底地区，或者巴黎及其郊区。诺曼底是他童年和少年时期的故乡，而巴黎则是他供职和从事文学创作的地方，写这两个地区的风土人情和各色人物，他自然得心应手。莫泊桑讲述的故事中的主人公，大多是小人物，有诺曼底狡猾的农民、慷慨的工匠、受欺凌的妓女和女佣、小职员、小店主、小市民，也有比市民还世俗的破落贵绅、富商、工厂主，以及野心勃勃的政客。

莫泊桑一开始写作，似乎就给自己定了基调，并且一直遵循：每篇作品都要写成生动有趣的故事，写成纯而又纯的故事。他不同于雨果、巴尔扎克、司汤达，也不同于福楼拜、左拉等名家，讲故书就是讲故事，既不是为了表现某个主题，也不借题发挥，长篇大论。以三百篇故事而称王，可见这些故事的分量，许多篇目如《羊脂球》《西蒙的爸爸》《项链》《两个朋友》等，都已成为世界名篇。莫泊桑的短篇小说，是自自然然地讲故事的典范，也是以世俗故事登上经典殿堂的典范。

他是讲故事的高手，每部作品完全围绕着所讲的故事而剪裁，精心追求故事本身的喜剧性或悲剧性效果。莫泊桑的故事，就是在讲人生。有些故事似乎没有主题，其实也脱离不开人生这个大主题。

他具有双重视觉，观察人情世态细致而深刻，能从日常小事和人的寻常行为中，看出人生哲理和事物的法则。莫泊桑叙事语气生动风趣，善于烘托气氛，制造戏剧效果。放得那么开，是因为有人生哲理和事物法则的底蕴，而这种底蕴，总是到故事的最后才揭示或暗示出来，令人拍案叫绝，这便是作者的高超艺术。

他还是法兰西语言大师。他的小说语言清新自然，生动流畅，堪称法语的典范。借著名作家法朗士的话说：他（莫泊桑）的语言雄劲、明晰、流畅，充满乡土气息，让我们爱不释手。他具有法国作家的三大优点：明晰、明晰、明晰。

他一生短暂，却留下大量至今还拥有广大读者的作品。在生活节奏加快、最需要短篇的今天，我们越发感到，莫泊桑是无可替代的。

都德

西方音乐有大调小调之分，如C大调、E小调等；又有升调降调之别，如升C大调、降E小调等。我阅读和翻译法国文学作品，也觉得有大小调、升降调的差异。

接触雨果、巴尔扎克的作品，往往联想到大调、升调。他们的大脑酝酿的是大构思、大蓝图，写的是大主题、大场面、大善大恶，可以说调门大，手笔大，制作也大，无所不大，总之鸿篇巨制，要让人读了能产生大彻大悟的效果。

然而，阅读和翻译都德、莫泊桑的小说，就怎么也无法同大调升调联系起来，倒觉得不是降E小调，就是降A小调，什么《小东西》《小间谍》《小馅饼》，小弥撒、小旅店、小弗朗兹、蓝衣小姑娘……总之写的都是小故事、小场面，搞的是小玩意儿、小制作，大多篇幅短小。如果说雨果、巴尔扎克所搭的是天地人间的大戏台，那么都德就像在集市上圈场子耍小把戏的了。

都德讲故事的主要特点：低调、温和、舒缓、动情和深沉。这些也构成了都德小说的独特魅力——大题小做的魅力。大题小做的魅力，就是以小制作表现大主题所具有的艺术魅力。这便是为什么都德能以小见长、跻身名家之列的奥秘。

小制作表现大主题虽非都德专有，但是他精于此道，乐此不疲，创作出《最后一课》《柏林之围》《一局台球》《塞甘先生的山羊》等一些脍炙人口的精品。

普法战争，不能说不是大题目。丧权辱国，阿尔萨斯和洛林两省割让给普鲁士，不能说不是大题目；法国人的爱国主义，不能说不是大题目，然而，都德偏偏采取低调的方式，进行小制作，选取课堂、病床、台球室这样的小场景。

《最后一课》就是小场景表现大主题的一个典型范例。在普法战争中，法国惨败，东部的阿尔萨斯和洛林两省，随即沦为异族统治。这种悲剧所激发的两省人民的爱国情绪，既不是以大抗议大示威高呼口号怒吼出来的，也不是枪对枪炮对炮用枪炮声所宣告的，而是通过小学的一堂法文课来表达的。

一堂法文课再普通不过，但这是最后一课。小学教师阿梅尔是再普通不过的教师，小学生弗朗兹是再普通不过的学童，欧塞尔老爷爷也是再普通不过的文盲村民。这些极普通的人在极普通的小学上最后一堂法文课，就极不普通了。只因这些普通的自然感情聚在一起，生发出一种伟大而高尚的情感 —— 爱国精神。

都德着重描写的不是英雄形象，试看而是普通人，不过，体现出来的是同样伟大高尚的情感。文盲老农欧塞尔，一辈子不肯学习，却来听这最后一堂法文课，拿着识字课本像小学生一样认真拼读。普通小学教员阿梅尔，多少年循规蹈矩地教书，同数以万计的小学教师并无差异，可是在接到占领军不准学校再教法文的命令之后，他穿上节日礼服，勇敢地上完他精心准备的最后一课。听到下课的钟声，他语不成句，拿起粉笔用全力写下："法兰西万岁。"这二人平凡的举动所产生的震撼力，不亚于同敌人拼死搏斗的英雄行为。尤其对懵懂无知的学童弗朗兹的启蒙教育，更是多少套大理论所不及的。

以小制作表现大主题的艺术效果，就有这种启蒙的震撼力，即一种感人至深、击人猛醒的力量。启蒙读物，往往是以小见大的佳作；启蒙读物的作家，往往是写小东西的大师。记得 1992 年我访问法国期间，曾问已有十年交情的法国朋友夏尔·撒吉先生，他最喜欢哪一位作家。他不假思索地回答：都德。我问他为什么，他又当即回答：都德是一位大师，上学时读他的作品至今不忘。当时我认为这不是文学意义上的讨论，也就没有继续下去。现在想来，撒吉先生对都德的评价，一定是指启蒙意义上的大师。启蒙读物对人的成长的影响，往往延续一生。善良等美德，正因为通过启蒙读物播种到少年儿童的心中，人类才能从历次灭顶之灾里浮出，得以继续繁衍生存。

缪塞

缪塞信笔写来，从不舞文弄墨，无论表达欢乐还是忧伤，“似乎都存在着不朽的真理”。而且，他这种“不可思议的活泼艳丽的优雅，这种不怕丢丑诙谐的天赋，既有一种令人解脱的效果，又有一种令人着迷的姿态。这里有一种不可抗拒的魅力”。

这是文学史家勃兰兑斯在他的名著《十九世纪文学主流》中的一段话。勃兰兑斯甚至还有这样的赞誉:“把他的一首诗扔进其他诗人的一堆诗篇里，他的诗就会起硝酸那样的作用，其他的诗篇就会燃烧成灰烬，化作一缕青烟。唯独他的诗永留人间，熠熠闪光，犹如发自人类胸臆的呼喊，鸣响着荡气回肠的真理。”

的确，缪塞在文坛初露头角，就显得卓尔不群。他展现出一种崭新的浪漫主义，以其大胆粗犷、无所顾忌的热情，冷嘲热讽、机智诙谐的风格，较之雨果的浪漫主义，更直接更有效地冲击了古典主义的清规戒律，令人耳目一新；在僵持沉闷的时期，给人以豁然开朗的清新之感。

缪塞无愧于天才诗人的称号，然而，他更愿意被称作青年诗人，并始终以青年诗人自诩。他四十一岁那年，被遴选为法兰西学院院士。在举行传统仪式时，缪塞那头漂亮的金色长发、那副青春飞扬的神采，看上去不过三十岁，令公众，尤其令女士们赞叹不已。

青春的容颜固然不会久驻，但是可贵的是，缪塞能保持一颗青春的心灵。他发出的“呼喊”，始终是青年的宣泄；他所表达的“真理”，始终是青年的心声。

天才无不肩负特殊的使命，无不占有天赐的领域。雨果要表现人世的苦难，巴尔扎克则描绘社会的人生百态，加缪看到荒谬的世界和荒谬的人，卡夫卡着力反映现代世界的幻觉与惶恐，而缪塞的使命，似乎就是要记述状写他那一代的青年。不过，缪塞笔下的人物，又不是一般意义上的青年。他们有个共同特点：都没有正经职业，都不在任何职场打拼。他们终日无所事事，自由自在，过着放荡不羁的生活。

缪塞塑造的这些青年形象，为什么行为都如此怪诞呢？只因他们走到了人生的门槛，但又不肯跨进社会，不肯担负起社会责任。青春，与其说是人生的一个时期或年龄段，不如说是一种精神状态或心态。处于青春状态的人面对社会，虽有自我保护的本能，却无自我保护的能力。他们看事物尤其缺乏伸缩性，疾恶如仇，容易走极端。他们越是觉得世界可怕，就越是固守青春的阵地。

保住一个人的青春，是一件“非凡的事”，甚至够得上“一篇史诗的题材”，足见缪塞把维护青春的状态视为头等大事。他在自己的戏剧和小说中，不断地塑造出一系列的青年形象，就是要不断地重申并呼唤他内心的青春，简直把青春提到唯一信仰的高度。

青年往往自成一洞天地，几乎与成人世界隔绝。成人要求青年担负起责任，但是在缪塞和他的青年们看来，社会责任很可能是捕捉他们的陷阱，羁縻他们的圈套，因而对此产生一种无名的恐惧感。上帝的心难以捉摸，而青年的心毫不设防，极容易受到伤害；一旦受到伤害，就可能造成永难愈合的创伤。

这种创伤，正是青年憎恨并惧怕世界的原动力。而缪塞心灵上的创伤，成为他塑造的青年人物憎恨并惧怕世界的原动力。

缪塞少小天资极为聪颖，在家中娇生惯养，不仅性格脆弱，身体也很单薄，一直跟着家庭教师学习。直到九岁，他才进入巴黎名校亨利四世中学，上相当于我国的初中一年级。这个金发少年在全班年龄最小，却总拿第一名，最受老师的赏识，这就引起那些差生的仇恨。一些孬种结成帮伙，每天放学都要袭击这个模范生，让他饱尝拳脚。等到小缪塞见到校门口接他的仆人时，已经衣冠不整，脸上甚至破皮出血了。小小的心灵遭受重创，使他从童年就体味到，平庸小人出于卑劣的嫉妒，对待高尚的人是多么残忍。

缪塞到了十八岁，在感情上又受到了严重伤害。他遇见一个非常聪慧的风流女子，产生了初恋的那种激情，不久便发现那女子另有所爱，只是利用他的纯真和轻信，拿他来打掩护。那女子对年轻的恋者深情的责备非但无动于衷，还以极残忍的方式戏弄了他。这种感情上的创伤，影响了缪塞一生的创作。

通读缪塞的作品，处处能发现这“永世的阴影”，处处存在着虚伪和背信弃义。这是他作品的基调，是故事情节发展的主要背景。

诗人过早地陷入了绝望，他在青春的早期，就对人类社会丧失了信心。缪塞这个纯情诗人，从受骗中看出爱情和友情的不可靠。他将这种痛苦的感受通过创作的棱镜凸显出来，不知扩大了多少倍，几乎占满了他作品的整个背景幕布。他以诗人的玩世不恭，对付社会的玩世不恭，既嘲笑自己，更嘲笑世间的一切，在嬉笑怒骂中表达出具有长久意义的人生感悟。他的作品能让人感受到：青春，哪怕是胡闹的、放荡的青春，也蕴含着埋藏在人类灵魂深处的最重要、最不可缺少的东西。在这个意义上，维护青春，也正是维护人类最容易丧失的、最宝贵的东西。理解这一点，就不难理解缪塞笔下的青年，即使是厌世而绝望的青年，依然有种目空一切的狂妄劲头；同样也不难理解，缪塞的作品为何具有不朽的意义。

缪塞笔下人物发出的人生感慨，带有丰富的象征意蕴和哲学意蕴，使他的作品弥漫着形而上的氛围。轻佻放荡的青春，包涵着人类永恒的追求；滑稽可笑的喜剧人物性格，则包含着崇高的悲剧性。缪塞以青春的激情和哲学的深沉，思考着人的命运，尤其是青年的命运。这种思考决定了缪塞作品超时代的永恒价值。

梅里美

梅里美的小说非常好看，从一个半世纪前流传至今，始终受到广大读者的青睐。它们吸引读者的一个突出特点，借用流行的字眼，就是富有“刺激性”。梅里美和雨果、巴尔扎克都是同时代人，当时在文坛上也是齐名的。从作品的数量和深度来看，如果把雨果、巴尔扎克的著作比作“大型超市”的话，那么，梅里美的小说就是“精品小屋”了。

梅里美仅以其《卡门》《高龙芭》等十余篇中短篇小说，就跻身大家的行列，必然有他的独到之处。仅就《卡门》而言，一发表便成为经典之作。而经比才作曲的歌剧《卡门》，又成为西方歌剧经典中的经典，久演不衰，与小说比翼双飞。

梅里美的小说篇幅不长，数量又不多，而且反映社会的深度和广度，也远远比不上雨果、巴尔扎克、司汤达的作品，却能显示出永恒的艺术魅力，成为梅里美现象，这就值得仔细探究了。

读几篇梅里美的小说就不难发现，他本人虽然生活在主流社会中，却让他的小说人物远离巴黎等大都市，远离人群密集的场所。他这些故事的背景，虽不能说与世隔绝，但大多也是化外之地、梦想之乡，是社会力量几乎辐射不到的边缘地区。

梅里美不愿意像巴尔扎克那样，描写大家都熟识的周围的生活现象，而是到社会生活的边缘去寻找稀有事物，寻找具有振聋发聩的冲击力、能让多愁善感的市民热血沸腾的奇人奇事。他正是沿着这种取向自成方圆，塑造出高龙芭、卡门这两个神话般的女性形象。

梅里美笔下的人物形象，都生活在社会的边缘，远非典型人物，为什么在文学史上还具有鲜明的地位？说起来情况比较复杂，这里仅仅指出他们有个突出的共同点——都率性而为、一意孤行。因而，梅里美的这些故事，大多充满血淋淋的场面，冷酷无情的毁灭。不过，梅里美并没有把这种悲剧题材写成悲剧，至少没有写成真正意义上的悲剧。

悲剧的命运，都是由社会、宗教（或其他信仰）、自然力造成的。悲剧人物的悲壮之美，正体现在他们同其中一种力量不屈不挠地抗争。如《悲惨世界》的主人公冉·阿让，由贫困和社会的法律造成不幸，他在苦役犯监狱度过前半生，出狱后化名才得以回归社会，还受尽追捕、屈辱和误解，但仍然不懈地为他人的幸福而牺牲自己，成为一个品德高尚的人，化为社会道德和良心的标准像，完美地完成了命运赋予他的使命。

然而，梅里美笔下这些人物，根本不肩负任何使命，与世人所诠释的命运无涉，他们处于人世的边缘，游离于社会之外。他们处于现实和神话的边缘，现代文明和原始野蛮的边缘，犹如荒原的野草、丛林的杂木，随生随灭。他们生也好，死也罢，无所谓悲剧不悲剧，无所谓意义不意义，不能以常人常理去判断。他们有的只是生命的冲腾与勃发，以及生命所不断呈现的炫目的光彩，在常人看来无异于神话。每个人物都是唯一的，并没有社会代表性。卡门就是卡门，高龙芭就是高龙芭。

梅里美叙事手法高超，善于营造一种似真又幻、若无还有的神秘气氛，故事自始至终都扑朔迷离，往往只有谜面而没有谜底。走进梅里美神奇的小说世界，应当怀着欣赏时装表演的心情，或者怀着参观博物馆的心态，来阅读他这些神话般的故事。

图书在版编目（CIP）数据

悲伤是成长的恋人 / (法) 莫泊桑等著 ; 李玉民译
. --南昌：百花洲文艺出版社，2016.5
ISBN 978-7-5500-1724-5

Ⅰ. ①悲… Ⅱ. ①莫…②李… Ⅲ. ①短篇小说－小说集－法国－近代 Ⅳ. ①I565.44

中国版本图书馆CIP数据核字(2016)第080897号

本书译文由北京夏和璟天文化传播有限公司代理授权

出 版 者　百花洲文艺出版社
社　　址　江西省南昌市红谷滩世贸路898号博能中心20楼
邮　　编　330038
电　　话　0791-86895108（发行热线）0791-86894790（编辑热线）
网　　址　http://www.bhzwy.com
E-mail　bhz@bhzwy.com

书　　名　悲伤是成长的恋人
作　　者　〔法〕莫泊桑等
译　　者　李玉民
出 版 人　姚雪雪
监　　制　黄　利　万　夏
丛书主编　郎世溟
责任编辑　王丰林　袁　蓉
特约编辑　黄博文　张岳为
装帧设计　紫图图书ZITO®
经　　销　全国新华书店
印　　刷　北京艺堂印刷有限公司
开　　本　1/32　880mm × 1230mm
印　　张　9
字　　数　160千字
版　　次　2016年5月第1版
印　　次　2016年5月第1次印刷
定　　价　39.90 元
书　　号　ISBN 978-7-5500-1724-5

赣版权登字：05-2016-109